ERIKA LUST

Nächte in Barcelona

Erotischer Roman

Aus dem Spanischen
von Christian Sönnichsen

WILHELM HEYNE VERLAG
MÜNCHEN

Die Originalausgabe
LA CANCIÓN DE NORA
erschien 2013 bei Espasa Libros S.L.U., Barcelona.

Unter *www.heyne-hardcore.de* finden Sie das komplette Hardcore-Programm, den monatlichen Newsletter sowie unser halbjährlich erscheinendes CORE-Magazin mit Themen rund um das Hardcore-Universum.

Weitere News unter *www.facebook.com/heyne.hardcore*

FSC www.fsc.org MIX Papier aus verantwortungsvollen Quellen FSC® C014496

Verlagsgruppe Random House FSC® N001967
Das für dieses Buch verwendete
FSC®-zertifizierte Papier *Holmen Book Cream*
liefert Holmen Paper, Hallstavik, Schweden.

Vollständige deutsche Erstausgabe 05/2014

Printed in Germany 2014
Redaktion: Hanka Jobke
Umschlaggestaltung: Nele Schütz Design, München,
unter Verwendung des Artworks der spanischen Ausgabe
Umschlagillustration: Lena Okuneva / Trevillion Images
Satz: Schaber Datentechnik, Wels
Druck und Bindung: GGP Media GmbH, Pößneck

ISBN: 978-3-453-67674-9

www.heyne-hardcore.de

An Barcelona,
ohne sie wäre ich nicht die,
die ich bin.

Und ans Kino,
das meine große Leidenschaft ist.

KAPITEL 1

Sexx Laws

Aufblende aus Schwarz heraus: Langsam kommt der nackte Körper einer Frau mit milchweißer Haut und feuerrotem Haar zum Vorschein, die ausgestreckt auf einem riesigen runden Bett liegt. Anspielung auf *Blue Velvet* von David Lynch, aber in Schwarz- und Rottönen, ein wenig auch im Stil von Dalí. Das Zimmer ist sehr, sehr dunkel, trotzdem sieht man ihren Körper klar und deutlich, neben ihr den eines Mannes.

Was ist denn das für ein Typ?, Noras Gedanken sind wie die Stimme aus dem Off. *Geil, was der für Bauchmuskeln und Arme hat ... Was mache ich hier eigentlich, wo zum Teufel bin ich?* Ihre Zweifel verschwinden augenblicklich, als sie bemerkt, dass der Adonis jetzt wach ist und seinen Kopf zwischen ihre Oberschenkel drängt. Aufnahmen eines meisterhaften Cunnilingus in Zeitlupe: *Sind das seine Lippen, oder ist es eine Feder?,* denn mehr noch als ein Kuss fühlt es sich an wie die sanfteste, erregendste und kitzelndste Liebkosung, die sie je erfahren hat. *Wenn etwas so außerordentlich gut ist, fragst du dich nicht, was es ist, sondern genießt es,* dachte Nora, abermals im Off. Auf einmal, Schnitt, sitzt Nora auf diesem Prachtexemplar von einem Mann und reitet auf seinem Schwanz, verrückt vor Lust sinkt sie immer tiefer auf diesen perfekten, harten und glatten Schwanz. Erneuter Schnitt: Plötzlich explodiert sie in einem langen und intensiven Orgasmus, voller Hitze und Farbe, Kraft und Zärtlichkeit. Ultraviolettes Licht und Stroboskopblitze erhellen das Zimmer. Nora lässt sich erschöpft neben ihren unbekannten Liebhaber fallen, und nach einem gleichzeitigen Seufzer von beiden, den man in Surround-Sound hört, beginnen rote Federn von der Decke zu fallen. Oder gab es gar keine Decke, und sie fielen vom Himmel herab? Der Soundtrack an dieser Stelle: House-Musik, die immer lauter wird. Unaufhörlich fallen Hunderte, Tausende, Millionen von Federn und goldenes Konfetti herab. Nora sucht nach ihrem Liebhaber, aber findet ihn nicht unter der Schicht von roten Federn. Nora sucht wie wahnsinnig, ihre Hände berühren etwas Haariges, etwas, was nicht ihr Liebhaber, sondern eine Katze so groß wie ein menschliches Wesen ist. Schnitt: Großaufnahme von Noras Mund, ein verzweifelter Schrei; außer dem spitzen Ton ihres Schreies entweichen rote Federn ihrem Mund.

Nora wachte auf und hatte tatsächlich Federn im Mund, im Haar und auf dem Bett, aber die Federn stammten nicht aus dem Traum, sondern von der gestrigen Silvesterparty, das Ende des Jahres 1999, das Ende eines

Jahrhunderts. Das erotische Szenario aus ihrem Traum verschwand aus ihrem Kopf, stattdessen hatte sie das Gefühl, von einem Dutzend Presslufthämmer malträtiert zu werden. Ihr Mund fühlte sich an, als ob sie einem nassen Straßenköter gerade einen geblasen hätte, ihre Blase stand kurz vor dem Platzen, und im Mageneingang machte sich ein allzu bekanntes Brennen breit. Die typischen Symptome eines ordentlichen Katers, der – ihre ausgiebige Erfahrung mit dem Thema ließ keinen anderen Schluss zu – noch viel schlimmer werden würde, sobald sie aufstünde und sich den Anforderungen des Lebens stellte. *Toll, Nora, du hast es wieder mal geschafft,* sagte sie zu sich selbst, während sie in einem Anflug von Übelkeit an die Unmengen von Tequila, Wodka oder sonstiger Alkoholika dachte, die sie in der letzten Nacht geschluckt hatte. *So sind die Silvesterfeiern nun einmal, du trinkst, als ob es kein Morgen gäbe, und dann ist es doch so,* grübelte Nora, wobei sie jenes Drittel ihres schmerzenden Gehirns benutzte, das gerade funktionierte. *Obwohl es heute wohl der halben Welt genauso gehen dürfte wie mir. Wie sagte meine Großmutter doch: Tröste dich, den andern geht's genauso schlecht.*

Auf ihrem Bein, das schmerzte und verkrampft war, lag der Kopf einer Frau, ebenfalls mit roten Federn übersät. Nora wünschte sich für einen Moment zu jenem Mann aus ihrem Traum zurück, die Realität des ersten Tages im Jahr 2000 war, damit verglichen, ziemlich unerfreulich.

Als sie sich kräftig die Augen rieb – was zur Folge hatte, dass Lidschatten, Wimperntusche und sonstige Schminke ihre grünen Augen in die eines Panda oder nahen Verwandten eines Waschbären verwandelten –, sah sie sofort, wer schuld an ihrem eingeschlafenen Bein war: Der Schmerz hatte einen Namen, er hieß Carlota Soler, ihre beste Freundin und Mitbewohnerin, die in ihrem Bett und auf ihrem rechten Bein eingeschlafen war. Es war schon längst Morgen gewesen, als sie lachend über die Ereignisse der letzten Nacht gequatscht und die unvermeidlichen Churros mit Schokolade gegessen hatten – dazu ein lauwarmes und ekelhaftes Bier, wie Nora sich, begleitet von einem Brechreiz, erinnerte –, es war halt Silvester gewesen und nicht irgendeine Nacht. Mazinger, eine riesige, dicht behaarte Katze, neun Kilo schwer – die sie, aus Gründen, die mehr als offensichtlich waren, liebevoll »Fleischklößchen« nannten –, schlief ihrerseits auf den Beinen Carlotas, deren Kreislauf zu dieser Stunde auch nicht gerade der allerbeste gewesen sein dürfte.

Sie schob Carlota behutsam zur Seite (oder versuchte es zumindest, denn die Antwort ihrer Freundin war ein schläfriges Schnauben, ein Schnarchen und ein mehrmaliges Drehen um die eigene Achse) und ging ins Bad. Sie pinkelte eine Ewigkeit, als ob sie gar nicht wieder aufhören könnte, und fühlte sich plötzlich für eine Sekunde lang ein wenig – nur ein klein wenig – mehr als Mensch denn als verkaterter Zombie. Sie wusch sich das Gesicht und schaute in den Spiegel, um rasch eine erste Schadenauflistung zu erstellen: Ringe unter den geschwollenen Augen, die Lippen ziemlich ausgetrocknet und dunkelviolett verfärbt. *Dunkelviolette Lippen? Ich hoffe, das kommt vom Rotwein und nicht von einem Herzinfarkt ... aber wann habe ich gestern Rotwein getrunken?*, fragte sich Nora und befürchtete, dass die letzte Nacht ihr weitaus mehr Fragen bescheren würde, als sie sich selbst beantworten könnte.

Ihre dichten, leuchtend roten Haare, die je nach Lichteinfall alle möglichen Farbtöne von Orange, Kupfer, Mahagoni und sogar Rosa annahmen, waren ziemlich verfilzt und sahen fast aus wie ein Rasta-Schopf. Nora versuchte, ohne Erfolg, ihre Haare mit den Fingern zu entwirren, als einige goldene Konfettis in Form der Zahl 2000 und noch etliche mehr von den besagten roten Federn aus ihrem Traum in das Waschbecken fielen. Jetzt erlaubte ihr Gehirn es ihr, zu verstehen, dass der Traum mit den Myriaden von Federn des vorherigen Tages zu tun hatte, und der männliche Hauptdarsteller entsprach einem der Go-Go-Boys aus der Disco, den sie wie ein Teenager angehimmelt hatte, bis Carlota ihn ihr vorstellte und sie zwang, mit ihm zu tanzen.

Während sie in der Hausapotheke Ibuprofen, Paracetamol oder Aspirin gegen die fürchterlichen Kopfschmerzen und im Kühlschrank etwas Kaltes zu trinken suchte und sich nicht entscheiden konnte, ob sie nun eine kalte Dusche nehmen – wozu sie gar keine Lust hatte, die ihr aber guttun würde – oder sich lieber etwas richtig Fettiges zum Essen aufwärmen sollte – worauf sie wirklich Appetit hatte, was ihr aber sicherlich wie ein Stein im Magen liegen würde –, hörte sie ein Durcheinander von Geschrei, Gejammer und elendem Grunzen, das aus dem Zimmer nebenan kam, aber ebenso gut von einem leibhaftigen Bewohner Mordors stammen konnte.

»Mazinger, du Fettsack! Hau ab, ich kann mich nicht mehr bewegen. Du wirst ab morgen sofort auf Diät gesetzt!«

Carlota – oder das, was man aus ihrem früheren Leben als Carlota kannte – kam aus dem Zimmer, bekleidet mit einem Slip aus Baumwolle, Socken mit kleinen Pandabären drauf und demselben T-Shirt in XL von den Ramones, das sie in der Nacht zuvor getragen hatte. Konventionen und Etikette waren nichts für ihre Freundin. Während neunzig Prozent der Frauen, die sie Silvester trafen, auf Absätzen liefen, auf denen selbst Barbie das Gleichgewicht verloren hätte, trug Carlota dieselben Doc Martens, in denen Nora sie vor fünf Jahren kennengelernt hatte. Sie könnte nicht mit Sicherheit sagen, ob sie auch denselben Parka und dieselben Hosen trug, aber es könnte gut so gewesen sein, und niemandem wäre es aufgefallen. Sie war eine Frau mit Stil, zweifelsohne, aber mit ihrem eigenen Stil. Sie hatte diese natürliche Anmut von Leuten, denen ihr Erscheinungsbild wirklich egal ist und die deshalb immer gut aussehen. Und deshalb konnte sie sich ihren immer gleichen Stil erlauben: einfache Hose, Stiefel, T-Shirt, Pullover (dazu im Winter einen Parka mit einem

Aufnäher von den Sex Pistols, der sich jeden Moment in seine Bestandteile auflösen konnte), ein Stil, der bei ihr, mehr als bei jeder anderen, so aussah wie ein Total Look von Miu Miu. Mit einem Sack über dem Kopf sähe sie genauso schön aus, dachte Nora. Sie hatte lange, schlanke Beine, kleine wohlgeformte Brüste und einen überraschend runden Hintern, dafür dass sie so schlank war. Wenn sie sich ihrer eigenen Schönheit ein wenig mehr bewusst wäre, hätte sie zweifelsohne das Zeug zu einem Model.

Obwohl ihr dunkles Haar, in dem Reste von Luftschlangen hingen, jetzt ungekämmt war, die Augen blutunterlaufen waren (zumindest das eine, denn das andere hielt sie geschlossen) und sie aussah, als ob sie die schlimmste Nacht ihres Lebens hinter sich hatte, schien sie Nora immer noch eine Frau zu sein, der nichts und niemand etwas anhaben konnte. Aber als Carlota sich wie ein Affe gleichzeitig Kopf und Bauch kratzte und gähnte, wobei man ihr Piercing auf der Zunge sah, musste sie laut lachen.

»Guten Morgen, Carlota! Wie geht's denn heute der Prinzessin von der Plaza del Sol? Wünscht die Señorita ein kontinentales Frühstück, oder darf es vielleicht etwas umfangreicher sein? Eier, Schinkenspeck?«, säuselte sie, während sie Batman streichelte, einen schwarzen Kater, kastriert und verhätschelt, der ihr wiederum einen guten Tag wünschte, indem er wie gewöhnlich seinen Kopf so stark in ihrer Hand rieb, als ob er sie abreißen wollte.

»Guten Morgen? *Guten?* Alles andere als einen guten Morgen, du blöde Ziege. Was für Kopfschmerzen ich habe, ich weiß nicht, ob ich ein paar Tabletten schlucken oder den Kopf lieber gleich amputieren lassen soll. Dann ist die Sache ein für alle Mal erledigt. Und sag nie wieder Prinzessin zu mir, ich bin nämlich Republikanerin. Was hast du mir gestern bloß zu trinken gegeben, du Mörderin? Das war entsetzlich, aber ehrlich.«

»Ich habe dir ja schon gesagt, dass es keine gute Idee war, meine Ankunft in Barcelona und den Jahrhundertwechsel zusammen zu feiern. Zwei getrennte Partys wären viel weniger tödlich gewesen.«

Nora, die vor allem eine praktisch denkende Frau war – »Uns Schweden liegt es in den Genen, und ich bin zu fünfzig Prozent Schwedin«, sagte sie als Entschuldigung, wenn man ihr vorwarf, zu pragmatisch zu sein –, hatte nicht lange überlegt, als sie für den letzten Tag des Jahres 1999 einen Flug fand, der »fast gratis« war. Es erschien ihr sogar als ein gutes Zeichen, eine Botschaft, dass dies der richtige Moment war, Stockholm zu verlassen und in Barcelona ein neues Leben zu beginnen, dort, wo sie »nicht länger Film studieren, sondern anfangen wollte, Filme zu machen«, wie sie ihren verhassten Kommilitonen sagte.

Die Umzugsidee war ihr zum ersten Mal am 19. September in einem Kino in Stockholm gekommen, bei der Premiere des Films *Alles über meine Mutter* von ihrem Idol Pedro Almodóvar. Sie war von dem Film, der zum großen Teil in Barcelona spielte, so ergriffen, dass sie beschloss, sofort ans Mittelmeer zu ziehen. Sie würde sich immer an den Tag erinnern, denn es war der 19. 9. 1999, und sie sagte sich: *Nora, Barcelona wird deine Stadt sein.* Dort wurden zu jeder Zeit jede Menge Werbespots, Fernsehserien und Kurzfilmen gedreht, dort gab es interessante Produzentinnen, eine Filmkultur, Festivals mit populären Kurzfilmen, Sommerkino unter freiem Himmel – Barcelona war sicherlich ein guter Ort, um eine Karriere zu starten, vorausgesetzt, dass man keine Angst hatte, ganz unten anzufangen, die Ärmel hochzukrempeln und so hart wie nötig zu arbeiten. Nora war dazu fest entschlossen. Sie glaubte nicht, dass es einen anderen Weg gäbe, als bei null anzufangen.

Der Lärm, mit dem ein Berg aus Tupperdosen und Müslipackungen Carlota auf ihrer Suche nach Kaffee aus dem Schrank entgegenfielen, riss Nora aus ihren Träumen.

»Scheiße! Hilf mir mal, das Zeug wieder aufzusammeln. Die ganze, aber wirklich die ganze Schuld an allem hast nur du«, grummelte ihre Freundin, während sie sich die Tablette, die eine allzu strahlende Nora ihr anbot, schnappte und, auch auf die Gefahr hin, daran zu ersticken, kurzerhand runterschluckte. »Was für eine Schnapsidee, am 31. Dezember um neun Uhr abends in eine andere Stadt zu ziehen! Um ein Haar hättest du die verdammten Weintrauben im Flugzeug gegessen.«

»In Schweden essen wir keine Weintrauben, um das neue Jahr zu begrüßen, meine Liebe, da schießen wir Feuerwerk in die Luft und trinken Champagner«, erwiderte Nora mit einem aristokratischen Ton in der Stimme. »Außerdem bist DU an allem schuld. Schließlich hast du mich mitgeschleppt auf ein Gläschen Sekt hier, einen Schluck Tequila dort, ein paar Biere in dieser komischen Bar, und danach kann ich mich kaum noch an etwas erinnern. Dabei trinke ich lieber Wodka mit Red Bull. Wenn du nicht in jedem Lokal der Stadt Freunde hättest, ginge es uns jetzt viel besser. Also beklag dich nicht, Süße. Dem Vergehen folgt die Strafe auf dem Fuße.«

Sie hatte kaum Zeit, sich zu bücken, damit das rote Sofakissen, das Carlota nach ihr warf, sie nicht voll ins Gesicht traf. Der Hauptleidtragende dieser Kostprobe an Schnelligkeit – die alle überraschte, aber vor allem Nora selbst, die sich nicht für besonders flink hielt – war Thor, ein orangefarbener Kater, den der Kissenwurf, der ihn aus seinen tiefsten Katzenträumen riss, voll erwischte und den er mit einem sonoren Fauchen quittierte.

»Dem Vergehen folgt die Strafe auf dem Fuße? So eine Scheiße, Nora. Statt einer dreiundzwanzigjährigen schwedischen Göre scheinst du mir eher eine fünfundsiebzigjährige Großmutter aus Murcia zu sein! Wo hast du diese Ausdrücke her? Hast du den *Quijote* oder den *Lazarillo de Tormes* gelesen? Du bist wirklich nicht ganz dicht.«

Carlota hatte sich gar nicht groß geirrt: Hinter diesem Ausspruch stand tatsächlich eine Großmutter, aber sie war nicht aus Murcia, sondern kam aus Benidorm. Nora war die zweite Frucht einer Sommerliebe, die etwas länger gedauert hatte als erwartet. Genauer gesagt, zehn Jahre. Ihre Mutter Inga war eine jener Schwedinnen, die der Zeit voraus waren. Sie überfielen in den Siebzigerjahren die spanischen Küsten auf der Suche nach Meer, Sonne und Vergnügen. Obwohl sie das Erste häufiger fanden als das Letzte, verwandelten sie sich in den letzten Jahren der Franco-Diktatur in einen Mythos der Frauenbefreiung und der unrasierten Achselhöhlen – obwohl man das in Spanien zu jener Zeit nicht »feministische Bewegung«, sondern eher eine »Unverschämtheit« nannte. Inga wurde nicht nur schön braun, wodurch ihre blonden Haare noch besser zur Geltung kamen, sondern sie nahm noch eine andere Erinnerung an Spanien mit: Antonio, einen Journalismusstudenten im letzten Semester aus Alicante, der sich ein paar Peseten mit Musik für die Touristen in den entsprechenden Bars von Benidorm verdiente.

Noras zukünftige Eltern verbrachten den gesamten Sommer zusammen, und als der August dem Ende zuging, war klar, dass es mit ihnen nicht nur ein Strohfeuer gewesen war. Da Inga die Rückkehr nach Hause nicht länger hinausschieben konnte, beschloss das Paar, gemeinsam nach Stockholm zurückzufahren. Maruja, Antonios Mutter, hatte es allerdings nie verwinden können, dass die »Schamlose« ihren Sohn in ein so kaltes Land mitnahm, in dem die Leute in ihren Häusern barfuß gingen, etwas völlig Unvorstellbares »für jemanden aus gutem Hause«.

Es gab in dem Haus ihrer Mutter immer noch viele Fotos aus jener Zeit, die in einem Karton versteckt waren und die Nora sich heimlich angeschaut hatte, als sie klein war, kurz nachdem ihre Eltern sich getrennt hatten. Nora forschte in den jungen und ganz offensichtlich verliebten Gesichtern sehr genau herum, um herauszubekommen, was bei diesem Paar, das sich auf den Bildern umarmte, schiefgelaufen war. Ende der Achtzigerjahre verstanden sich Inga und Antonio schon nicht mehr so gut, eigentlich hatte er sich nie an das Klima und die Mentalität in Schweden gewöhnen können. 1988 berichtete er für eine Nachrichtenagentur von den Olympischen Spielen in Seoul, verliebte sich in eine koreanische Unternehmerin und zog dorthin, um mit ihr zusammenzuleben. Er kam nur ein paarmal nach Schweden zurück, als Nora noch ein junges Mädchen war. Weder sie noch ihr Bruder hatten ihren Vater je besucht, vielleicht weil es ihnen unangenehm war, dass er dort eine andere Familie gegründet hatte.

Nora hing ihren Gedanken nach und lächelte, als sie an ihre Kindheit und an ihre Oma Maruja dachte, die als einzige Verbindung nach Spanien übrig geblieben war, nachdem sich das Verhältnis zu ihrem Vater abgekühlt hatte.

Carlota traf Nora mit einem weiteren Kissen voll ins Gesicht und riss sie mit einem Schlag aus ihren Erinnerungen.

»Au, *din idiot, sluta för fan!*« Eines der wenigen Dinge, die Nora an der spanischen Sprache nicht mochte, waren die Beleidigungen und Schimpfworte, die sie lieber in ihrer Muttersprache ausstieß. »Hör endlich auf, mich fertigzumachen, stell lieber Musik an und mach was zu essen, während ich mich dusche. Wir müssen noch die Liste mit all den guten Vorsätzen fürs neue Jahr aufstellen, die wir in den nächsten Monaten nach und nach in Angriff nehmen werden, so wie die Tradition es vorschreibt.«

Carlota zündete sich eine der Lucky Strike Light an, die ihr immer zwischen den Lippen hingen und schob eine CD von Beck ein in einer Lautstärke, die Nora ziemlich erträglich fand, gemessen an Carlotas Vorliebe für reichlich Dezibel.

»Du gehst mir auf den Zeiger mit deinen guten Vorsätzen made in Schweden. Wie du siehst, habe ich mir gerade eine Zigarette angezündet, und ich habe nicht die geringste Absicht, das Rauchen aufzugeben. Und auch ins Fitnesscenter werde ich nicht gehen. Los, ab unter die Dusche mit dir, du stinkst wie ein Puma.« Sie gab Nora einen nett gemeinten, aber energischen Klaps auf den runden Hintern.

Nora zog ihren Bademantel aus dem noch unausgepackten Koffer und beschloss, die Dusche gegen ein erholsames Bad einzutauschen, das sicherlich die schmerzhaften Folgen der Party lindern würde. Während sie die richtige Temperatur einstellte und die Wanne volllaufen ließ, bearbeitete sie ihr wirres Haar, in dem immer noch Konfetti hing, mit der Bürste. Sie dachte nach wie vor an ihre spanische Großmutter, eine streitbare Witwe, bei der sie bis zu ihrem fünfzehnten Lebensjahr jeden Sommer verbracht hatte, viele davon zusammen mit ihrem älteren Bruder Nikolas, der nach einem Großvater genannt worden war, den Nora nur von einem Foto kannte, das auf einer Konsole im Haus ihrer Oma stand neben einer stets frischen Blume. Nikolas sah seinem Vater erstaunlich ähnlich: dunkle Haare, kastanienbraune Augen, groß und von kräftiger Statur, immer ein Lächeln im Gesicht und eine laute Stimme. Die schwedischen Gene hatten seine Pigmentierung kaum beeinflusst, während Nora, rothaarig und rundlich, aber nicht außergewöhnlich groß, mit heller Haut, Sommersprossen und grünen Augen eine exotische Schönheit war, die manchmal sogar in ihrer Heimat auf Englisch angesprochen wurde, weil man sich über ihre rätselhafte Herkunft nicht schlüssig war.

Es war ihre Großmutter, die ihnen beibrachte, wie man kochte (was Nora während ihrer Zeit als Filmstudentin zu einer begehrten Mitbewohnerin machte und ihr Bruder sogar als unfehlbare Verführungswaffe einsetzte): spanische Tortilla, Bohneneintopf und Fleischklöße mit Hühnerbrühe, Gerichte, die »allein, wenn man sie riecht, schon nahrhaft sind«, wie Maruja jedes

Mal, wenn sie sie zubereitete, stolz erwähnte, während sie sich die Hände in der Schürze abtrocknete.

Der Einfluss der Großmutter war auch dafür verantwortlich, wie Carlota ganz richtig bemerkte, dass Noras Spanisch – das sie fast so gut wie Schwedisch sprach – gespickt war mit Wendungen, die in der Regel von älteren Leuten benutzt werden, was dazu führte, dass die schwedischen Spanischlehrer, die Nora »unterrichteten«, sie unzählige Male nach dem Sinn dieser Wendungen fragten.

Im Labyrinth ihrer Gedanken verloren und mit Haaren, die so durchgekämmt waren wie nie, weil sie sie schon seit fast zehn Minuten bürstete, bemerkte Nora plötzlich, dass das Wasser in der Wanne fast überlief. Sie drehte den Hahn zu und glitt vorsichtig in das heiße Wasser. Gleichzeitig beglückwünschte sie sich zu diesem Entschluss: Es war genau das, was sie jetzt brauchte.

Während Geist und Körper sich entspannten, erinnerte Nora sich an ihren letzten Sommer in Benidorm. *Jeder hat im Leben so einen Sommer,* dachte sie. *Der Sommer, in dem du aufhörst, Kind zu sein. Der Moment, in dem all deine Werte sich ändern und alles, woran du geglaubt hast, hinüber ist, damit du wieder von vorne anfängst. Der Sommer, in dem du das Bier und die Musik entdeckst und davon überzeugt bist, dass die Freunde deine wahre Familie sind. Außerdem bemerkst du, dass das, was die Jungen in der Hose haben, nicht nur Angst macht, sondern ausgesprochen lustig sein kann.*

In ihrem Fall war es außerdem der Sommer, in dem sie ihre Unschuld auf dem Rücksitz eines Kleintransporters verlor, in den Armen desjenigen, von dem sie glaubte, dass er der Mann ihres Lebens wäre. Martín war zwanzig Jahre alt, hatte einen athletischen Körper, eine spitze Zunge, machte anzügliche Komplimente wie ein Bauarbeiter und spielte auf der Gitarre Stücke von einer Band, die sofort zu Noras Lieblingsgruppe wurde: The Pixies.

Martín musste ihr viele Nächte lang »Come on Pilgrim« und »Surfer Rosa« vorsingen, während sie eine Schachtel Zigaretten nach der anderen rauchten, einen Wodka tranken, der reiner Alkohol war, und warmes Bier, das aber nach Rebellion, Ruhm und Erwachsensein schmeckte.

Als Martín zwischen den Liedern von der Gitarre abließ und auf ihr zu spielen begann, hatte Nora das Gefühl, dass seine Hände die gleichen Melodien auf ihren Brüsten, ihren Schenkeln, ihrem Bauch und ihrem Hintern weiterspielten. Sie stellte überrascht fest, dass sie immer noch geil wurde, wenn sie an seine großen und kräftigen Hände dachte, die grob und einfühlsam zugleich waren. Sicherlich hatten sie schon mehr als eine Frau berührt – böse Zungen behaupteten, dass er mit den Frauen der Soldaten aus der Kaserne schlief, aber Nora wollte darüber nie Näheres wissen, denn sie war äußerst eifersüchtig. Seine Hände hatten ihr schließlich zu den ersten Orgasmen ihres Lebens verholfen. Während sie sich ihren Erinnerungen hingab und sich in der Wanne entspannte, öffnete Nora, ohne es recht zu bemerken, die Beine und biss sich leicht auf die Unterlippe.

Obwohl weibliche Masturbation und warmes Wasser bekanntlich nicht die ideale Kombination sind, sagt der Volksmund auch, dass man einen Kater am besten mit einem Orgasmus bekämpft. Nora überlegte nicht lange, schnappte sich ein Badegel mit Vanilleduft und seifte sich ihre vollen, runden Brüste ein. Trotz der behaglichen Wassertemperatur dauerte es nicht lange, bis ihre Brustwarzen hart wurden; nicht zuletzt deshalb, weil sie an Martíns Lippen dachte, die gierig an ihnen saugten und ein wenig ungeschickt herumbissen, was auf das Ungestüm der Jugend zurückzuführen war. Sie fühlte, wie ihr Geschlecht aufgrund der Liebkosungen und Erinnerungen – ein Lecken am Ohr, ein ungezogener Finger, der sich in ihre Levis 501 verirrte, Martíns Stimme, ganz rau vor Erregung – zu zucken begann. Sie streckte sich in der Wanne aus, so gut es ging, und versuchte, den ersehnten Moment hinauszuzögern, in dem ihre Hände zwischen die Schenkel glitten, die Schamlippen öffneten und sie zuerst ganz zart mit dem Mittelfinger und dann etwas heftiger mit dem Zeigefinger hineinglitt, wobei sie ihre eigene Feuchtigkeit als unfehlbaren Wegweiser zur Lust nutzte, die Beine zusammenpresste, um die Gefühle zu intensivieren und …

»Was machst du nur die ganze Zeit da drinnen? Das Essen steht auf dem Tisch und wird kalt! Hör auf zu masturbieren und komm endlich essen!«

Mit einem Schlag und einem gehörigen Schrecken war Nora in der Wirklichkeit zurück, überrascht, wie gut Carlota sie kannte, oder hatte sie sie beobachtet?

Carlotas leckere Nudeln mit Chorizo und Tomatensoße – ihr Vorzeigegericht, um nicht zu sagen das Einzige, das Noras Freundin anständig zubereiten konnte – würden ihrem Körper guttun. *Auch wenn es unten herum im Moment ein wenig kompliziert ist, sorgen wir wenigstens dafür, dass es oben herum wieder stimmt,* dachte sie und lachte, während sie sich die Haare mit einem Handtuch abtrocknete. Sie zog sich ein Paar Leggins und ein altes, fast durchsichtiges T-Shirt von den Stones an, das so zerschlissen war, dass jede Mutter es schon längst in den Altkleidersack gesteckt hätte, aber Nora mochte es besonders gerne.

Sie saßen auf dem Sofa, Carlotas drei Katzen schlichen um ihre Füße herum – für den Fall, dass etwas Essbares herunterfiel –, sahen im Fernsehen die Wiederholungen der fürchterlichen Sendungen am Jahresende, tranken Coca-Cola und verschlangen Carlotas Makkaroni mit Unmengen von geriebenem Käse. So ging der Nachmittag vorüber, und mit ihm verschwand auch der Kater. Sie redeten über alles Mögliche oder schwiegen ganz einfach, was sie wunderbar genießen konnten.

Nora und Carlota. Carlota und Nora. Sie lernten sich 1995 in Schweden kennen, dank Nikolas, dem älteren Bruder von Nora, der damals ein Sack voller Hormone auf zwei Beinen war, zwanzig Jahre alt und nur an drei Dingen interessiert: Frauen, Videospiele und Freunde.

Er erzählte ihr, dass er eine Spanierin kennengelernt hatte, die ihm unheimlich gut gefiel. »Und wenn ich von gefallen spreche, beziehe ich mich nicht nur aufs Bumsen«, stellte Nikolas fast mit dem Ernst eines Erwachsenen klar.

Nachdem ihr verliebter Bruder ihr die Ohren von dieser Carlota vollgequatscht hatte, wurde sie immer neugieriger auf dieses Mädchen mit den kurzen Haaren, das Nikolas so faszinierte. Erstens, weil sie anscheinend nicht dem Prototyp einer vollbusigen und hirnlosen Blonden entsprach, mit dem ihr Bruder sonst auszugehen pflegte – sie dürfte eher ein ziemlich schlauer Kopf sein, denn sie hatte ein Stipendium an dem angesehenen KTH, dem Königlichen Institut für Technologie –, und zweitens wegen der Faszination, die sie auf ihn, der sich den Reizen, die nicht körperlicher Natur waren, normalerweise ziemlich unbeeindruckt gegenüber zeigte, ausübte.

Sie hatten sich also für ein Konzert in Uppsala verabredet. Green Day spielte, als Vorgruppen ein paar lokale Punk-Rock-Bands. Nikolas stellte sie ihr vor, sie blickten sich an, küssten sich, wie in Spanien üblich, auf die Wangen und waren seitdem Freundinnen. Einige Zeit später, als Nora in Barcelona zu Besuch war, als sie beide ein wenig betrunken von dem süßen Likör und überschwänglich begeistert von ihrer gemeinsamen Freundschaft waren, besiegelten sie diese feierlich.

»Es war wie Liebe auf den ersten Blick, aber aus Freundschaft. Ich liebe dich.«

Und so war es. Während der (kurzen) Zeit, in der Carlota noch die feste Freundin von Nikolas war – er lernte schon bald eine Französin kennen, in die er sich unsterblich verliebte. »Und ich beziehe mich nicht nur auf den Sex, dass das klar ist«, sagte er wieder in aller Ernsthaftigkeit zu einer ziemlich eingeschnappten Nora –, wurden sie unzertrennlich.

Als der Sommer kam und Carlotas Stipendium auslief, verabschiedeten sich beide mit einem »Wir sehen uns bald wieder«, obwohl ihnen nicht im Geringsten klar war, wann dieses »bald« sein würde. Inzwischen tauschten sie Tausende von Briefen, Anrufen, Mails, die sie aus Internet-Cafés über ächzende Modems mit 56 Kilobytes abschickten, und Pakete mit Zeitschriften, T-Shirts, Süßigkeiten und allen möglichen Geschenken aus. Sie teilten Vertraulichkeiten per Telefon, lachten viel und vergossen auch die eine oder andere Träne (obwohl Carlota eigentlich nicht dazu neigte; Nora vermutete, dass sie es für Gefühlsduselei hielt, etwas, womit sie überhaupt nicht identifiziert werden wollte), bis dann endlich der Moment des ersten Besuchs kam.

Ein sonderbarer Lärm riss Nora schlagartig aus ihren Erinnerungen. Es war das laute Schnarchen Carlotas, die auf dem Sofa unter einer karierten Decke, auf der zwei Katzen lagen, eingeschlafen war. Ihre Brille war auf den Boden gefallen, und Nora hob sie auf, bevor Carlota beim Aufwachen womöglich drauftreten würde.

Das Schnarchen ging unvermindert weiter. Obwohl sie stets darauf bestand, dass sie »nicht schnarchte, sondern schwer atmete«, grunzte Carlota im Schlaf wie ein Wildschwein. Nora lächelte, als sie ihre Freundin so schlafen sah, und hatte das tröstliche Gefühl, genau hier und jetzt zu Hause zu sein. Schon seit längerer Zeit hatte sie auf diesen Moment gewartet. Genauer gesagt, seit dem Sommer 1998, als Nora nach Barcelona fuhr, um ihre Freundin zu besuchen. Carlota hatte in jenem Jahr von ihrer Großmutter eine Wohnung im Stadtteil Gràcia geerbt, arbeitete nachts mal hier und mal da, besuchte so viele Konzerte wie möglich und ließ es ansonsten ruhig angehen. Nora war entschlossen, den schönsten Sommer ihres Lebens gemeinsam mit ihrer besten Freundin zu verbringen. Sie waren jung, und das Leben meinte es gut mit ihnen, so lautete die Botschaft. Man musste es voll auskosten, und genau das taten sie.

Die Erinnerung an jene zwei Wochen bestand aus Strand, Sonne und Terrassen, durchtanzten Nächten im Nitsa Club, wo Sideral die besten Hits der Welt auflegte, und Cubatas in der Mond Bar; sie wachten in dem einen oder anderen fremden Bett auf (oder im eigenen, aber mit jemandem, den sie kaum kannten), und dann ging es wieder an den Strand, in die Sonne und auf die Terrassen. Obwohl oder gerade weil Nora ihr Leben lang den Sommer am Mittelmeer verbracht hatte, schätzte sie das milde und sonnige Klima der Iberischen Halbinsel noch mehr, als es die »normalen

Schweden« taten, deren Gene nicht mit spanischen Genen Bekanntschaft gemacht hatten. Damals beendete sie gerade ihr Studium am Dramatiska Institutet, der Filmakademie von Stockholm, und obwohl sie wusste, dass sie sich zukünftig der Filmkunst widmen wollte (genauer gesagt: der Regie), war ihr nicht ganz klar, wie sie das in ihrem eigenen Land bewerkstelligen sollte.

Ihr Verständnis vom Kino war himmelweit entfernt von der damals maßgeblichen Richtung des hochgelobten Dogma 95, das Lars von Trier und andere dänische Filmemacher in Mode gebracht hatten. Noras Vorlieben gingen eher in Richtung Woody Allen, Polanski, Cassavetes, Scorsese, Bergman und natürlich Almodóvar.

Ihre Ansichten, die der mehrheitlichen Meinung diametral entgegengesetzt waren, machten sie nach und nach zu einem subversiven Element an ihrer Schule. Ihre Kommilitonen nannten sie hinter vorgehaltener Hand – einige sagten es ihr sogar direkt ins Gesicht – »Steven Spielberg« oder »Julia Roberts« und warfen ihr vor, kommerzielle Absichten zu haben. »Sie tun so, als ob es etwas Verwerfliches sei! Dabei will doch jeder Regisseur, dass man seine Filme anschaut!«, erzählte eine aufgebrachte Nora jedem, der es hören wollte.

Meistens kamen ihr diese Vorwürfe völlig absurd vor, und sie lachte darüber. Aber manchmal geriet ihr Blut in Wallung, und dann war sie zutiefst entrüstet und hätte am liebsten ein Blutbad unter ihren Kommilitonen angerichtet, das mit einem Abfackeln der Schule geendet hätte, »damit diese Idioten es ein für alle Mal kapierten«.

Paff!

Carlota schnipste mit den Fingern direkt vor ihrem Ohr und schlug ihr mit der flachen Hand gegen die Stirn, um Nora aus ihren Träumereien zu holen.

Es war schon vor einiger Zeit dunkel geworden, aber jetzt war keine von beiden müde. Das schwere Essen, die Siesta und verschiedene Medikamente hatten schließlich Wirkung gezeigt und den Kater besiegt. Den ganzen Tag über waren sie nicht besser drauf gewesen als jetzt.

»Hör mal, du bist doch die Tussi mit den Sprichwörtern. Kennst du das: ›Wer Ende des Jahres nicht vögelt, vögelt das ganze Jahr nicht‹? Du kannst dich bis zur nächsten Silvesterparty vom Markt verabschieden, meine Liebe, denn eins steht fest: Das Einzige, was deinerseits gestern irgendwie mit Sex zu tun hatte, war das Rumgehopse mit dem Go-Go-Boy, den du wie blöd angehimmelt hast und den ich dir schließlich vorgestellt habe; übrigens sah er aus, als ob er schwul war«, nervte Carlota sie, während sie sich einen Haufen Katzenhaare unterschiedlicher Färbung aus dem T-Shirt schüttelte.

»Na klar, und du hast abgeräumt, nicht wahr?«, antwortete Nora spöttisch. »Du hast ganz einfach zu viel gesoffen. Deshalb bist du auf meinem Bein eingeschlafen, und jetzt müssen sie es mir amputieren ...« Das Schweigen ihrer Freundin und ein Anflug von Lächeln auf ihrem Gesicht belehrten sie eines Besseren, und überrascht stellte sie fest: »Eh, das darf doch nicht wahr sein! Als du also für eine halbe Stunde verschwunden warst und mir sagtest, dass du vor dem Klo anstehen musstest ... Du hast gevögelt!?«

Trotz des gegenseitigen Vertrauens war Carlota in einigen Dingen ziemlich zurückhaltend, aber Nora hegte – nachdem sie gesehen hatte, wie Carlota sich benahm, als sie zum ersten Mal nachts in Barcelona ausgingen – den ernsthaften Verdacht, dass ihrer Freundin ein nicht gerade unbedeutender männlicher Harem zur Verfügung stand, der sich über die Bars und Diskotheken der Stadt verteilte. Diese Art von Bekanntschaften passte gut zu ihr, hübsche Kerle, bereit zu einem »Jetzt oder nie«, auf die Schnelle und ohne jegliche Verpflichtung, mit einer hübschen Frau, die auch nicht mehr von ihnen wollte als genau das.

»Mal sehen, ob du's kapierst, Nora. Sex ist nichts anderes als aufs Klo zu gehen. Jeder macht es, aber es ist nicht nötig, es an die große Glocke zu hängen und dauernd darüber zu reden.«

Das Telefon klingelte, und Carlota stand schnell auf, um ranzugehen, als ob sie den Anruf erwartet hatte. Nach einer kurzen, einsilbigen Unterhaltung, von der Nora praktisch nichts verstand, zog Carlota sich die Socken mit den Pandabären aus, knüllte sie zusammen und warf sie ihr ins Gesicht.

»Warum wirfst du mir ständig irgendwelche Sachen an den Kopf?«

»Halt die Klappe und hör zu. Ich gehe jetzt schnell duschen, du machst dich zurecht, ziehst dir ein Kleid an, legst Make-up und Parfüm auf und los geht's! Ich habe mich gerade mit ein paar Freunden verabredet und werde dich ihnen vorstellen. In einer Viertelstunde gehen wir, mach dich fertig, stell den Katzen frisches Wasser und was zu futtern hin. Los jetzt!«

Das Ende des Satzes bekam Nora kaum noch mit, weil Carlota schon die Tür zum Bad schloss. Sie hatte die Neuigkeiten noch gar nicht verarbeitet, lag immer noch mit einer Decke und zwei Zeitschriften auf dem Sofa und spielte mit dem Gedanken, die Gelegenheit zu nutzen, um das, was sie in der Wanne angefangen hatte, jetzt zu beenden, aber sie ließ es bleiben. Carlota war in fast allem blitzschnell und sicherlich fertig, bevor sie ihre Hand auch nur in die Leggins gesteckt hatte. Sie schüttelte ihre Trägheit, die Zeitschriften und die Decke ab und stand auf. Dabei fiel ihr ein, dass fast ihre ganzen Klamotten zerknittert noch in dem Koffer lagen, in dem sie praktisch ihr ganzes Leben mitführte. Aus Erfahrung wusste sie, dass die Wäsche, wenn sie sich nicht dazu zwang, Ordnung in ihre Sachen zu bringen, dort noch bis zum nächsten Weihnachtsfest blieb – Ordnung war nie eine ihrer Stärken gewesen. Also kippte sie den ganzen Inhalt auf den Boden und nahm sich vor, dass sie am nächsten Morgen »ganz sicher« alles einräumen würde.

Aus dem Kleiderhaufen zog sie ein Paar Jeans, ein schwarzes T-Shirt, ein Sweatshirt und ein Paar rote Converse heraus. Sie hatte nicht die geringste Lust, sich zurechtzumachen. »Das Jahr ist sowieso schon abgehakt«, sagte sie sich, während sie einen BH und einen dazu passenden hübschen Slip suchte – »für alle Fälle«. Ihr Make-up bestand aus einem Hauch von Rouge, ein wenig Wimperntusche, dann den Kopf kurz nach unten gebeugt und geschüttelt, damit ihre beeindruckende Mähne noch beeindruckender aussah, und schließlich ein wenig Blistex mit Erdbeergeschmack für die Lippen.

Während sie das Chaos in der Wohnung perfekt machte, indem sie versuchte, ihren Anorak aus dem Berg von Klamotten zu ziehen, steckte Carlota ihren Kopf durch die Tür.

»Ich bin so weit. Los, gehen wir!«

Nora wickelte ihren langen roten Wollschal noch ein paarmal mehr um ihren Hals und steckte den zweiten Satz Schlüssel, die an einem Barbapapa-Schlüsselring hingen, den Carlota ihr zum Einzug geschenkt hatte, in die Tasche.

Die Kälte auf der Straße machte sie schlagartig munter. Sie bemerkten, dass sie Hunger hatten, und machten sich auf die schwierige Suche nach etwas Essbarem an einem 1. Januar um elf Uhr abends. Die globalisierte Welt kam ihnen zu Hilfe, und wenige Minuten später aßen sie Shawarma und Pommes frites. Später gingen sie in das Pilé 43, dessen Ausstattung aus einem Gemisch von Möbeln unterschiedlicher Dekaden – überwiegend aus den Fünfziger- bis zu den Achtzigerjahren – bestand, oder besser gesagt nicht bestand, denn außer dass man dort köstliche Cocktails von einem Dreiviertelliter trank, konnte man dort auch die Lampe, den Sessel oder den Tisch, an dem man bedient wurde, kaufen. Das Pilé war der Treffpunkt von Barmännern, die ihre freien Abende genossen, DJs, die sich ein erstes Glas genehmigten, bevor sie ihre Arbeit aufnahmen, PR-Leuten, die ihre Flyer daließen, und anderer Nachtarbeiter.

Carlota bestellte zwei Mojitos und ging, von Nora begleitet, nach hinten durch ins Lokal. Dort saß auf einigen Sesseln aus den Siebzigerjahren, bei etlichen leeren Gläsern und einem vollen Aschenbecher, eine Gruppe von vier Personen – zwei Jungen und zwei Mädchen –, die sich angeregt unterhielt. Die Mädchen saßen so dicht nebeneinander, dass sie schon fast aufeinander saßen, und ihre Körpersprache – die Hand der einen auf dem Oberschenkel der anderen, die Waden aneinandergepresst, der Kopf leicht auf der Schulter der anderen abgelegt – ließ keinen Zweifel aufkommen, um welche Art von Paar es sich handelte.

Eine von ihnen – die größere, mit blau gefärbten Haaren, Plateausohlen von zwanzig Zentimetern, mehr als einem Dutzend Piercings allein an den sichtbaren Körperstellen und einem Cyberpunk-Outfit – lächelte, als sie sie kommen sah, machte ihre Zigarette aus und stand auf, um Carlota mit einem Kuss auf den Mund und einer Umarmung, die ihr buchstäblich den Boden unter den Füßen wegriss, zu begrüßen.

»Das ist Nora«, sagte Carlota. »Nora, das sind Lola und Bea, und diese zwei Verrückten sind Sergio und Henrik. Henrik ist auch Schwede, du kannst dich also mit ihm in eurer seltsamen Sprache unterhalten, die hier sicherlich niemand versteht; klingt wie Klingonisch ...«

»Komm, setz dich und achte nicht auf diese Feiersüchtigen, die können einfach nicht aufhören«, sagte Sergio. Er sprach sehr schnell und gestikulierte wie wild. Er trug einen roten Pullover, wie die Skiläufer früher, und die Haare kurz und platinblond gefärbt. Er rauchte fast zornig, als ob er die Zigarette mit jedem Zug verzehren wollte. »Wir sind sehr bald schlafen gegangen, wir waren hundemüde, denn wir haben im Arena bis in die Puppen gearbeitet; was für eine Nacht, die Schwulen hatten Durst ohne Ende, ich dachte schon, das hört nie auf.«

Henrik, der viel zurückhaltender und diskreter als sein Freund war, begrüßte Nora mit zwei Küssen, wie die Spanier es tun, und legte seine Hand sanft auf ihren Arm, als er sie ansprach. Er war viel größer als sein Freund, blond und sexy und mit einem schüchternen Lächeln, das seine weißen Zähne zum Vorschein brachte. *Wenn man das Wort »schwedisch« bei Google sucht, taucht sicherlich ein Foto von ihm und ein anderes von Abba auf,* dachte Nora und musste innerlich lachen.

Vom ersten Augenblick an hatte sie großes Vertrauen zu ihm, er strahlte eine unheimliche Ruhe aus. Zwischen ihnen baute sich sofort eine Verbindung auf, die die Gruppe in zwei Hälften teilte: Bea, Lola, Carlota und Sergio auf dem einen Sofa, die sich laut miteinander unterhielten, lachten und an einigen gemeinsamen Freunden herummäkelten, und Nora und Henrik auf dem anderen. Es war nicht nur die Staatsangehörigkeit, die sie einte, sondern, wie sie später feststellen sollten, auch die nordische Einstellung, dass der Alkohol legal ist, aber die verbotenen Substanzen für sie tabu sind, im Unterschied zu Carlota und ihrer Gruppe, die mit den Drogen sehr großzügig umgingen.

Henrik war zwei Jahre zuvor nach Barcelona gekommen, gleich nachdem er das Tourismusstudium beendet hatte, und solange er sich nicht entscheiden konnte, was er eigentlich mit seinem Leben anfangen sollte, jobbte er als Kellner, hin und wieder als Reiseführer und manchmal als Model für Anzeigen und Kataloge. Mit Sergio arbeitete er zusammen im Arena Vip und anderen Lokalen in der Gegend, und mit ihm teilte er sich eine riesige Wohnung in Gayxample (dem Schwulenviertel im Stadtteil Eixample), die sie dadurch finanzierten, dass sie das dritte Zimmer an Models vermieteten, die gerade in Barcelona waren. Nora und Henrik erzählten sich ihr Leben, tauschten Telefonnummern aus, leerten ein Glas nach dem anderen und rauchten wie die Schlote. Als sie bemerkten, wie spät es war, forderte die Kellnerin sie freundlich auf zu gehen: »Es ist drei Uhr, und ich will endlich nach Hause.« Doch zuvor lud sie sie noch auf einen Schnaps namens Kalashnikov ein; dieser bestand aus einem Schluck Wodka mit einer Scheibe Zitrone, einem Löffel Zucker und einem Löffel gemahlenen Kaffee. Nora schmeckte es besser, als sie befürchtet hatte.

Auf der Straße verabschiedeten sie sich – eine liebevolle Umarmung mit Henrik, begleitet von dem glühenden Versprechen, sich »noch irgendwann diese Woche« wiederzusehen –, und auch Carlotas Freunde gingen auseinander: Aus den verschiedensten Gründen beschlossen sie, das vergangene Jahr für beendet zu erklären und schlafen zu gehen – keine schlechte Idee, wenn man bedachte, dass es schon der 2. Januar war.

Nora war nicht nur nicht müde, sondern sprühte geradezu vor Unternehmungslust, sodass sie ihre Freundin bat, mit ihr noch ein wenig tanzen zu gehen.

»Du bist doch eine echte Nervensäge, wenn du etwas getrunken hast. Also gut, von mir aus, aber nur auf ein Glas, denn morgen muss ich allerhand erledigen.«

Sie überquerten die Ramblas in Richtung Plaza Real. Dort befand sich das sagenhafte Jamboree, wo ein Türsteher, ein nicht sehr großer, aber ziemlich kräftiger Mulatte, von Kopf bis Fuß – inklusive der Wollmütze – schwarz gekleidet, sie mit einem scherzhaften »Guten Abend, die Damen« begrüßte und ihnen mit einem Lächeln, das Nora sehr sexy fand, die Tür öffnete.

Die Musik im Untergeschoss klang nach purem Sex in Noras Ohren: Marvin Gaye, James Brown und andere Motown-Hits in mäßiger Lautstärke, ein Sound, der so sinnlich war, dass er ihr direkt vom Gehirn in die Möse fuhr. Jedes Mal wenn eine Trompete erklang, wurde sie etwas feuchter. Die Stimmung war hervorragend, und das Publikum im Jamboree genoss die erste Nacht im Jahr 2000.

Carlota ließ Nora an einem Tresen stehen, damit sie etwas bestellte, und drehte eine Runde – mal sehen, wer sonst noch so da war. Nachdem Nora ein Weilchen gewartet hatte, nahm sie die Gläser und machte sich auf die Suche: vergeblich. Carlota hatte sicherlich einen ihrer sporadischen Liebhaber getroffen, sie würde schon wieder aufkreuzen ... oder nicht?

Ihr Ärger verflog schnell, als sie eine Gruppe von Jungs entdeckte, die anscheinend gut drauf waren. Obwohl es in Schweden ganz normal war, wenn ein Mädchen abends allein zum Tanzen ging, wusste Nora nur zu gut, dass das in Spanien eher ungewöhnlich war und sie Gefahr ging, sofort als Nutte, Nymphomanin oder geiles Luder abgestempelt zu werden. Etwas, was in diesem Moment gar nicht allzu weit von der Realität entfernt war. Sie bestimmte, was mit ihrem Körper geschah, und gerade jetzt hatte sie Lust auf ein wenig Vergnügen. Was sollte daran schlecht sein?

Sie hob die Arme, verschränkte sie hinter dem Nacken und begann, ihre Hüften im Rhythmus der Musik zu bewegen. Alles um sie herum verschwand, es gab nur sie und die Musik, die Musik und sie. Während sie sich von einer Seite zur anderen wiegte, ohne sich vom Fleck zu rühren, und sich zärtlich durch die Haare fuhr, bemerkte sie, dass sie berührt wurde. Jemand stand hinter ihr und folgte ihrem Rhythmus, bewegte sein Becken nach rechts und links. Nora ließ ihn, zumindest im Moment, gewähren und schaute nur über ihre linke Schulter, um dem Tänzer, der sie so dreist anmachte, ins Gesicht zu sehen.

Als sie ihn sah, lachte sie. Es war der Türsteher mit dem hübschen Lächeln und der Wollmütze, die er jetzt aber nicht mehr trug.

»Nicht viel zu tun heute?«, fragte sie ihn direkt ins Ohr.

»Alles, was du willst«, antwortete er.

Er hatte schnell reagiert, und geistige Beweglichkeit war eines der wirksamsten Aphrodisiaka für Noras Triebe.

»Leg's nicht darauf an, ich könnte dir viel Arbeit machen«, antwortete sie und fasste ihn um den Hals.

»Señorita, es ist mein Job, Ihnen zu helfen, wo ich kann ...« Und auch auf die Gefahr hin, abgewiesen zu werden oder sich eine Ohrfeige einzufangen, griff er mit der Hand nach Noras Hintern und drückte sie an sich.

In jeder anderen Situation hätte sie ihm eine Lektion erteilt und ihn allein und unbefriedigt ins Bett geschickt, aber es war genau das, worauf sie im Moment Lust hatte. Sie drängte sich an ihn, drückte ihr Becken gegen seines und biss ihm ins Ohrläppchen, bevor sie sagte: »Wohin gehen wir?«

Fünf Minuten später befanden sie sich in einem winzigen Raum für das Personal, direkt neben dem Lager. Sie küssten sich, als ob sie sich gegenseitig auffressen wollten. Die Lippen ihres Liebhabers – von dem sie nicht wusste, wie er hieß, und es auch gar nicht wissen wollte – waren dick und fleischig, und seine Zunge bewegte sich langsam. Nora biss ihn ein paarmal, betrunken und erregt, und er tadelte sie mit einem Fauchen, als ob er eine Katze wäre. Nora biss ihm in den Hals, und er saugte an ihrem Ohrläppchen. Sie verstand nicht so richtig, was er wollte, und nutzte die Situation, um seine Hände auf ihre Brüste zu legen. Er knetete sie zart, als ob er sie wöge, schnurrte wohlig und zog ihr mit einem Griff T-Shirt und Sweatshirt aus, zog dann den BH ein Stück nach unten, sodass ihre Brüste darüber förmlich einrasteten, und machte sich daran, ihre Brustwarzen zu lecken.

Nora ließ ihn machen, obwohl sie es kaum aushielt. Sie selbst knöpfte ihre Jeans auf, und bei dem Versuch, diese herunterzuziehen, wäre sie fast hingefallen. Als sie es geschafft hatte, die Hose bis zu den Knien hinunterzuschieben, nahm sie den Kopf ihres Liebhabers und zwang ihn, für einen Moment innezuhalten und ihr in die Augen zu sehen.

»Mach weiter, aber ein bisschen weiter unten«, bat sie ihn mit rauer und lallender Stimme.

Im Nu hatte er sie auf einen Kistenstapel gehoben und leckte sie wie wild. *Vielleicht ein bisschen zu wild,* dachte sie, nahm seinen Kopf und zwang ihn, dem Rhythmus zu folgen, den sie vorgab. Sachte, sachte, und nun ein wenig schneller, die Zunge ihres Tanzpartners war hart, und er wusste sie zu gebrauchen. Er umkreiste ihre Klitoris, knabberte sanft an ihr – und plötzlich, als sie es am Nötigsten brauchte, schob er ihr zwei Finger in die feuchte und glitschige Möse.

Nora schrie vor Lust auf, und mit rauer Stimme stöhnte sie »Jaaa«, während sie ihr Becken anhob, um den Druck seiner Zunge noch zu verstärken. Nach nur wenigen Sekunden kam sie, und zwei Sekunden später bemerkte sie erst, dass etliche Cola-Flaschen sich schmerzhaft in verschiedene Stellen ihres Körpers bohrten. Sie drehte sich um – da ihr die Hose immer noch in den Kniekehlen hing, konnte sie kaum etwas anderes tun – und bot ihrem zufälligen Partner den Hintern an.

»Jetzt streif dir ein Kondom über und fick mich.«

»Willst du mich vorher nicht wenigstens ein bisschen anfassen? Machst du mir nicht einmal die Hose auf?«, fragte er halb entrüstet und halb belustigt.

»Fick mich, und danach reden wir«, erwiderte Nora, der es langsam ungemütlich wurde, sowohl wegen ihrer Stellung als auch wegen der Situation insgesamt.

»Ich bin keiner von denen; ich will, dass du mich anfasst, dass du mich küsst. Und außerdem habe ich keine Kondome dabei.«

Nora rutschte von den Kisten herunter, bis sie Boden unter den Füßen hatte, suchte in ihrer Tasche, wo sie mit Sicherheit noch zwei hatte, aber sie fand sie nicht.

»Ich habe auch keine, verdammte Scheiße. Ich dachte, ich hätte noch welche.« Nora ärgerte sich über sich selbst, weil sie Lust auf diesen improvisierten Fick hatte. Jetzt war die Sache verbockt und buchstäblich abgekühlt, was vorkommt, wenn die Kondome nicht rechtzeitig auftauchen ...

»Hör mal, das tut mir jetzt leid, trotzdem vielen Dank für den Orgasmus. War ziemlich angenehm, aber am Anfang solltest du noch ein wenig an dir arbeiten, du warst ein bisschen zu schnell für meinen Geschmack. Bis bald ... oder vielleicht lieber doch nicht.« Einen Kuss auf die Wange, und schon war Nora verschwunden, bevor ihr verdutzter Liebhaber reagieren konnte. Sie rief dem Personal, das den Saal aufräumte und die Kühlschränke wieder füllte, ein »Adiós und guten Tag« zu und trat auf die Straße, um sich ein Taxi zu suchen. Sie musste lachen über das, was passiert war, aber gleichzeitig empfand sie es als ein Riesenpech, dass ihr eine Nummer durch die Lappen gegangen war, die sich wirklich gut anließ, nur weil sie ausgerechnet an diesem Tag keine Präservative dabeihatte, wo sie doch sonst immer auf alles vorbereitet war.

Sie befand sich gerade mitten auf der Plaza Real und dachte darüber nach, wieso die Dinge so einfach aus einer Tasche verschwinden können, als ihr plötzlich ein Gedanke kam und sie wie angewurzelt stehen blieb. »Carlota, du diebische Hexe! Das wirst du mir büßen!«

KAPITEL 2

Super Freak

Sie saß irgendwo in einem Café, es hätte Berlin oder auch Wien sein können, aß ein Croissant, knusprig und warm von außen, zart von innen, trank dazu einen Kaffee mit Eiswürfeln und las eine Zeitung, die ihr völlig fremd vorkam. Die Nachrichten waren überraschend positiv, viel Frieden auf der Welt und nur gute Vorsätze, die das Ende diverser Kriege, Hungersnöte, Dürren und aller Gräuel, die die Erde während der letzten Jahrzehnte heimgesucht hatten, ankündigten.

Im gleichen Moment bemerkte Nora, dass sie träumte. Niemand, der noch einigermaßen bei Verstand war, konnte glauben, dass das stimmte – so müde er auch sein mochte –, aber sie ließ zu, dass die Geschichte ihren Lauf nahm. Sie war neugierig, was noch geschehen würde, und außerdem wollte sie diesen Moment nutzen, in dem man, wenn man weiß, wie man es anstellen muss und ein bisschen Glück hat, den Gang seiner Träume kontrollieren und sogar seinen eigenen Film drehen kann.

Eine gute Aufnahme, dachte die wache Seite in Nora. *Vielleicht ein bisschen körniger, und es wäre noch besser.* Sofort war das Bild körniger und hatte nun einen leichten Vintage-Effekt.

Schon viel besser. Wenn doch beim richtigen Film auch alles so einfach wäre, seufzte sie. Eine Melodie unterbrach ihren Gedankengang. *Was ist denn jetzt los?*

Die Tür des Cafés knarrte beim Aufgehen, und es erschien Woody Allen, ihr Lieblingsregisseur. Aber nicht der Woody Allen des Jahres 2000, sondern die Version Anfang der Achtzigerjahre: jünger, draufgängerischer und sogar attraktiv (wenn einem die jüdischen Männer mittleren Alters mit Hornbrille gefallen, die so aussehen, als ob sie jeden Moment einen Nervenzusammenbruch erleiden). Nora war entzückt, konnte sich aber auch kaum vor Lachen halten, so klischeehaft wie alles war, aber natürlich wollte sie jetzt nicht aufwachen, ohne zu wissen, wie die Sache ausging. Allen setzte sich zu ihr an den Tisch – oder ließ sich eher, wie halb ohnmächtig, auf den Stuhl fallen –, bestellte einen Tee und ein koscheres Gebäckstück und begann zögernd und stammelnd zu reden, wie man es von ihm kannte.

»Wir, wir müssen reden, Nora. Ich bereite gerade einen neuen Film vor und möchte, dass du die Regieassistentin bist. Man hat mir nur Gutes von dir erzählt, ich habe alle Filme gesehen, an denen du mitgewirkt hast, und ich glaube, du hast das Zeug dafür. Kurzum, ich will, dass du bei mir mitmachst.«

»Wie heißt der Film?«, fragte die Nora im Traum geradeheraus, ohne dass es ihr peinlich war.

»Na ja, ich glaube ... noch weiß ich es nicht genau, aber ich glaube, er heißt *Lee und der Mann ihrer Schwester.*«

»Hm, und warum nicht *Hannah und ihre Schwestern?*«

Der Regisseur rieb sich nachdenklich das Kinn, war aber nicht sonderlich erstaunt über die Hellsichtigkeit seiner Gesprächspartnerin, die sehr schnell und ganz allein den Namen und den Handlungsfaden des Films herausgefunden hatte.

»Also ... also ... natürlich! Warum habe ich nicht gleich daran gedacht?«, sagte Allen zu ihr, der so aufgeregt war, dass ihm fast die Stimme wegblieb wie bei einem Halbwüchsigen. »Das klingt viel besser, stärker, direkter und ist viel kürzer. Du bist engagiert, du bist ein Genie! Sprich mit dem Produzenten, du kannst verlangen, so viel du willst!«

Bip, bip, bip, bip, bip, bip!

Der Wecker klingelte, und Nora schreckte hoch, sie erklärte die Siesta für beendet und stand rasch auf. Es war halb sieben am Abend. Sie schnappte sich ein Handtuch und ging duschen, immer noch ganz baff von all den Klischees, die in ihren Träumen auftauchten. »Ich vermute, dass sie mir in der nächsten Szene einen Oscar verliehen haben. Schade, dass ich das verpasst habe«, seufzte sie halb im Scherz, halb im Ernst.

Der Ursprung dieses ganzen Unsinns, den sie geträumt hatte, lag auf der Hand. Henrik, der sehr schnell zu ihrem schwulen Freund und Vertrauten, zum Begleiter nächtlicher Streifzüge geworden war, arbeitete in einem Lokal in der besseren Gegend, wo heute Abend der letzte Drehtag eines Films von einem Indie-Regisseur gefeiert werden sollte, der sich einen gewissen Namen mit Filmen über Skateboarder gemacht hatte, die nur Sex, Drogen und Alkohol im Kopf hatten. Dieses Mal hatte er beschlossen, seiner Karriere eine andere Richtung zu geben und ein Drama zu verfilmen, eine französisch-spanische Koproduktion, die seit ein paar Monaten in Barcelona gedreht wurde. Samt und sonders alle von Henriks Freunden und Bekannten waren diesem Schauspieler oder jener Schauspielerin an verschiedenen Plätzen der Stadt begegnet. Scheinbar war Nora die Einzige, die nicht das Glück gehabt hatte, in weniger als zehn Metern Entfernung von einem Star des europäischen Kinos einen Kaffee im Zurich oder ein Bier im Octopussy getrunken zu haben: Alle anderen hatten ihre Dosis an Berühmtheiten gehabt.

Heute Nacht also würde sie sich rächen. Henrik würde sie auf das Event – das nach seinen Worten »super-super-superexklusiv« war – einschleusen, und sie würde sie alle kennenlernen, mit Telefonnummern und Arbeitsangeboten wieder abziehen und bald mit Dutzenden von ungeheuer attraktiven Liebhabern in Paris frühstücken oder in New York zu Abend essen. *Wenigs-*

tens bis mein Vermögen zehnmal größer als ihres ist und ich sie oder sonst jemanden einlade, der mir gefällt, dachte sie. Als sie sich die Haare trocknete und mit einer Bürste in Form brachte, bemerkte Nora einen Schmetterling – gelb, ocker und schwarz gefleckt –, der im Bad umherflatterte. Sie unterbrach für einen Moment ihre Körperpflege, um das große Fenster ganz zu öffnen und diesem Wunder der Natur die Flucht zu ermöglichen, und in diesem Moment wurde ihr bewusst, dass es fast schon Sommer war, ihre liebste Jahreszeit.

Die Terrassen auf der Plaza del Sol waren voll mit Leuten, die das samstägliche Abendessen genüsslich ausdehnten und noch einen letzten Kaffee oder schon ein erstes Bier tranken. Sonnenbrillen und Zigarettenschachteln lagen auf den Tischen. Pullover und Jacken, die bei einer Temperatur von mehr als zwanzig Grad in der Sonne nicht gebraucht wurden, hingen über den Stuhllehnen.

Die Stimmung und das Ambiente luden zum Müßiggang ein, aber Nora hatte eine Mission: sich in die Frau mit dem größten Sexappeal auf der Welt zu verwandeln. Dafür war sie entschlossen, den Göttern sogar irgendeinen Freund oder Familienangehörigen zu opfern oder, noch schlimmer, sich zu schminken und diese Folterinstrumente namens High Heels zu tragen. »High Heels, ich habe keinen blassen Schimmer, wo die sein könnten«, sagte sie zu sich selbst und war – bei der Unordnung, die bei ihr herrschte – höchst besorgt, denn in diesem Dschungel von Wohnung käme es der Arbeit eines Titanen gleich, ein Paar Schuhe zu finden.

Entschlossen, eine Übung in Höhlenforschung zu absolvieren, öffnete sie den Schrank. Unter Unmengen von Schichten nicht zusammengelegter und seit dem letzten Jahrhundert (im wörtlichen Sinne) nicht gebügelter Kleidungsstücke fand sie den Koffer, mit dem sie vor fünf Monaten nach Barcelona gekommen war.

Schon fünf Monate ..., dachte sie. Aber sie hatte wahrlich keine Zeit verloren. Sie hatte Arbeit, und auch wenn sie nur Kellnerin in einer Bar war, so war es wenigstens eine Bar, in der die Musik ihr gefiel, die Kollegen sympathisch und die Getränke unbegrenzt frei für sie waren, was nicht ganz unwichtig ist, wenn man dreiundzwanzig Jahre alt ist und unendlichen Durst hat; eine Arbeit, die es ihr erlaubte, Essen, Kleidung und ihren Anteil an der Wohnung zu bezahlen; ja, sie hatte sogar etwas für einen sommerlichen Kurzurlaub zurücklegen können. Ihre Arbeitszeit – die Schicht endete morgens um drei – erlaubte es ihr, auch den Tag zu genießen und ihren Broterwerb hinter dem Tresen mit einer sporadischen Mitwirkung an der ESCAC, der Filmakademie Kataloniens, vereinbaren zu können, wo sie mal in einem Kurzfilm gratis aushalf oder, bei anderer Gelegenheit, als Assistentin der Assistentin der Assistentin der Produktionsassistentin in einem Werbespot für Autos oder Tourismus in Barcelona etwas bezahlt bekam.

Nach und nach baute sie sich einen Freundeskreis auf, der mit der Filmszene zu tun hatte und mit dem sie sich viel besser verstand als mit ihren ehemaligen Kommilitonen aus der Akademie. Ihr Verständnis vom Kino war viel weiter gefasst und weniger fanatisch: Einige waren Anhänger des fantastischen oder Horrorfilms, andere neigten mehr zum Dokumentarfilm, und, ja, es gab auch den einen oder anderen, der den Kunst- oder Experimentalfilm favorisierte, aber niemand von ihnen glaubte, dass es nötig wäre, diejenigen, die das Kino mit anderen Augen als sie selbst sahen oder nicht so hohe intellektuelle Ansprüche hatten, auszurotten.

Obwohl ihr noch vieles zu tun blieb, machte sie sich doch schon Gedanken über ihren ersten Kurzfilm. Sie sammelte Ideen, verwarf einiges, dachte sich geniale Sachen aus, die ihr am nächsten Tag nur noch Schund zu sein schienen – was meistens dann passierte, wenn sie betrunken war –, das Übliche eben in jedem kreativen Prozess. Wie alle, die anfingen, war Nora sich bewusst, dass sie, wenn sie den Film schließlich in Angriff nahm, sich selbst um das Drehbuch, die Garderobe, die Produktion, die Kamera und sogar das Catering kümmern musste. Sie konnte auf die Hilfe einiger ihrer Freunde aus der Filmakademie zählen – mit ihnen zusammenzuarbeiten war so, als ob man seinen eigenen Garten bestellte: Wenn du bei jemandem »einen gut hast«, ist alles viel einfacher – sowie auf eine extra dafür vorgesehene Summe aus ihren Ersparnissen. Es gab keine Beihilfen oder Subventionen für angehende

Regisseure, erst recht nicht, wenn sie aus dem Ausland kamen und nicht an einer spanischen Akademie studiert hatten. Trotz all dieser »Aber«, die nicht wenige waren, wusste Nora, dass sie ihren Kurzfilm eher früher als später verwirklichen würde.

Auch hatte sie neue Freunde kennengelernt – Henrik und Carlota waren fast schon wie Familie – und einige Liebhaber, auch wenn sie mit keinem von ihnen über zufällige Treffen hinausgegangen war. Tom, ein Junge aus Kuba – Student der berühmten Filmakademie in San Antonio de Baños –, war ein Freund von einem Freund von einer Freundin, den sie zufällig auf einer Fiesta in seiner Wohnung traf, wo sie mit ihm auf einem Sofa ein Bier nach dem anderen trank und über Filme redete. Die Unterhaltung war viel spannender als der Sex mit ihm, und als sie sich wieder trafen, begrüßten sie sich wie alte Freunde, und das war's. Mit Marina, einem Mädchen aus Barcelona, das auf der Suche nach ihrem ersten lesbischen Abenteuer war, küsste und befummelte sie sich leidenschaftlich eine ganze Nacht hindurch, aber als die Stunde der Wahrheit schlug, war es ihnen beiden peinlich, aufs Ganze zu gehen, und so tauschten sie nur ihre Telefonnummern aus, die sie, wie vorauszusehen war, nie nutzten. Ein Kellner aus Madrid, der einen Freund besuchen kam. Ein irischer Erasmus-Student. Namen, die man in den Terminkalender schreibt und die aus dem Gedächtnis fast so schnell verschwinden wie ihr Geruch aus den Laken. Lustige Liebesversuche, ein Augenblick der Freude und ein paar blaue Flecken aus Leidenschaft (im besten Fall), aber alles aus der Kategorie Ex und Hopp.

Ihre Beziehung zu Carlota hatte etwas an Intensität verloren, sie hatte sich normalisiert, so wie es einem Paar passieren kann, das nach Jahren einer Liebe auf Entfernung sich entschließt zu heiraten und zusammenzuziehen. Sie verstanden sich gut und ergänzten sich perfekt, aber die Routine – eine Routine in geringem Maße, aber letztendlich Routine – hatte sich in ihrem gemeinsamen Leben eingenistet, im Guten wie im Schlechten.

Thor sprang Nora entgegen – in dem Glauben, dass das Durcheinander der Klamotten, das Nora auf der Suche nach den Schuhen verursachte, ein Disneyland für Katzen sei – und jagte ihr einen gehörigen Schrecken ein. Gleichzeitig hörte sie, wie die Wohnungstür ins Schloss fiel, und Carlotas Stimme fragte, ob jemand da sei.

»Ja, ich bin hier, komm rein! Ich suche ein Paar Schuhe.«

»Du Ärmste«, spottete Carlota und steckte den Kopf durch die Tür, wohl wissend, dass das, was sie gleich sehen würde, der reinste Horror war. »Bist du mit Spitzhacke und Schaufel unterwegs? Was ist mit der Grubenlampe? Hast du den Kursus über die Bestimmung von Fossilien belegt? Wenn du Öl findest, sag Bescheid, wir könnten uns eine goldene Nase verdienen!« Sie warf sich auf das ungemachte Bett, wo

Mazinger vor sich hin döste, und begann, Thor zu streicheln, der, begeistert von den Zärtlichkeiten, sofort anfing zu schnurren.

»Du siehst müde aus. Wo bist du gestern abgeblieben?«, fragte Nora aus dem Schrank heraus.

»Mal hier, mal da. Mit einem Freund. Außerdem, was geht dich das an?«

Wie immer vermied Carlota konkrete Antworten, wenn es um ihr Liebesleben ging.

»Aha, mit einem Freund. Weißt du, was ich glaube? Ich glaube, du hast einen Bräutigam. Ich glaube, du hast einen Bräutigam und dass ihr heiraten werdet und dass du das Kleid einer Prinzessin tragen wirst, und wenn sie nicht gestorben sind, dann leben sie noch heute.«

Carlota schnaubte, während sie sich die Stiefel auszog.

»Wie du meinst. Pf, was für eine Hitze. Ich muss die Sommerschuhe langsam rausholen.« Carlota meinte die alten Converse, die schon fast auseinanderfielen und die sie immer zwischen Juni und September trug, wenn selbst sie es nicht mehr aushielt, mit einem Paar Doc Martens durch die Stadt zu laufen, die mit dem Asphalt verschmolzen. »Hör mal, du kleine Hure. Warum hast du dich denn um diese Zeit so aufgedonnert? Ein Notfall bei deinem Escort-Service? Musst du einen schwerreichen saudischen Scheich befriedigen? Los, erzähl schon!«

Dieses Mal war Carlota es, die das fliegende Kissen in den Nacken traf.

»Und du sagst, dass ich zu viel frage. Nein, meine Liebe. Heute ist die Fiesta. Die Fiesta ...«

Carlota unterbrach sie.

»Ach ja, das hatte ich vergessen. Die Fiesta. Die Fiesta, auf der ich meinen blaublütigen Prinzen kennenlernen werde, von dem ich geträumt habe ...«, trällerte ihre Freundin vor sich hin und tanzte mit dem Kater (der sich deutlich entrüstet zeigte) den Aschenbrödel-Walzer.

»Ich weiß, dass ich es heftig bedauern werde, aber willst du mitkommen? Henrik sagte mir, ich könne jemanden mitnehmen. Also, wenn du magst ...«

»Nein danke. Es ist dein Tag und deine Fiesta. Aber ich habe etwas für dich ...«

Sie verließ das Zimmer mit ihren tanzenden Bewegungen und kam mit einer Tragetasche von Zara zurück.

»Nimm, es gehört dir. Ich sah es zufällig und dachte, dass es unheimlich gut zu deinen roten Hexenhaaren und deinem Hinterteil einer Brasilianerin passen würde.«

Nora öffnete die Tasche und fand, eingewickelt in schwarzes Seidenpapier, ein Kleid, ebenfalls schwarz und mit einem Ausschnitt, der nichts zu wünschen übrig ließ. Das Oberteil war aus glattem Stoff und der Rock, der eine Handbreit über dem Knie endete, aus kostbarer Seidenspitze.

»Carlota ... es ... es ist wunderschön. Danke, vielen, vielen Dank!« Sie stürzte auf ihre Freundin zu, um sie heftig zu umarmen.

Carlota, die nicht gerade begeistert war von körperlichem Kontakt, blieb steif wie ein Stock.

»Schon gut, schon gut. Ich hab's kapiert. Es gefällt dir. Ein schlichtes Dankeschön hätte es auch getan ...«

»Alte, warum bist du bloß so ungenießbar? Lass dir wenigstens einen Kuss geben! Ein wenig Dankbarkeit steht jedem gut ...«

»Sind wir schon wieder bei den Sprichwörtern«, sagte Carlota, während sie versuchte, sich vor dem Kuss zu drücken, den Nora ihr jetzt geben wollte, was zu einer urkomischen Verfolgungsszene ausartete.

Nach dieser Showeinlage im Stil von Benny Hill und nachdem Carlota ihr noch ein paar Ratschläge mehr erteilt hatte (die mit der Wahl der Unterwäsche zu tun hatten und damit, sich ein paar flache Schuhe mitzunehmen für den Fall, dass die hohen Absätze sie umzubringen drohten), machte Nora sich, immer noch lachend und mit roten Wangen, daran, das Kleid anzuprobieren. »Ich sehe aus, als ob ich gerade gevögelt habe«, sagte sie zu sich selbst, als sie sich im Spiegel betrachtete und sich zuzwinkerte. Es saß wie maßgeschneidert und passte wunderbar zu ihrer üppigen Brust. Sie nahm eine Brust in jede Hand und hob sie so an, dass ungefähr fünfunddreißig Prozent von ihnen oberhalb des Dekolletés zu sehen waren und die Brustwarzen genau auf einer Höhe lagen.

Perfekt, dachte Nora zufrieden.

Der nächste Schritt, das Make-up, war nicht gerade ihre Stärke, aber dieses Mal wollte sie ordentlich Farbe auflegen, auch wenn sie am nächsten Morgen Hammer und Meißel benötigen würde, um sie wieder loszuwerden. Nachdem sie eine Viertelstunde mit dem Eyeliner experimentiert hatte, gelang es ihr, einen perfekten Lidstrich zu ziehen, so wie Ava Gardner ihn in den Filmen hatte, die ihrer Großmutter gefielen. Dann legte sie etliche Schichten Wimperntusche auf, sodass ihre Wimpern aussahen wie sonderbare Insekten, die ein Eigenleben führten, und schließlich griff sie zu einem Lippenstift für die ganz großen Gelegenheiten: ein Rot von Chanel, das einen vielversprechenden Namen hatte: La Sensuelle.

Da sie die High Heels nicht wiederfand, komplettierte sie ihr Outfit mit den einzigen hochhackigen Schuhen, die sie sonst besaß (schwarz, nüchtern, der typische Tanzschuh für jede Gelegenheit), und weil der Abend frühlingshafte Temperaturen bescherte, verzichtete sie auf Strümpfe. Parfüm legte sie nicht auf, denn sie war der Meinung, dass kein Duft – oder höchstens ihr körpereigener Duft – inmitten der schweren Aromen, die sie umgeben würden, hervorstäche. *Sich durch ein Fehlen auszeichnen, während die anderen durch ein Übermaß auffallen, ist kein schlechter Plan,* dachte sie, während sie ihre Jeansjacke suchte, die schon ziemlich abgewetzt war und ihrem Kleid etwas von der Ernsthaftigkeit nehmen würde. Eine Tasche vom Typ Arztkoffer in der Hand, ein paar leichte Kniffe in die Wangen – ein Trick, den ihre Großmutter ihr als kleines Kind gezeigt hatte und den sie heute noch fast jeden

Tag anwandte –, so verabschiedete sie sich von Carlota (die auf dem Sofa lag, sich ein Käsebrötchen mit Thor teilte und MTV sah), und dann verließ sie die Wohnung.

Es war erst kurz nach acht und immer noch hell. Da es noch viel zu früh für die Fiesta war, ging sie auf ein Bier – für Wodka mit Red Bull war es auch noch zu früh – in ihr Lieblingslokal um die Ecke, wo ihr die Musik gefiel und sie alle Kellner kannte.

Blonde Redhead erklang aus den Lautsprechern, und sofort wusste sie, dass Albert hinter dem Tresen stand. Die Musik ließ daran keinen Zweifel. Sie begrüßten sich mit Küsschen, und Albert machte ihr ein paar Komplimente. Plötzlich kam es Nora doch nicht mehr so früh vor, und eigentlich war ein Wodka mit Red Bull genau das Richtige, also bestellte sie einen.

Eine Dreiviertelstunde und drei Drinks später (wenn sie nervös war, konnte sie sehr schnell trinken) nahm sie sich, schon ziemlich beschwipst, ein Taxi, das sie direkt zum Erfolg führen sollte. Sie schwor sich, nichts mehr zu trinken – zumindest in den nächsten paar Stunden –, verzog die Lippen im Rückspiegel schon mal zu einem Lächeln, legte sich witzige Antworten für Unterhaltungen zurecht, die noch gar nicht stattfanden, schraubte ihr Selbstbewusstsein ins Unermessliche und sagte sich immer wieder, dass sie es schaffen würde und jetzt der Moment gekommen war, es zu beweisen.

Am Eingang des Otto Zutz stand doppelt so viel Sicherheitspersonal wie sonst herum, und außerdem schienen sie an jenem Abend auch doppelt so groß zu sein. Sie mussten ihr die Tür des Mercedes gar nicht öffnen, so wie sie es bei den anderen Eingeladenen taten, denn Nora stieg lieber an der Straßenecke vorher aus, um noch ein wenig Luft zu schnappen.

Jetzt galt es nur noch, diesen fürchterlichen Moment zu überwinden, das Ritual des »Hallo, ich stehe auf der Einladungsliste, mein Name ist Nora Bergman«, das immer mit einem »Nein, tut mir leid, mach bitte Platz und lass die anderen durch« enden konnte und alles zunichtemachte.

Das war nicht der Fall, und eine halbe Minute später war Nora drin, mit einem Glas Champagner in der Hand. Sie wollte zwar nichts mehr trinken, aber ein Kellner im Frack hatte es ihr gereicht, und so nahm sie, schon fast unbewusst, einen großen Schluck.

Auf den ersten Blick lag das Durchschnittsalter der Anwesenden erheblich über dem Alter von Nora. Es gab nur wenige junge und unverschämt hübsche Mädchen, die in Grüppchen herumstanden und ununterbrochen lachten. *Die typischen Models, die engagiert wurden, um die Sache etwas aufzumöbeln,* dachte Nora, die die Strategien bei solchen Events genau kannte. Die restlichen Leute waren Männer mittleren Alters in grauen Anzügen, einige ebenfalls ziemlich unscheinbare Frauen, die an den Armen jener Männer hingen, und ein paar bekannte Gesichter mit ihrem jeweiligen Gefolge. Die Musik, voll aufgedreht, obwohl es erst kurz nach halb zehn war, bestand aus jenen Potpourris der Achtzigerjahre, um die man den DJ gebeten hatte und die immer abwechselnd mit den großen Hits der House-Musik von gestern und vorgestern gespielt wurden. Ihre Erwartungen an diesen Abend waren nicht mehr ganz so hoch und ihr Glück schon fast verflogen.

Hey, Nora. Du bist erst eine Viertelstunde hier. Kein Grund, schon den Mut zu verlieren!, sagte sie sich, obwohl diese Coaching-Versuche an ihr selbst nur selten funktionierten.

Entschlossen, die Sache so zu nehmen, wie sie war, suchte sie den Tresen auf, an dem ihr guter Henrik arbeitete. Als sie ihn sah, stieg sie fast auf die Theke, um ihn zu umarmen, wobei sie einem jungen Mann im Anzug, der nur kaum einen Meter von ihr entfernt am Tresen stand, sich an einem Glas Whiskey mit Eis festhielt und rauchte, einen angenehmen Blick auf ihren Hintern ermöglichte. Ein kurzer Gruß, Jacke und Tasche verblieben in der Obhut ihres Freundes, ein kleiner Schluck – das seltsame Vorhaben, nichts mehr zu trinken, war nur noch Erinnerung –, und schon lehnte sie am Tresen und wartete, bis ihr Freund eine Horde von »lachenden Models ohne Hirn und Männern ganz in Grau« bedient hatte.

»Kann ich dich auf ein Glas einladen?« Der Typ mit dem Whiskey in der Hand wandte sich mit einem Anflug von Lächeln an Nora.

»Der Kellner ist mein Freund, er kann mich auf so viele Gläser einladen, wie ich möchte. Du musst dein

Angebot schon erhöhen«, antwortete sie, überrascht von ihrer eigenen Spottlust.

»Ich werde es versuchen, keine Bange. Ich heiße Xavier, und du?«, sagte er und reichte ihr die Hand.

»Nora, Nora Bergman«, antwortete sie mit einem festen Händedruck.

Er lachte herzlich. »Ein schöner Künstlername. Kommt mir irgendwie bekannt vor.«

»Sehr witzig«, antwortete Nora, die jetzt beleidigt war und Lust hatte, es ihm heimzuzahlen. »So heiße ich wirklich, meine Mutter ist Schwedin, und in Schweden, falls du es noch nicht weißt, können wir zuerst den Nachnamen unserer Mutter nehmen. So ist das nun mal in entwickelten Ländern, ich erwarte nicht, dass du das verstehst. Soll ich dir noch ein Glas bestellen, oder was?«

Er nickte mit dem Kopf, völlig immun gegen die Ausfälle der Rothaarigen, die mit zwei Gläsern zurückkam.

»Dass du mich auf das erste Glas einlädst, dürfte auch eine Erfindung der ersten Welt sein, aber trotzdem, danke. Jetzt stehe ich in deiner Schuld, was möchtest du, dass ich für dich tue? Vermutlich bist du Schauspielerin, denn du hast einen zu hübschen Körper, um eine von diesen Bohnenstangen zu sein, die man Models nennt. Und außerdem scheint Rot deine natürliche Haarfarbe zu sein ...«

Nora konnte es nicht fassen. Welch eine Frechheit, jetzt wollte der Lackaffe mit ihr anbändeln. Sie schaute ihn sich zum ersten Mal richtig an. Er war makellos gekleidet – sein Anzug schien eher von Armani als von Pull & Bear zu sein –, perfekt frisiert, mit gepflegtem Dreitagebart, und als Nora seine Hände betrachtete, hätte sie schwören können, dass er zur Maniküre ging. Sein offensichtlich exklusives Parfüm duftete nach Holz und Gewürzen. *Was für einen Aufwand dieser Mann treibt,* dachte Nora. *Ich möchte nicht wissen, wie viele Stunden er am Tag damit verbringt, um so auszusehen, aber das Resultat ist gar nicht mal schlecht …*

»Nein, ich bin keine Schauspielerin. Auch kein Model und danke für das Kompliment, dass du mich dick nennst, wenn auch auf eine elegante Art und Weise. Im Moment bin ich Kellnerin, obwohl ich in Stockholm Film studiert habe, ich arbeite gerade an meinem ersten Kurzfilm.«

Kaum hatte sie es gesagt, bereute sie es schon. Er war sicherlich ein Superproduzent, und sie stand nun da wie eine von den Tausenden von Kellnerinnen oder was auch immer sie waren, die die Nächte in Barcelona bevölkerten, in einer Stadt, in der kein junger und hübscher Kellner wirklich Kellner ist, sondern ein Designer, Model, Schauspieler oder Drehbuchautor, der darauf wartete, sich in Kürze »seinem Ding« widmen zu können.

Ihr Gesprächspartner lachte.

»Entschuldige bitte, aber ich lache nicht über das, was du gerade gesagt hast, sondern über das Gesicht, das du machst. Es sieht aus wie ›Ich möchte vor

Scham am liebsten im Erdboden versinken!‹ Sieht lustig aus.«

»Schau mal, ich glaube, ich werde diese Unterhaltung jetzt für beendet erklären und mich weiter betrinken und langweilen. Ich bin ein Niemand, du hast es ja schon gesehen, danke und mach's gut.« Sie drehte sich um und wollte gehen.

»Hey, nun hau nicht gleich ab! Ich hab's auch satt hier und bin auch ein Niemand. Vermutlich fange ich auf meine Art auch erst gerade in der Welt des Kinos an.«

Nora entspannte sich ein wenig und hörte auf, das Glas in ihrer Hand, das kurz vor dem Zerspringen war, zu pressen.

»Wie bist du denn hier auf die Fiesta gekommen? Wer hat dich eingeladen?«

»Eingeladen ist nicht das richtige Wort. Man hat mich eher gezwungen. Konkret gesagt, hat mich mein Vater, Xavier Dalmau senior, unter Androhung von Gewalt gezwungen herzukommen. Er ist zufällig der Produzent dieses ungenießbaren Streifens.«

Nora wurde wieder nervös, mehr noch als vorher.

»Na klar, du fängst erst an. Nur, dass du keine Getränke servieren musst, um deine Brötchen zu verdienen. Du hast ein Penthouse in Pedralbes, zwei Masseure, einen Porsche und – mal sehen, ob ich richtig liege – einen privaten Tennislehrer. Genau wie ich. Genau die gleiche Chose. Es gefällt dir, die Kellnerinnen mit deinem Geld zu beeindrucken, nicht wahr?

Glückwunsch, mich beeindruckt das nicht. Ob Autos, Häuser oder Schmuck, das interessiert mich nicht die Bohne.«

»Hübscher Vortrag. Okay, Geld beeindruckt dich nicht. Was beeindruckt dich dann?«

»Talent. Menschen, die die Dinge, an die sie glauben, auch umsetzen; die dafür kämpfen, dass sie es schaffen. Natürlich gefallen mir auch materielle Sachen: Blumen, Schokolade, kleine Katzen zum Schmusen, auch wenn sie später groß werden und alles voller Haare ist. Solche Sachen gefallen mir, Kleinigkeiten …«

»Verstehe. Für dich steht also fest, dass ich, als Sohn eines renommierten Produzenten mit einem Porsche – der übrigens ein Mercedes ist – und einem Penthouse im Nobelviertel von Barcelona niemals für irgendetwas kämpfen muss und dich niemals beeindrucken werde. Ist es so?«

»Das hast du gesagt, nicht ich«, antwortete Nora verächtlich. »Ich lade dich jetzt zu einem weiteren Drink ein: erstens, um dir nichts schuldig zu sein, und zweitens, damit du siehst, dass Kellnerin zu sein auch seine Vorteile hat.«

»Noch einen? Ich habe diesen noch nicht mal ausgetrunken. Trinkst du nicht ein bisschen zu schnell?«

Nora seufzte.

»Wenn ich jedes Mal, wenn mir jemand diese Frage gestellt hat, eine schwedische Krone bekommen hätte, hätte ich mir schon längst Schloss Drottningholm gekauft.«

So redeten sie noch eine ganze Weile, und Nora bemerkte, dass sie doch recht widersprüchliche Gefühle für Xavier empfand: Sie fühlte sich hingezogen zu ihm, und andererseits war er ihr zuwider. Er war ein unglaublicher Fatzke, das war nicht zu übersehen, was ihm eine ätzende Selbstsicherheit verlieh, die sie abstieß. Andererseits war er ein guter Gesprächspartner: Seine Antworten kamen schnell und waren pfiffig, er akzeptierte einen Schlagabtausch auf hohem Niveau, ohne böse zu werden oder sich geschlagen zu geben, was ihn zu einem ziemlich lustigen Sparringspartner machen konnte. Sein Aussehen war tadellos, er war zweifelsohne sexy – *vielleicht ein bisschen klein,* dachte Nora, um wenigstens irgendetwas an ihm zu beanstanden –, aber er war nicht ihr Typ. Nora stand eher auf natürliche Schönheiten, Leute wie Carlota, die schön waren auch mit einem schmutzigen T-Shirt und glaubten, dass »Spa« die Abkürzung für eine amerikanische Raumfahrtagentur wäre.

Als Nora den dritten Drink holen ging und zurückkam, sprach ihr neuer Freund (oder Feind, so sicher war sie sich da noch nicht) gerade mit einem anderen Mann. Obwohl dieser mit dem Rücken zu ihr stand, versetzte ihr Instinkt sie in Alarmzustand. Seine Größe, die Breite seiner Schultern, das wellige Haar und die braune Haut ließen bei ihr alle Alarmglocken schrillen. Er trug ein Paar khakifarbene Chinos und ein schwarzes T-Shirt und strahlte eine Natürlichkeit aus, für die man bei so viel Etikette dankbar war. Ganz verrückt darauf, ihm ins Gesicht zu sehen, legte sie ihr strahlendstes Lächeln auf und beeilte sich, Xavier das Glas in die Hand zu drücken, damit er ihr seinen attraktiven Gesprächspartner vorstellte.

»Matías, das ist Nora. Schmucksachen mag sie nicht. Was ihr gefällt, sind Katzen ohne Haare, Schokolade und talentierte Menschen, also hast du dich da nicht einzumischen. Sie weiß es zwar noch nicht, aber sie wird mich heiraten.«

Nora begrüßte Matías mit zwei Küssen, die eine Sekunde länger dauerten als nötig.

»Sehr angenehm! Was er gesagt hat, stimmt, bis auf die Hochzeit, die nur in seinen Träumen stattfindet. Aber ich mag es auch, wenn man mir das Frühstück ans Bett bringt, besonders mit Orangensaft und Croissants.«

Von vorne betrachtet war er noch attraktiver. Dunkelhaarig, helle Augen und volle Lippen, die dazu einluden, sie zu beißen. Gut rasiert, kein Parfüm, höchstens das leichte Aroma eines Duschgels oder einer Feuchtigkeitscreme.

»Schön, dich kennenzulernen.«

Mehr sagte er nicht. Nicht ein Wort. Sein Akzent ließ Nora vermuten, dass er Südamerikaner sei, und später sollte sie erfahren, dass er Argentinier war.

Nora war entzückt von der Möglichkeit, einen Südamerikaner kennenzulernen, sie hatten sie schon immer neugierig gemacht. Er blieb stehen und hörte der Unterhaltung zwischen Xavier und Nora zu. Sie wurde zusehends aggressiver, um die Aufmerksamkeit ihres passiven Gesprächspartners zu erregen, und sie war betrunken genug, um eine kleine Szene zu inszenieren. Selbst Xavier, der von einem Panzer umgeben schien, der ihn gegen alles immun machte, schien die Situation langsam brenzlig zu werden.

Nora nutzte einen Moment des Schweigens, um ihnen vorzuschlagen, für ein Weilchen die Tanzfläche unsicher zu machen. In dem ganzen Mix aus Scheußlichkeiten und Glückseligkeit, für die die Achtzigerjahre verantwortlich waren, erklang ein Song, der ihr immer gefallen hatte: »Super Freak« von Rick James. Irgendwie identifizierte sie sich mit der Protagonistin des Liedes, und die Melodie eignete sich perfekt, um beim Tanzen richtig abzuhotten. Xavier folgte dem Vorschlag, und Matías verharrte in seiner Rolle als Totem, ohne ein Wort zu sprechen und fast ohne sich zu bewegen, aber ständig an ihrer Seite, ohne Nora aus den Augen zu lassen. Was Nora langsam nervös machte – im positiven Sinne. Leute, die nicht redeten, hatten schon immer ihre Neugierde geweckt, denn sie glaubte, dass sie, wenn sie erst anfingen zu reden, wirklich interessante Sachen zu erzählen hätten und dass es sich lohnte, ihnen zuzuhören. Obwohl sie leider auch schon mal jemanden getroffen hatte, der schwieg, weil er nichts zu erzählen wusste, aber das war ein Einzelfall gewesen.

Sie tanzten, tranken und redeten weiter über Musik, über Reisen und über Filme, der einzige Moment, in dem Matías wirklich an der Unterhaltung teilnahm. Obwohl er es nicht ausdrücklich sagte – er schien keiner von denen zu sein, die etwas ausdrücklich sagten –, folgerte Nora aus seinen Äußerungen, dass er sich der Filmregie widmete. Xaviers Gesten ließen immer weniger Zweifel an seinen Absichten hinsichtlich Nora. Er legte ihr unauffällig eine Hand auf das Bein (sie schob sie beiseite, aber lachte), er drehte sich immer dorthin, wo sie gerade stand, und benutzte alle gängigen Tricks der Verführung. Nora, die seinen Reizen gegenüber immun war, hörte Matías aufmerksam zu, der von einem Dokumentarfilm erzählte, den er im vorigen Monat in Chile gedreht hatte.

Den Rest der Nacht verbrachten sie an einem Tisch und redeten über Filme, die ihnen gefielen oder nicht gefielen, über Pläne, die sie aufgegeben hatten, und solche, die sie in Zukunft verwirklichen wollten. Matías redete wenig – aber wenn er es tat, hing Nora geradezu an seinen Lippen –, und Xavier redete eher zu viel. Seine Verführungsversuche nahmen zusehends an Intensität ab, weil Nora ihnen wie eine Profiboxerin auswich.

Als die Scheinwerfer aufflammten und die Security sie freundlich aufforderte, das Lokal zu verlassen, bemerkte Nora, dass sie schon seit mehr als einer Stunde nicht mehr bei Henrik gewesen war. Sie ging zum Tresen, um sich ihre Jacke und die Tasche zu holen, und schon völlig betrunken, sagte sie ihm, dass er bei ihr schlafen könne. Sie würden noch ein paar Pommes frites essen und sich einen Film anschauen. Henrik fand die Idee gut, aber er müsste erst noch aufräumen und sauber machen hinter dem Tresen.

»Warte draußen auf mich, du kleiner Schluckspecht. Ich komme gleich.«

An der Tür gab Xavier ihr seine Visitenkarte und bat sie auch um ihre. Nora hatte natürlich keine und kritzelte ihre Telefonnummer auf ein Stück Papier, das sie aus der Tasche kramte. Sie fühlte sich nicht wohl, ihr war schwindelig, und die Schuhe drückten entsetzlich. Matías, schweigsam und unbeweglich wie eine Heiligenfigur, rauchte eine selbst gedrehte Zigarette.

»Soll ich dich nach Hause begleiten? Es liegt auf meinem Weg.«

Xavier spielte seine letzte Karte aus, hatte aber nicht damit gerechnet, dass Nora noch einen Trumpf im Ärmel hatte.

»Danke, nicht nötig. Ich begleite lieber ihn. Wir sehen uns!«

Sie drückte dem erstaunten Produktionsanwärter einen schmatzenden Kuss auf jede Wange, ergriff die Hand ihres schweigsamen Begleiters und ging mit ihm zu einem Taxi, das gerade vorbeikam.

Matías nannte dem Taxifahrer eine Adresse (von der Nora nur das Wort »Ramblas« verstand), und dann stiegen sie ein. Nora kauerte sich an Matías, sie war so betrunken, dass sie nicht wusste, was sie ihm sagen sollte, obwohl sie ihm gerne vieles gesagt hätte. Sie fühlte sich so wohl mit ihm.

Matías weckte sie, als sie ankamen. An den Rest der Nacht hatte sie nicht allzu viele Erinnerungen. Treppen, auf denen Matías ihr beim Hochsteigen helfen musste, sie hatte sich die Schuhe ausgezogen, sich aufs Sofa gelegt, und Matías hatte ihr eine Decke gebracht. Ein Dackel bellte sie an und wollte zu ihr aufs Sofa, aber Matías ließ es nicht zu.

»Nein, bring mich ins Bett, in dein Bett.«

Ein paar starke Arme hoben sie hoch und nahmen sie mit. Und im Bett, ein Kuss auf die Stirn und ein »Schlaf schön, Süße«. Nora hatte nicht einmal mehr die Kraft, sich zu beklagen, und schlief auf der Stelle ein.

Ein Sonnenstrahl fiel ihr direkt ins Gesicht und schaffte es, trotz der geschlossenen Lider, bis in ihre Augen vorzudringen. Die Schadensbilanz war positiv, sie schien nicht besonders lädiert zu sein. Sie hatte gut geschlafen, was sie ziemlich überraschte, denn das war ihr nicht oft passiert in einem fremden Bett mit einem fremden Mann. Die Wohnung war schlicht, aber warm eingerichtet, mit alten Möbeln, Büchern und dem einen oder anderen Bild – Nora fiel besonders eines auf, das eine nackte Frau darstellte, und sie fragte sich, wer diese Frau wohl sei und ob sich dahinter eine Geschichte verberge, wobei sie einen Anflug von Eifersucht verspürte. Neben ihr schlief Matías, leicht zusammengerollt und auf der Seite liegend, eine Haarsträhne fiel ihm ins Gesicht. Sie war immer noch entschlossen, mit ihm zu schlafen, obwohl sie vermutete, dass er ein Mensch mit echten mentalen Problemen war (vielleicht irgendein sexuelles Trauma?) oder einfach ein Schwuler, der das Experiment seines Lebens machte. Der Gedanke bekümmerte sie und machte sie gleichzeitig wütend, sie verstand nicht, warum ihr sechster Sinn – der ziemlich gut entwickelt war, wenn es darauf ankam, die wirklich Durchgeknallten von den interessanten, aber mit einer genialen Spur von Verrücktheit ausgestatteten Männern zu unterscheiden – sie diesmal nicht gewarnt hatte.

Wenn er nichts von mir will, warum hat er mich dann mitgenommen? Warum hat er mich verführt oder durchblicken lassen, dass er sich von mir verführen lassen würde oder was auch immer gestern geschehen war?, fragte sich Nora, als sie Matías zu ihrer Rechten im Schlaf lächeln sah. Sie war unschlüssig, ob sie ihn wecken sollte, um von ihm eine Erklärung zu verlangen, ob sie still und heimlich gehen oder ihn mit einem seiner Kopfkissen ersticken sollte.

In dem Maße, wie sie immer wütender wurde, nahm die dritte Möglichkeit zunehmend Gestalt an, leider war sie reichlich ungesetzlich, sodass sie sich dafür entschied, ihn mit den Beinen aus dem Bett zu schieben. Er fiel der Länge nach mit einem dumpfen Knall auf den Fußboden.

Aber er machte keine Anstalten aufzustehen, er wachte nicht einmal auf. *Und wenn er sich nun den Kopf aufgeschlagen hat?*, dachte Nora, *und ich ihn aus Versehen umgebracht habe?* Sie sprang aus dem Bett, wickelte sich in ein Laken und fiel fast hin. Sie stolperte über ihre eigenen Schuhe, ein marokkanisches Ledersitzkissen und einen pummeligen Dackel – der sie schon wieder anknurrte –, bevor sie das Bett umrundet und Matías erreicht hatte, der immer noch, anscheinend bewusstlos, auf dem Boden lag. Nora schüttelte und trat ihn und begann zu schreien.

»Du darfst nicht sterben! Es war nur ein Scherz. Ich war wütend, weil du mich nicht beachtet hast, und wollte dich nur wecken. Ich wollte dich nicht umbringen! Das darf doch nicht wahr sein!«

In diesem Moment, als Nora nicht mehr sicher war, ob ihr Bettgenosse ihr etwas vorspielte oder tatsächlich bewusstlos war, öffnete Matías die Augen, packte ihre Handgelenke, damit sie aufhörte, ihn zu schütteln, und in weniger als fünf Sekunden warf er sie mit einer Beinschere auf den Rücken und setzte sich auf sie.

»Welch ein böses Erwachen! Wo sind der Kaffee, der Saft, die Croissants, das Gebäck und die belegten Käsebrötchen, die du mir gestern versprochen hast? Was habe ich verbrochen, dass dieses herrliche Frühstücksversprechen sich in eine Tracht Prügel verwandelt hat? Hast du einen Albtraum gehabt, habe ich dich im Schlaf getreten, oder hatte ich kalte Füße?«

Nora lachte erleichtert und zufrieden wie ein verspieltes Kind.

»Du bist so schön, wenn du lachst. Deine runden Wangen rutschen nach oben, und man sieht fast nichts mehr von deinen Augen. Wie bei einem zarten und rosigen Ferkel.«

Nora konnte kaum glauben, was sie gerade gehört hatte. Das war zweifelsohne das eigenartigste Kompliment, das man ihr je gemacht hatte. Wenn es denn ein Kompliment war ... Und wenn es keines war? Nahm er sie schon wieder auf den Arm?

»Schau, gestern hast du mir sehr gefallen. Aber ... ich ... ich verstehe einfach nicht, was du da sagst. Ich weiß nicht, ob du ein reizender Mensch bist oder ein gefährlicher Verrückter. Ich wollte nur mit dir schlafen. Es schien mir eine tolle Idee zu sein, ohne Komplikationen. Du ... du hast mich glauben lassen, ich hätte dich getötet. Und nun bereue ich es fast wirklich, es nicht getan zu haben. Schau mich an, wie ich hier auf dem Boden liege, mich nicht bewegen kann, von einem Hund an den Fußsohlen geleckt werde und wir noch nicht einmal gevögelt haben. Sicherlich, gestern war nicht mein Tag. Aber scheinbar hat sich die ganze Welt gegen mich verschworen, damit ich verrückt werde ...«

Ohne dass sie es bemerkte, war sie wieder laut geworden. Der Dackel hatte sich mittlerweile in Höhe ihres Kopfes hingesetzt und schaute sie völlig fasziniert an.

»Du bist tatsächlich noch viel verrückter, als ich geglaubt habe. Gestern kamst du mir schon reichlich verrückt vor, aber verglichen mit dem, was ich jetzt sehe, warst du gestern fast normal. Meine kleine Bekloppte ... Bekloppte, Bekloppte ...«

Matías beugte sich zu ihr hinunter. Anfangs erschrak Nora und versuchte zurückzuweichen, aber das ist nicht ganz einfach, wenn man auf dem Boden liegt und jemand auf einem sitzt. So schlug sie nur mit dem Kopf auf, was zum Glück durch den Teppich gedämpft wurde. Er fing an, sie zu küssen, zunächst auf die Wangen, die Schläfen, die Ohren und die Augen. Zarte Küsse, auch kräftigere, manche feucht, andere schmatzend, wie die einer Großmutter, die einen auf die Stirn küsst.

Nora war völlig verblüfft und wusste nicht, wie sie reagieren sollte. Das alles war nicht sehr erregend, es war so sonderbar, so außergewöhnlich, dass sie gar nicht gewusst hätte, wie sie es auch nur beschreiben sollte. Sie war so erstaunt, dass sie für einen Moment sogar vergaß zu atmen.

Matías hörte nicht auf, sie zu küssen: eine, zwei, vielleicht sogar fünf Minuten. Langsam entspannte Nora sich und begann, die Situation zu genießen. Ein Genuss, der momentan ohne sexuelle Begleitvorstellungen war, aber es kam ihr jedenfalls nicht mehr so extrem seltsam vor, und es gefiel ihr sogar. Die Küsse verlagerten sich auf die Schultern, hinter die Ohrmuscheln, auf das Schlüsselbein. Jetzt biss er sie hin und wieder ganz leicht oder fuhr ihr mit der Zungenspitze in die Achselhöhle oder über die rechte Brust, wobei er eine warme und feuchte Spur in Form eines fast perfekten Kreises hinterließ.

So langsam kam sie in Fahrt, aber sie war noch ziemlich verwirrt und wagte sich gar nicht vorzustellen, wo dieses seltsame Paarungsritual – oder wie sollte man es nennen? – sie hinführen würde. Nachdem sie mindestens eine Viertelstunde lang abgeküsst worden war, ohne dass ein entscheidender Fortgang der Ereignisse oder eine Annäherung an ihre erogenen Zonen (mit Ausnahme des Ohrläppchens) stattgefunden hätte, beschloss Nora, dass jetzt der Moment gekommen war, abzuhauen oder das Heft in die Hand zu nehmen. Andernfalls müssten sie sie in einer Zwangsjacke fortschaffen.

Sie nutzte die Situation, dass ihr knutschender Liebhaber den Druck ein wenig gelockert hatte, um der Sache buchstäblich eine andere Richtung zu geben. Nun lag sie oben und er unten. Sie hielt ihm die Hände über seinem Kopf fest, eine Position, die sie nicht allzu lange Zeit aufrechterhalten konnte.

Ihre Hüften lagen fest auf seinen Hüften, und da sie beide nur durch den feinen Stoff der Unterwäsche getrennt waren, bemerkte sie sofort, dass er nicht besonders erregt war. In diesem Moment übernahm ihr Ehrgeiz die Zügel, und sie beschloss, dass sie ihm den besten Fick seines – *bisher sicherlich miserablen* – Lebens bereiten wollte. Sie begann ihn zu küssen, so wie er es mit ihr gemacht hatte, aber mit weitaus sexuelleren Hintergedanken, begleitet von leichten, aber spürbaren Bewegungen der Hüfte. Rhythmisch und sanft, vor und zurück, als ob es unbeabsichtigt wäre, aber tatsächlich wusste sie auf den Millimeter genau, was sie tat. Ein so intensives Petting, wie sie es nie wieder seit ihrer Jugend, bevor sie ihre Unschuld verlor, praktiziert hatte.

Nach und nach begann Matías stoßweise zu atmen, und Nora bemerkte deutlich, dass ihre Vorgehensweise den gewünschten Erfolg brachte. Matías' Erektion, anfangs noch kaum wahrnehmbar, dann deutlich zu spüren und nach wenigen Minuten steil aufgerichtet, drückte – mit dem Slip dazwischen – auf ihre Klitoris. Dadurch wurde die Sache noch viel erregender, die Vorstellung, nicht ganz nackt zu sein, immer noch Slip und BH zu tragen, machte sie ganz verrückt. (Ein Ensemble aus Seidenspitze, speziell für den Anlass ausgewählt, denn »man weiß ja nie, wozu es gut sein kann auf so einer Fiesta von Filmleuten, besonders wenn man in dem Zweig arbeiten will«, wie Carlota sich ausdrückte, als sie ihr vorschlug, die schärfsten Dessous anzuziehen, die sie besaß.) Sie spürte, wie sie immer feuchter wurde – er hatte es sicherlich auch schon bemerkt – und ihr die Arme langsam wehtaten. Nora ließ seine Handgelenke los, richtete sich auf – ohne aufzuhören, lustvoll ihr Geschlecht an seinem zu reiben – und strich mit der Hand wollüstig über die Seidenspitze des BHs.

Ihre Brustwarzen, klein und rosig, wurden sofort hart, sie nahmen noch an Härte zu, als sie sich den BH auszog und ihre Brüste, stramm und üppig, freigab. Sie streichelte sich weiter, immer lustvoller, steckte sich die Finger in den Mund, um sich mit der Feuchtigkeit ihres Speichels die Brustwarzen zu benetzen und diesen Wechsel von kalt und warm zu spüren, den sie so liebte.

Nora kam wieder zu sich – sie hatte sich eine ganze Weile lang nur auf sich konzentriert, ohne wahrzunehmen, was außerhalb ihres eigenen Körpers passierte – und bemerkte, dass Matías sie mit großen Augen anschaute, wie in absoluter Bewunderung versunken. Seine Erektion war auf dem Höhepunkt angekommen, und es kostete ihn offensichtlich eine gehörige Portion Selbstbeherrschung, um nicht die Zügel in die Hand zu nehmen und sofort loszustürmen – oder anders gesagt, wie wild in sie einzudringen. Der Kampf zwischen Instinkt und Neugierde, der sich in seinem Kopf abspielte, war so uralt wie der Geschlechtsverkehr zwischen den Menschen. Das denkende Tier und das Tier schlechthin.

Ihr Spielgefährte hatte keine andere Funktion als die, die auch ein Vibrator oder ein Kissen hätte ausüben können. Nora masturbierte mit seiner Hilfe, aber ohne dass er eigentlich einbezogen war, sondern nur als Objekt diente. Es handelte sich eindeutig um ein Sexspielchen im Alleingang, in dem er nur ein nebensächliches und in gewisser Weise zufälliges Element darstellte.

Es ist noch zu früh, um ganz sicher zu sein, aber ich glaube, dass dieser Mann einen Riesenschwanz hat ..., dachte Nora, während sie sich mit der Zunge die Mundwinkel leckte.

Nora beschleunigte den Rhythmus ihrer Bewegungen, die zunächst von hinten nach vorne, dann in Kreisen, dann wieder von hinten nach vorne erfolgten. Sie versuchte, die Reibung ihrer Klitoris an dem Geschlechtsorgan ihres zur Passivität verdammten Partners zu intensivieren, und spürte, wie sie immer feuchter wurde, wie die Brustwarzen so hart wurden, dass sie schmerzten. Nora steckte den Zeige- und Mittelfinger der rechten Hand wieder in den Mund, und danach ließ sie sie in den Slip gleiten, entschlossen, sich selbst den Weg zum Orgasmus zu bahnen. Sie rieb sich immer kräftiger an Matías, unterwegs zum Höhepunkt ihrer Lust beschrieb sie mit den Fingern größere und kleinere Kreise, erhöhte und verringerte den Druck, schnurrte ein wenig und keuchte immer heftiger und schneller.

Als der Orgasmus kam – zunächst in kleinen, sanften Schüben, die mit jedem Mal länger und heftiger wurden –, ließ sie sich von ihm wie von einer Welle fortreißen und hörte auf, sich mit den Fingern weiter zu stimulieren (denn eine exzessive Reizung während des Orgasmus könnte schmerzhaft werden), dafür rieb sie ihr Becken umso intensiver gegen ihren Vibrator aus Fleisch und Blut.

Als sie fertig war, ließ sie sich erschöpft neben Matías fallen und stieß winzige Laute aus, die wie die eines zufriedenen Tieres klangen. Sie hatte sich so sehr in ihr Spiel vertieft, dass sie praktisch vergessen hatte, dass er auch noch da war. Sich einen Teil der Lust vorweg für sich allein zu sichern, war eine gute Methode, um das Tor zu weiteren Orgasmen aufzustoßen, und wenn diese dann doch nicht eintraten, nahm man das, was kam.

Wenigstens habe ich meine Lust nicht in die Hände dieses Freaks gelegt, dachte sie, völlig entspannt und mit geschlossenen Augen. Sie legte ihren Kopf auf dem Boden ab und streckte ihren Körper aus. Die sportliche Übung, die sie vor ein paar Minuten absolviert hatte, schien ihr so anstrengend gewesen zu sein wie ein Marathonlauf.

Zwei Minuten später – oder waren es zehn, da war sie nicht so sicher – öffnete sie die Augen und sah, wie Matías sie anschaute und lächelte. Sie wusste nicht genau, ob es an dem erhöhten Ausstoß der Hormone nach dem Orgasmus lag – bei dem man weinen muss oder sogar glaubt, dass man verliebt ist –, aber Matías schien ihr noch attraktiver zu sein als in der Nacht zuvor, in der sie ihn kennengelernt hatte.

Ohne ein Wort zu wechseln, fingen sie wieder an, sich zu küssen. Diesmal auf den Mund, in aller Ruhe und sogar ein wenig lustlos. Die Neugierde hatte die Wollust abgelöst – die Wildkatze in Nora war besänftigt, und Matías erholte sich noch von dem Eindruck des Schauspiels, das sie ihm gerade geboten hatte. Zunächst berührten sich nur ihre Lippen, dann fanden sich ihre Zungen.

Instinktiv rückten ihre Körper aneinander. Sie lagen immer noch auf dem Teppich, sie auf ihrer linken Hüfte, er auf der rechten, ihr rechtes Bein auf seinem linken Oberschenkel. Nora fing wieder an, sich mit ihrer feuchten und pochenden Möse an ihm zu reiben. Matías legte die rechte Hand auf ihre linke Brust und begann sie zu streicheln. Mit seinem linken Arm umfasste er ihre Taille und zog sie heftig an sich. Nora erwiderte den Druck und fuhr mit den Händen in seinen Slip, bis sie seinen Hintern zu fassen bekam, der rund und straff war – was sie so nicht erwartet hatte, denn Matías sah nicht so aus, als ob er in seinem Leben auch nur einmal in ein Fitnessstudio hineingeschaut hätte.

Nachdem sie seinen Hintern genüsslich gestreichelt hatte, zog sie die Hand nach vorne und fand einen Schwanz vor, der in beeindruckender Weise erigiert war.

Das ist ja kaum zu glauben, dachte Nora und war bemüht, sich ein freudiges Lächeln zu verkneifen. *Der ist nicht nur groß, der ist ... wunderbar!*

Sie streichelte seinen Schwanz ganz sanft, und ihm lief ein wohliger Schauer über den Rücken. Noras Finger rutschten zu den Hoden hinunter, sie berührte sie nur leicht, wie zur Begrüßung, und zog dann liebevoll, aber bestimmt an ihnen, was ihrem Bettgefährten – der in diesem Fall auf dem Fußboden lag – ein noch größeres Zittern entlockte. Als Matías unter den Liebkosungen zu stöhnen begann, richtete er sich auf und drehte sie erneut auf den Rücken, zog ihr das Höschen aus und näherte sich mit seinem Kopf ihrem Schambein. Nora schien es fast so, als ob er zu ihm spräche, man konnte bei diesem Argentinier ja kaum eine Verrücktheit ausschließen. Dann küsste er sie wieder auf den Mund, diesmal heftiger als vorher, legte sich auf sie und drang mit voller Wucht in sie ein.

»Jaaa!«

Das hatte Nora nicht erwartet, und sie konnte ihre Überraschung nicht verbergen. Nicht dass sie nicht vorbereitet gewesen wäre – das Petting hatte sie so feucht werden lassen, dass ihr Slip durchnässt war –, oder dass sie es sich nicht gewünscht hätte, sie hatte es nur nicht erwartet. Hinzu kam die Größe seines Geschlechtsteils, die sie für einige Momente verwirrte, aber sie hatte sich schnell wieder im Griff. Ihre Hüften bewegte sie so, dass sie und ihr Geliebter (*Ich glaube, ich kann ihn jetzt so nennen,* dachte sie belustigt) sich gut ineinanderfügten. Er hielt still und ließ sie die richtige Stellung finden, damit sie jeden Zoll seines Gliedes spürte, das dort unten heiß und groß in ihr pochte.

»Los, mach's dir«, flüsterte Matías ihr ins Ohr.

Sie schämte sich plötzlich. Dieselbe Nora, die nicht nur vor ihm masturbiert, sondern ihn dabei als Werkzeug benutzt hatte, wurde jetzt rot und legte ihre Hände schüchtern auf die Brustwarzen, obwohl sie genau wusste, worum Matías sie bat.

»Nicht da ... hier«, sagte er mit leiser Stimme und führte ihre Hand dorthin, wo Nora am feuchtesten war.

Während sie es sich mit schamroten Wangen besorgte, versuchte er, ihren Rhythmus aufzunehmen und vögelte sie weiter. Anfangs war es etwas holprig, aber nach und nach lief die Sache wie von selbst, und alles fügte sich bis zur Perfektion.

Dieser Beischlaf hatte etwas von einem Ritual, als ob sie ihn schon seit dem Beginn aller Zeiten ausübten. Mehr noch: Als ob sie der Anfang von allem wären, das erste Liebespaar überhaupt, der Big Bang, der die Entstehung der Welt, so wie wir sie kennen, auslöste. Der Ursprung der Arten. Adam und Eva, Zeus und Hera. *Das ist mehr als Sex,* dachte Nora. *Es ist Wahnsinn.* Ein Feuerwerk von Farben und Blumen, die sich im Zeitraffer öffneten, und wilde Fluchten von riesigen Tieren, die die afrikanische Savanne zum Erzittern brachten.

Während Nora sich ihrem zweiten Orgasmus näherte – sie biss sich auf die Zähne, um sich ganz auf ihre Lust zu konzentrieren und die Intensität zu kontrollieren –, bewegte sie ihre Hüften langsamer und noch gefühlvoller.

Als sie spürte, dass es nun kein Zurück mehr gab – dieser Moment, in dem man die Lust nicht mehr bändigen kann, so sehr man es auch versucht –, hörte sie auf, sich zu reiben, und benutzte ihre Hände, um Matías in sich zu halten, ohne dass er sich bewegte.

Entschlossen und kraftvoll packte sie seinen Hintern und machte ihm jede weitere Bewegung unmöglich. Im selben Moment stieß sie, ohne sich dessen bewusst zu sein, einen lauten, wilden Schrei aus.

Sie war in Gedanken versunken.

Ihre Hände presste sie noch auf Matías' Hintern, sodass er sich nicht von der Stelle rühren konnte. Auch sie blieb so liegen, als ob sie versuchte, dieses Gefühl für immer festzuhalten. Wie ein Computer, den ein Fehler im Betriebssystem blockiert.

Als sie es bemerkte – ihre Armmuskeln schmerzten schon vor Anspannung und holten sie aus ihrer Trance zurück –, empfand sie ein Gefühl tiefer Dankbarkeit für ihren Geliebten, dass er ihr diese Erfahrung ermöglicht hatte, die weit über die reine Lust hinausgegangen war. In diesem Moment hätte sie ihn sofort geheiratet, ihm vorgeschlagen, sich jetzt schon einen Namen für den Hund und die ersten zwei Kinder zu überlegen, Urlaubspläne für den Rest ihres gemeinsamen Lebens auszuarbeiten und »für alle Fälle« eine Altersvorsorge für die Familie abzuschließen.

Es war nicht das erste Mal, dass Nora einen Orgasmus dieses Ausmaßes erlebte und um die Konsequenzen wusste. Das Beste war, ruhig zu bleiben und nichts zu sagen, bis die Erregung vorbei war. Aber es gab etwas, was sie tun konnte und was ihr helfen würde, ihren unkontrollierbaren postkoitalen Wortschwall der Verliebtheit zu bremsen.

Sie verringerte den Druck ihrer Hände und gab Matías sanft zu verstehen, dass er aus ihr herausrutschen möge. Er kniete sich vor ihr hin, und sein Gesicht verriet, dass er nicht richtig wusste, was Nora von ihm erwartete.

Sie stand auf, nahm seine Hand und deutete an, dass er sich auf die Bettkante setzen solle. Sie kniete sich zwischen seine Beine, direkt vor seinem steifen Glied. Ihr rotes Haar fiel ihr in Kaskaden über das Gesicht, während die Sonne im Gegenlicht Feuerfunken daraus zu schlagen schien. Dann fuhr sie mit ihrer Zunge über seine rechte Leiste, ein Schauer durchzuckte ihn und wuchs zu einer Welle an, als sie ihm auch über die linke Leiste fuhr.

Sie begann das Glied ihres Geliebten zu lecken. Einmal, zweimal, mehrere Male. Sie neigte ihren Kopf leicht zur Seite, damit ihre Lippen eine Art Furche bildeten, mit der sie die Eichel liebkoste, von unten nach oben und umgekehrt.

Sie schaute unauffällig nach oben und sah, dass Matías die Augen geschlossen hielt und keinen Laut von sich gab. *Gut, den Porno-Test hat er mit Erfolg bestanden,* dachte sie. Der Test bestand aus nur einer Prüfung, so einfach wie überzeugend, und danach wusste Nora, wie der Sex mit dem betreffenden Mann sein würde: Männer, die glauben, dass der Geschlechtsverkehr sich wie in einem Pornofilm abspielt, packen deinen Kopf oder ziehen dich an den Haaren, während du ihnen einen bläst, was ziemlich unangenehm ist und dich dazu zwingen soll, bestimmte Bewegungen zu machen, die, besonders bei riesigen Schwänzen, dazu führen können, dass dir schlecht wird.

Glücklicherweise war es bei Matías nicht so, und Nora konnte es genießen. Sie glitt ganz sanft mit der

Zunge über die Eichel, bewegte sie im Kreis, ließ sie an seinem erigierten Penis abwärtsgleiten, wechselte den Rhythmus und die Intensität. Hin und wieder nahm sie die Hände dazu, um mit den Hoden zu spielen.

Matías keuchte mittlerweile unüberhörbar, stieß einen heiseren und tiefen Ton aus, der an Laute erinnerte, die manche große Säugetiere in ihren Träumen ausstoßen. Er genoss es, völlig versunken in seinen eigenen Gefühlen, und sie kostete ihre Rolle als Lustspenderin aus, fast so wie sie einige Minuten zuvor es genossen hatte, Lust zu empfangen.

Als ihr Geliebter murmelte: »Nicht aufhören, bitte, jetzt nicht aufhören«, schob sie sich sein Glied ganz tief in die Kehle, wo sie jede einzelne seiner Zuckungen spürte, von den heftigeren am Anfang bis zum ganz leichten Beben am Schluss. Sie wartete noch ein paar Sekunden, fühlte sich stark und mächtig und, was in gewisser Weise schwer zu erklären und sicherlich hormonell bedingt war, ungeheuer glücklich.

Danach erhob sie sich, lächelte und ging ins Bad, denn sie hatte den ganzen Morgen über noch nicht einmal gepinkelt. Sie nutzte die Gelegenheit, um sich kurz den Mund auszuspülen, ein paar Schubladen zu öffnen und einen Blick auf die Kosmetikartikel im Schrank zu werfen.

Es gab keine Tampons, Rasierklingen in Rosa, Cremes für Frauen und auch sonst keinen Hinweis auf weibliche Präsenz im Haus. Als sie erfrischt und erleichtert ins Zimmer zurückkehrte, saß Matías immer noch auf der Bettkante, mit dem Rücken zum Bad. Nora sprang in die zerwühlten Laken, umarmte ihn von hinten und küsste ihn auf den Hals.

»Machen wir uns jetzt über dieses besagte Frühstück her?«, fragte sie.

»Eigentlich habe ich gerade nur noch Zeit für einen Kaffee. In einer Stunde muss ich einen Termin am anderen Ende der Stadt wahrnehmen. Den Brunch müssen wir auf ein andermal verschieben.«

Die Antwort verschlug ihr die Sprache. Also, alles, was passiert war, oder von dem sie glaubte, dass es passiert wäre ... Ihre Gedanken spiegelten sich in ihrem Gesicht wider. Matías sah ihren überraschten und verstörten Ausdruck, das Schuldgefühl traf ihn wie ein Schlag in die Magengrube. Er versuchte, die Situation mit einem Kuss zu entschärfen, aber Nora wies ihn zurück. Sie suchte ihre Schuhe und die Kleidung zusammen und ging ins Bad, um sich anzuziehen.

»Möchtest du ein frisches Handtuch?«, fragte Matías.

»Ist mir egal, ich dusche zu Hause«, antwortete sie widerwillig.

Sie wusch sich ausgiebig das Gesicht, um die Reste des Make-up und die aufsteigenden Tränen wegzuspülen. Sie bändigte ihre Mähne mit einem Knoten und war froh, dass sie die Ballerinas in ihre Tasche gesteckt hatte. Jetzt von hier in den hochhackigen Schuhen wegzugehen, wäre eine Riesenstrapaze gewesen, bei der sie sich wahrscheinlich die Füße ruiniert hätte.

Sie kam aus dem Bad und ging direkt zur Wohnungstür.

A la mierda, scher dich zum Teufel!, dachte Nora. Sie überraschte sich wieder einmal dabei, auf Spanisch zu fluchen, was selten vorkam. *Scher dich zum Teufel. Du kannst mich mal, dein lächerlicher Kaffee und deine verlogenen Termine sind mir völlig egal. Auf Nimmerwiedersehen, Matías Falcetti oder wie immer du heißen magst!*

Sie schlug die Tür hinter sich zu, und es schien ihr, als ob Matías sie noch riefe. Sie stieg die schmale und steile Treppe hinunter, so schnell sie konnte, wobei sie fast ein paarmal das Gleichgewicht verloren hätte.

Während sie in Richtung der Ramblas ging, hallte ihr Name durch die Calle Escudellers. Matías rief sie vom Balkon aus. Nora hatte nicht die geringste Lust, sich umzudrehen, und als sie die Metrostation Drassanes erreichte, fühlte sie, dass sie es richtig gemacht hatte. In ein paar Tagen würde Matías nichts weiter als eines der vielen sexuellen Abenteuer mit bittersüßem Ausgang sein, die man den Freundinnen erzählt, um mit ihnen das grenzenlose Elend des menschlichen Wesens (besonders das des männlichen Geschlechts) zu teilen.

Als sie die Metrostation Fontana verließ, vibrierte ihr Handy und zeigte an, dass sie eine neue Nachricht bekommen hatte. Es war Carlota, die sich sicherlich Sorgen machte, weil sie seit dem letzten Abend nichts mehr von ihr gehört hatte. Nora rief die Mailbox auf, um zu hören, was ihre Freundin ihr mitgeteilt hatte.

»Nora, wo zum Teufel steckst du? Was hast du gemacht? Gerade war jemand hier und hat einen Haufen Pakete für dich abgeliefert. Kannst du mir mal sagen, was das alles zu bedeuten hat?«

Als sie die Nachricht gehört hatte, war sie auch fast schon zu Hause, sodass es nicht mehr nötig war, den Anruf zu beantworten. Von wem kamen diese Pakete nur? Sie hatte nicht Geburtstag, nichts per Post bestellt, und ihre Mutter war keine von denen, die Lebensmittelpakete schicken.

Als sie die Wohnungstür öffnete, wäre sie beinahe über den größten Blumenstrauß, den sie je in ihrem Leben gesehen hatte, gestolpert. Er war so riesig, dass er schon in einer Vase angeliefert worden war, als ob der Florist geahnt hätte, dass ein normaler Mensch gar keine passende Vase für so einen überdimensionierten Strauß zu Hause hat.

Sie betrat das Esszimmer und fand Carlota auf dem Schaffell sitzend, die sich aus einer riesigen Schachtel mit dem Logo Escribà die feinsten Pralinen in den Mund stopfte und dabei fasziniert etwas Undefinierbares, das in ihrem Schoß lag, betrachtete.

»Nora, mir scheint, du bist mir so einige Erklärungen schuldig. Angefangen bei dem, was du gestern Nacht getrieben hast, bis zu ... nun ja, bis zu dieser Sache hier.«

Als Nora sah, was ihre Freundin ihr da zeigte, begann sie zu schmunzeln und brach dann in schallendes Gelächter aus. Sie hatte Mühe, wieder aufzuhören.

Carlota hielt eine kleine, runzlige Katze ohne Fell mit einer roten Schleife um den Hals in der Hand. An der Schleife hing ein Kärtchen, auf dem, handschriftlich und in Großbuchstaben, eine Frage und eine Unterschrift standen:

GEHEN WIR ESSEN?
XAVIER DALMAU

KAPITEL 3

Beautiful Day

Wie ich es hasse aufzustehen, wenn die Sonne noch nicht aufgegangen ist. Das übersteigt meine Kräfte. So etwas dürfte es gar nicht geben: nachts aufstehen und tagsüber schlafen gehen, es sei denn, um sich eine Siesta zu gönnen.

Nora machte sich schon die zweite Kanne Kaffee. Die erste hatte Carlota fast allein getrunken, da sie ihren Milchkaffee in Sekundenschnelle aus Schalen schlürfte, die so groß wie Schwimmbecken waren. In ihrer dritten Schale schwammen riesige Biskuitstücke (das Gebäck musste mindestens schon eine Woche alt sein, denn Nora konnte sich an den letzten Einkauf gar nicht mehr erinnern), auf denen Liliputaner Urlaub machen konnten.

»Wie eklig! Ich verstehe gar nicht, wie du solche Unmengen Milch trinken kannst. Du weißt, dass sie für die Kälber da ist, oder? Allein wenn ich daran denke, könnte ich kotzen.«

Nora liebte, wie fast alle Schweden, das Kaffeetrinken und alles, was damit zu tun hatte, besonders den gesellschaftlichen Aspekt, der darin bestand, das Getränk mit jemandem zusammen zu genießen und für ein Weilchen in netter Gesellschaft die Welt wieder in Ordnung zu bringen. Aber etwas zu trinken, das aus den Eutern anderer Säugetiere kam, wollte ihr nicht in den Kopf. Carlota, die ihren Schlafanzug trug, der aus einem Sweatshirt mit durchgescheuerten Ellenbogen und einer Jogginghose von Adidas bestand (ein Kleidungsstück, das unter keinen Umständen außerhalb von Sporthallen oder Fitnesscentern getragen werden darf, meldete sich die Fashion-Polizei in Nora zu Wort), schlürfte geräuschvoll das widerliche Gesöff, ohne sich erschüttern zu lassen.

»Hmm, wie gut ich schlafen werde nach diesem Milchkaffee, wo ich die Milch den armen Kälbchen doch direkt aus den Zitzen ihrer Mutter gestohlen habe, die ich heute Abend verspeisen werde, als Hackfleisch mit Käse und Essiggurken und viel Senf und Mayonnaise. Ah, und wenn keine Kühe mehr da sind, wirst du die Erste sein, die ich auffresse, du Schutzheilige der Wiederkäuer.«

Nora hörte dem Blödsinn, den Carlota ihr auftischte, nur teilweise zu, weil die eine Hälfte ihres Gehirns noch schlief und die andere zu sehr mit den Terminen, die der Tag ihr bescherte, beschäftigt war, als dass sie ihrer leicht alkoholisierten und fleischfressenden Freundin allzu viel Aufmerksamkeit schenken konnte.

Während sie sich die Haare hochsteckte, suchte sie eine Mütze, einen Parka, Schal, Gummistiefel und alles, was sie sonst noch vor der Kälte, dem Wind und anderen Widrigkeiten schützen könnte, die ihr während des langen Arbeitstages begegneten, den sie vor sich hatte. Ende Februar des Jahres 2001 war Nora mittlerweile Regisseurin eines Videoclips, und sie war nicht nur begeistert, sondern auch nervös. Die Verantwortung war groß, denn von einem kostendeckenden Etat konnte man kaum sprechen, und so musste sie sich auch um die Produktion, das Catering, die Drehorte und alles Weitere kümmern. Kurzum, ein Wahnsinn. Obwohl der Videoclip einer örtlichen Rockband nicht gerade das ehrgeizigste Projekt auf der Welt war, schien es Nora zu diesem Zeitpunkt ihrer Karriere eine interessante Herausforderung zu sein, wenn man bedachte, dass sie vor wenigen Monaten noch das Mädchen für alles war. Es hatte sie Schweiß und Tränen gekostet, ihr Filmstudium zu beenden, ohne jemanden umgebracht zu haben, doch nun war es von Vorteil, diese abgeschlossene akademische Ausbildung in ihrem Lebenslauf vorweisen zu können. Ein Metier, das trotz des hohen Anteils an Autodidakten nach wie vor einen elitären und snobistischen Anstrich hatte.

In ihrer kurzen, aber erfahrungsreichen Laufbahn als Produktionsassistentin hatte sie Kaffee in allen nur möglichen Varianten für Teams zwischen dreißig und hundert Leuten zubereitet, die ganze Stadt abgegrast nach einer besonderen Sorte Grapefruit, die ein Fernsehstar als Bedingung für seine Teilnahme forderte (und dann doch nicht anrührte), und achtunddreißig

Taschen mit Kleidung in achtunddreißig verschiedene Geschäfte an einem Tag zurückgebracht. Sie musste sich von drei vierjährigen Mädchen kämmen lassen, die sich in der Zeit zwischen den Aufnahmen langweilten. Danach sah sie aus wie eine Vogelscheuche. Und nicht zuletzt hatte sie die Einladung eines übergriffigen Regisseurs zum Abendessen ausgeschlagen, der ihr ein Treffen »mit einigen Freunden, die ein sehr interessantes Projekt verfolgen« in Aussicht gestellt hatte. Sie hatte ihre Fähigkeit zur Improvisation in heiklen Situationen demonstriert und sich kein einziges Mal beklagt, war nie auch nur eine Minute zu spät gekommen und trug ständig ein Lächeln auf den Lippen, was höchst beachtlich war, wenn man bedachte, dass sie neben der Arbeit als Produktionsassistentin auch noch als Kellnerin jobbte. Die Zahlungen vom Film trudelten erst nach zwei oder drei Monaten ein, was natürlich unvereinbar war mit ihrer schlechten Angewohnheit, Geld für Essen und Kleidung auszugeben.

Schon nach wenigen Monaten schlugen ihre Tüchtigkeit und Flexibilität zu ihrem Vorteil aus und bescherten ihr das erste Projekt, das »die Handschrift von Nora Bergman« tragen würde, wie sie Carlota mit stolzer Brust verkündete.

Nüchtern betrachtet musste Nora aber feststellen, dass außer ihrem Talent ein anderer wichtiger Faktor ihres Erfolges in der Person zu suchen war, die eigentlich als Regisseur vorgesehen worden war. Der »unfähige Trottel«, wie sie ihn von Anfang an nannte, war ein gewisser Oriol, den sie von ihren Nächten als Kellnerin her kannte. Er war ständig von angehenden Models, die Kerle mit kleinen Titten zu sein schienen, umgeben und schluckte unaufhörlich Ecstasy-Pillen. Er hielt das Projekt für nicht so wichtig, und weil er wenig motiviert war, hatte er Nora freie Hand gelassen, das zu tun, wozu sie Lust hatte.

»Obwohl er sicherlich *sich* die Verdienste zuschreiben wird, wenn die Sache Erfolg hat, und mir die Schuld in die Schuhe schiebt, wenn es schlecht läuft«, sagte Nora zu Henrik, als sie erfuhr, dass der Produzent ihr eine unbeschränkte Vollmacht erteilt hatte. (Sie war eine Art Nostradamus, wenn es darum ging, böse Absichten aufzuspüren.) »Weißt du, was der Schwachkopf gesagt hat?« Nora imitierte den Akzent eines echten Parvenüs aus Barcelona: »›Lassen wir es Nora versuchen, man muss den jungen Talenten eine Chance geben.‹ Den jungen Talenten – dass ich nicht lache! Dieser Idiot würde nie im Leben ein Talent erkennen. Er hat sich nur eine Last vom Hals geschafft und versucht obendrein noch, sich als Menschenfreund zu präsentieren. Ich glaube, ich spinne!«, grummelte Nora die ganze Nacht lang, als sie bei Henrik am Tresen saß und einen Tequila nach dem anderen bestellte, um ihren Jähzorn zu besänftigen.

Nora nahm die Herausforderung sehr persönlich und fand eine einfache und visuell überzeugende Formel, die dem Produzenten gefiel. Sie war so einfach wie riskant: Nora setzte alles auf eine Karte. Der Song war ein Ohrwurm, und der Text handelte vom Sommerurlaub, der Liebe, dem Ende der Jugendzeit und dem Erwachsenwerden. Der ganze Videoclip war eine einzige Szene ohne Schnitte mit mehr als fünfzig schrill gekleideten Personen, die eine einfache Choreografie aufführen mussten, während die Band inmitten der tanzenden Meute so tat, als spielte sie auf aufblasbaren Gitarren, einem Schlagzeug aus Kochtöpfen und Eimern, einem Mikrofon von Fisher-Price und einem hölzernen Klavier. Am Ende des Songs mussten alle auf einmal hochspringen und ihre Mützen und Hüte in die Luft werfen.

»Es muss alles beim ersten Mal schon sitzen, denn die Leute machen es nur beim ersten Mal wirklich gut, dann sind sie noch konzentriert, haben Lust dazu und amüsieren sich dabei, aber wenn sie es viermal wiederholen müssen, habe ich die Chance vertan«, erklärte Nora Carlota, die Interesse vortäuschte, um ihre Freundin nicht zu entmutigen, aber die Geschichte schon aus dem Effeff kannte.

Eine weitere Schwierigkeit (als ob es nicht schon genügend gab) bestand darin, dass, obwohl der Song eine ausgesprochen sommerliche Stimmung transportierte und die Veröffentlichung für Mai vorgesehen war, die Temperaturen am Strand von Montgat im Moment bei sechs Grad lagen und es einen nicht so sehr nach Bier, einem erfrischenden Bad und Mojitos gelüstete, sondern man sich eher ein Heißgetränk und eine warme Decke wünschte.

Nora schaute auf die Uhr und sah, dass sie noch Zeit für einen weiteren Kaffee hatte.

Gesegnet seist du und die, die dich entdeckten. Was wäre ich ohne dich!, sagte sie im Geiste zu ihrer Tasse mit dampfendem Kaffee. Denn sie hatte ihr auch dabei geholfen, Matías eine zweite Chance zu geben.

Einige Wochen nach der postkoitalen Abfuhr, als Nora schon beschlossen hatte, ihn zu vergessen – obwohl sie sich hin und wieder an die Szene erinnerte, an Matías' Antwort und ihre Reaktion, und sie bemerkte, wie ihre Wangen jedes Mal vor Wut und Scham rot wurden –, bekam sie eine SMS von einer ihr unbekannten Nummer: »Hier ist Matías. Verzeih mir bitte. Ich zerbreche mir immer noch den Kopf darüber. Ich bin nicht verrückt, aber ein Riesenidiot. Kann ich dich noch einladen zu dem Frühstück, das ich dir schulde?«

Zuerst wollte Nora mit einer Sprengstoff-SMS antworten, die das Handy im Gesicht des Empfängers explodieren ließe. Dann gedachte sie, ihm folgende Antwort zu schicken: »Wann kapierst du es endlich: Verpiss dich! Auf Nimmerwiedersehen.« Die dritte Möglichkeit war, ganz einfach nicht zu antworten.

Da sie die dritte Option wählte, stellte sich, als die erste Wut verflogen war, wieder eine gewisse Neugierde auf den Argentinier ein. Irgendwo in ihrem Kopf, in ihrem Herzen oder vielleicht auch in ihrer Möse – diese Möglichkeit sollte man nicht von der Hand weisen – sagte ihr etwas, dass Matías und sie sich viel zu erzählen hätten. Einige Wochen später beschloss sie, die Einladung zum Brunch anzunehmen, wobei sie sich selbst die unumstößliche Bedingung stellte, dass das, was sich zwischen ihren Beinen befand, auf keinen Fall der Nachtisch sein würde. Bei Croissants, pochierten Eiern und Bloody Marys bemerkten sie, dass es ihnen Spaß machte, über Kino, Essen, Schweden und Argentinien zu reden. Dieser Begegnung folgten mehrere Treffen »auf rein freundschaftlicher Basis«, wie Nora es Matías gegenüber stets betonte.

Um die sexuelle Spannung zwischen ihnen noch weiter herunterzufahren, nahm Nora das Abendessen an, zu dem Xavier sie vermittels der nackten Katze eingeladen hatte. Sie musste zugeben, dass der Mann überzeugend sein konnte, obwohl er ziemlich altbacken auftrat mit diesen Blumen und Pralinen, aber aus der Nähe betrachtet war er viel angenehmer, als Nora erwartet hatte.

Wenn er nicht um die Aufmerksamkeit einer Frau buhlen musste, war der Produzent ein entzückender Mensch, obwohl er für Noras Geschmack zu viele Anglizismen gebrauchte und sich zu sehr darin gefiel, über seinen Einfluss in der Filmindustrie und der Werbung zu reden, was eine gewisse Unsicherheit hinsichtlich anderer Aspekte seines Lebens verriet.

Sie aßen, tranken, lachten und vögelten. Nur so. Der Sex mit ihm war nicht schlecht, aber Nora hatte das Gefühl, dass keiner von beiden sich völlig hingab. Sie war mit ihren Gedanken zum Teil woanders, und er schien sich irgendwie zurückzuhalten. Als ob es etwas gab, was er ihr sagen wollte, aber sich nicht traute oder nicht die richtigen Worte fand, oder als ob er ihr nicht richtig glaubte.

Zwischen Tisch und Bett versuchte der Produzent ein paarmal, ihr Informationen über die Nacht, die sie mit Matías verbracht hatte, zu entlocken, aber seine Vorstöße waren so behutsam, dass Nora keine Mühe hatte, den Fragen auszuweichen, ohne unhöflich zu erscheinen. Xavier verzichtete darauf nachzuhaken, aber sein Interesse an dem, was sich zwischen ihr und dem Argentinier abgespielt hatte, war mehr als offensichtlich.

Nachdem sie miteinander geschlafen hatten, lag Nora auf dem Rücken und betrachtete die Ornamente an Xaviers Schlafzimmerdecke, ihr Haar verteilte sich auf den weißen Laken wie eine Krone aus Feuer. Als sie ihrem neuen Liebhaber, der eine Marlboro Light rauchte, ins Gesicht schaute, konnte sie nicht umhin, Vergleiche anzustellen, und sie gestand sich ein, dass sie bei ihm nicht die gleiche Verzückung empfand wie bei Matías, diese unbändige Lust, ihn in sich zu spüren, sich auf ihn zu stürzen, ihn zu besitzen und von ihm besessen zu werden.

Vielleicht ist es besser so, sagte sich Nora. *Diese Art von Beziehungen ist einfacher zu führen. Weniger intensiv, ja sicher, aber genau deshalb auch weniger kompliziert. Die gleiche Freude, weniger Bedeutung und die Gewissheit, dass der Schmerz nicht so fürchterlich sein wird, wenn es vorbei ist. Vielleicht besser so.*

Xavier war besonders liebevoll und ließ es nicht zu, dass sie zum Schlafen nach Hause fuhr. Er versicherte ihr, dass er sie höchstpersönlich am nächsten Morgen zurückbringen würde.

»Aus Sicherheitsgründen«, sagte er ihr mit ernster Miene. »Man hat mich darüber informiert, dass eine terroristische Gruppe hier in der Gegend nachts rothaarige Frauen entführt. Ich bin Geheimagent, und da ich mich nun selbst davon überzeugt habe, dass du tatsächlich rothaarig bist, wirst du geschützt werden müssen. Mehr kann ich dir nicht sagen, *babe*, oder ich müsste dich töten. Es ist ein schmutziges Geschäft.«

Auf diese Nacht folgten weitere Nächte, Abendessen in teuren Lokalen, Cocktails in Bars, die Nora niemals ohne Xavier aufgesucht hätte, und weitere mehr oder weniger bizarre Treffen. Nur einmal gingen sie zusammen mit Noras Freunden aus, aber Xavier hielt anscheinend nicht viel davon, sie mit jemandem zu teilen, sodass sie sich meistens allein trafen. Abendessen und Sex, bis jetzt war ihre Beziehung auf diese zwei Aktivitäten begrenzt.

Aber nun hatte Xavier ihr zum ersten Mal etwas anderes vorgeschlagen. Als er erfuhr, dass sie noch nie im Empordà gewesen war, sagte er ihr, dass es absolut unverzeihlich sei und sie noch an diesem Wochenende in sein Haus – »Eigentlich gehört es meinem Vater«, schränkte er sogleich ein – nach Cadaqués fahren würden.

Während sie einige Kleidungsstücke in einen Rucksack stopfte, klingelte es, und Nora antwortete schnell durch die Gegensprechanlage, damit das Klingeln Carlota nicht weckte, die auf dem Sofa eingeschlafen war. Sie nahm den Rucksack, verabschiedete sich von den Katzen und rannte die Treppe hinunter, wild entschlossen, bei ihren ersten Dreharbeiten als Regisseurin zu glänzen. Sie war wirklich nervös. In der Nacht zuvor hatte sie lange nicht einschlafen können. Sie war mit Matías ins Kino und zum Essen gegangen, um ihre Nerven zu beruhigen, die ihr am Vorabend wichtiger Ereignisse (besonders solcher, bei denen man früh aufstehen musste) stets einen Streich spielten. Während sie sich einen Fattoush-Salat und eine Portion Hummus teilten, sprachen sie über den Film, den sie gerade gesehen hatten, und landeten dann bei ihren eigenen Vorstellungen von Kino, die unterschiedlicher nicht sein konnten.

Matías redete von großen Geschichten, Tragödien, sozial engagiertem Kino, von Dramen und vom Zelluloid als Instrument der Anklage. (»Wer spricht heute noch von Zelluloid, du alter Knacker?«, warf Nora ihm vor.) Von Filmen, die die Geschicke eines Landes bestimmen können. Der große Diskurs, das große Werk. Das alles klang in ihren Ohren so antiquiert, so langweilig.

»Ich habe nicht den Anspruch, ein großes Werk zu schaffen«, hielt Nora dagegen. »Die kleinen alltäglichen Dramen, die täglichen Freuden, sich verlieben, sich trennen, noch nicht einmal das! Etwas viel Grundlegenderes, viel Einfacheres. Das Kino und die Literatur sind voll von großen Geschichten, und ich habe davon so viel gesehen und gelesen, dass es mich nicht mehr interessiert. Sag mir eins, wann bist du trauriger: Wenn die USA einem Land den Krieg erklären, von dem du nicht einmal weißt, wo es liegt, oder wenn deine Fußballmannschaft ein Endspiel verliert? Wenn du mir antwortest: im ersten Fall, dann bist du nicht aufrichtig.«

»Deine kategorischen Behauptungen lassen mir nur wenig Spielraum, findest du nicht?«, gab Matías lächelnd zurück.

»Hör auf mit dieser alten Leier! Es gibt keine Helden, die wirklichen Helden sind wir, du, ich und dieser Kellner da, Leute, die Tag für Tag ihr Leben meistern. Große Geschichten – dass ich nicht lache!«

Sie hatten sich fast zwei Stunden lang die Köpfe heißgeredet, und als er sie nach Hause begleitete und sie sich mit ein paar Küssen verabschiedeten, stellte Nora wieder einmal fest, dass es gar nicht nötig war, mit Matías zu vögeln, um leidenschaftlich zu werden. Alles zwischen ihnen war von Leidenschaft geprägt. Wenn sie sich mit ihm die Zeit vertrieb, war sie danach so entspannt wie nach einer Stunde Yoga und gleichzeitig so kaputt, als ob eine Straßenwalze sie überrollt hätte.

»Ich kann es dir nicht erklären. Er macht mich fix und fertig, aber ich mag ihn«, hatte sie zu Carlota gesagt, als sie ihr zum x-ten Mal die Details dieser seltsamen Beziehung zu erläutern versuchte.

Nora rieb sich die Augen, weil sie Matías aus ihren Gedanken vertreiben und sich auf den Tag konzentrieren wollte, den sie vor sich hatte. Als der Set-Runner sie an der Ecke absetzte, wo die Statisten für das Video hinbestellt worden waren, wollte sie ihren Augen nicht trauen.

Es war noch viel schlimmer, als sie erwartet hatte. Statt einer Gruppe von Leuten, die bei den Dreharbeiten zu einem Sommerhit mitwirken wollten und gut drauf waren, schien es sich hier um eine Invasion der lebenden Toten zu handeln – die nicht ihren besten Tag erwischt hatten. Sie waren ungekämmt, hatten Ringe unter den Augen, oder das Make-up war verlaufen, und im besten Fall waren sie leicht betrunken. Einige von ihnen waren schon auf den Rucksäcken eingeschlafen.

Nora spielte für einen Moment mit dem Gedanken, jetzt sofort mit dem Atmen aufzuhören. Womöglich ersparte sie sich, wenn sie erstickte, diese beschämende Situation, und jemand anders würde die Dinge zu einem guten Ende führen.

»Augen zu und durch«, sagte sie sich und versuchte, Gelassenheit vor dem Drehteam zu demonstrieren, das von den Fähigkeiten der Schauspieler keineswegs überzeugt zu sein schien.

Während Nora dem Fahrer hoch und heilig versprach, dass keiner der Fahrgäste sich übergeben würde – obwohl sie für nichts garantieren konnte –, und sich persönlich darum kümmerte, Bierdosen und jegliche Art von alkoholischen Getränken einzusammeln, stiegen alle in den Bus. Einer von ihnen hatte die entzückende Idee, Wanderlieder für Kinder anzustimmen, was von dem Rest der Meute begeistert aufgenommen wurde.

Als sie die Küste entlangfuhren, schrie Nora so laut sie konnte, dass es Verletzte geben würde, falls sie nicht sofort aufhörten zu singen. Das sei ihr voller Ernst.

Die Gesänge verstummten.

Für ganze zwei Minuten, bis jemand mit einem neuen Lied loslegte und die allgemeine Gaudi weiterging.

Als sie ankamen, hatten alle aus dem Drehteam wenigstens eine Paracetamol geschluckt, um die fürchterlichen Kopfschmerzen zu bekämpfen, die die Trinklieder bei ihnen verursacht hatten.

Schlimmer kann es nicht mehr werden, sagte Nora sich, *also machen wir das Beste daraus.*

Die Bandmitglieder waren bereits am Strand und einige aus dem Team auch, die den Drehort schon hergerichtet hatten. Der Tag war sonnig, die Luft klar, und abgesehen von der eisigen Kälte, die der Zuschauer nicht bemerken würde, hatte alles einen wunderbar frühlingshaften Anstrich.

Es brauchte einige hysterische Schreie, und sie musste sogar auf die in dem Megafon eingebaute Sirene zurückgreifen, aber schließlich hörten alle auf ihr Kommando.

»Hallo Leute, hier ist Nora noch mal, wir drehen jetzt das Video zu dem Lied *Summer Sounds,* ich gehe davon aus, dass ihr es alle schon mal gehört habt, aber vorsichtshalber hören wir es uns gleich noch ein paarmal an, und ich erkläre euch dabei, was jeder von euch zu tun hat. Denkt daran, dass wir die Szene nicht schneiden können, sie wird in einem Stück aufgenommen. Wenn also auch nur einer sich vertut, müssen wir von vorne anfangen. Nehmt die Sache bitte ernst, vielen Dank schon mal im Voraus an alle!«

Dann ertönte der Song durch ein paar Lautsprecher, und Nora und ihr Assistent inszenierten die einfache Choreografie, die die Statisten im Rhythmus der Musik tanzen sollten.

Sie wiederholten die Schritte dreimal: Beim ersten Mal grinste die Truppe, beim zweiten Mal lachte sie sich schief über die beiden, und beim dritten Mal hatte sie schon jegliches Interesse verloren. Zwei von ihnen drohten mit einem Boykott, wenn es nicht wenigstens einen Kaffee gäbe, und ein dritter erhöhte die Minimalforderungen auf das Niveau eines Gin Tonic.

Je widriger die Umstände wurden, desto mehr kam Nora in Fahrt. Sie schaffte es, dass die »Schauspieler« ihre Plätze einnahmen, einige schleifte sie eigenhändig an die richtige Stelle. Für ein paar Minuten folgten alle ihren Anweisungen, die Musiker nahmen ihren Platz ein, und dann ertönte das Lied.

Nora seufzte. »Wie sagte die Großmutter doch: ›So Gott will, wird alles gut.‹ Ich kann nur hoffen, dass sie recht behält.«

Aber Gott war an diesem Tag wohl mit anderen Dingen beschäftigt, denn es war ein einziges Chaos. Niemand lief in die richtige Richtung, sie stolperten übereinander – wenn sie nicht schon über die eigenen Füße fielen –, immer gab es jemanden, der direkt in die Kamera schaute (mit einem Blick ins Leere, um das Maß voll zu machen), und jede Aufnahme war schlechter als die vorige.

Gegen zwölf Uhr Mittag und nach rund zehn Anläufen, etwas aufzunehmen, drohte die Stimmung wegen des fehlenden Alkohols zu kippen. Nora stockte das Catering, das aus ziemlich trockenen Brötchen mit Paprikawurst und gekochtem Schinken bestand, um einige Dosen Bier auf, die sie aus eigener Tasche bezahlte.

Und dann stellte sie fest, wie irrig ihre Annahme gewesen war, dass es nicht mehr schlechter kommen konnte. Eine von Carlotas Tresenbekanntschaften legte sich wegen einer Nichtigkeit mit dem Schlagzeuger der Band an, und schon flogen die Fäuste. Das Ende vom Lied: eine blutige Lippe und eine geplatzte Augenbraue.

»Nehmt alles auf«, befahl sie den Kameraleuten, die baff waren angesichts des Chaos, das sie umgab. »Alles! Filmt weiter, egal was passiert!«

Zwei Jungen, die schon eine Weile miteinander flirteten, wälzten sich im Sand und befingerten sich auf obszöne Weise. Als sie bemerkten, dass sie gefilmt wurden, ließen sie die Hosen herunter und zeigten ihre nackten Hintern. Groteske und chaotische Szenen ähnlicher Art wiederholten sich am ganzen Strand und erregten die Aufmerksamkeit der wenigen Spaziergänger, die den Vormittag eines Werktages am Meer genießen wollten.

Als zwei der Statisten begannen, Purzelbäume zu schlagen, und im Wasser landeten, beschloss Nora, die Dreharbeiten für beendet zu erklären. Sie ließ alle in den Bus steigen, verteilte Plastiktüten an jene, die so aussahen, als ginge es ihnen am dreckigsten, und versicherte ihnen laut schreiend, dass sie jedem, der in den Bus kotzte, eigenhändig den Hals umdrehen würde. Dann half sie einem Mädchen mit grünen Haaren, das zu keinem Zeitpunkt an diesem Morgen Morpheus' Arme verlassen hatte und immer noch friedlich schlief, in den Bus.

Das Ding habe ich richtig schön vermasselt. Es ist vermutlich der Anfang und das Ende meiner Karriere. Das war's dann mit meiner vielversprechenden Zukunft in der Filmbranche, dachte Nora, völlig entmutigt. *Dem Spruch, dass man bei Dreharbeiten möglichst nicht mit Kindern und Tieren arbeiten sollte, wird man noch die Kellner in Diskotheken hinzufügen müssen, um kommenden Generationen Katastrophen dieser Art zu ersparen.*

Die Rückfahrt verlief wunderbar ruhig. Nora holte ihren CD-Player aus der Tasche und drehte die Lautstärke voll auf, um der Realität zu entfliehen.

Sie wusste nicht mehr, welche CD im Player war, und was sie dann hörte, schien ihr so voller Ironie zu sein, dass sie sich ein Lachen nicht verkneifen konnte.

Ach Lou, meinte sie zu dem Sänger, während sie in den Akkorden von »A perfect day« schwelgte, *ein perfekter Tag, sagst du? Du hast nicht den blassesten Schimmer von dem, was mir heute passiert ist; andernfalls würdest du dich nicht so lustig machen über mich.*

Der Bus hielt vor der Banco de España, und Nora schmiss sie alle raus, ohne große Umschweife und mit nur wenigen Worten des Dankes, die eher wie eine Zurechtweisung klangen. So gefasst wie möglich, erklärte sie den Kameraleuten, dass sie alles, was sie gefilmt hatten, so früh wie möglich am nächsten Montag sehen wolle, wobei sie versuchte, eine Gelassenheit an den Tag zu legen, von der sie weit entfernt war.

Während sie sich so anständig, wie es nur ging, von allen verabschiedete und mit geröteten Wangen das Weite suchte, um nicht zu hören, was die Kameraleute über sie und ihre Professionalität sagten, beschloss sie, alles, was mit ihrer Arbeit zu tun hatte, bis Montag auszuklammern. Das hatte sie sich verdient. Genauso wie ein heißes Bad, ein gesundes Essen und eine lange Siesta. Xavier hatte ihr versprochen, sie um fünf Uhr nachmittags abzuholen, um bei Sonnenuntergang in Cadaqués zu sein. Zu Hause angekommen, fütterte sie die Katzen und betrat Carlotas Zimmer, um sie zu wecken und ihr von ihrem Katastrophentag zu erzählen, aber Carlota war nicht da und hatte auch keine Nachricht hinterlassen.

Nora zog sich die Stiefel aus und warf sich aufs Sofa, *nur für fünf Minuten, dann stehe ich wieder auf*. Sie lehnte den Kopf zurück, schnappte sich eine Decke und ein Kissen – die nackte Katze namens Kojak machte es sich umgehend auf ihrem Schoß gemütlich – und stieß einen Seufzer der Erleichterung aus.

Ein langes und heftiges Klingeln, das darauf hinwies, dass vorher jemand schon weniger lange und sicherlich weniger wütend auf die Klingel gedrückt hatte, riss sie aus ihren tiefsten Träumen. Während sie die Tür öffnen ging, schaute sie auf die Uhr ihres Handys. Es war zehn nach fünf.

Oh, Scheiße. Schon wieder. Warum schlafe ich immer zur falschen Zeit ein?

»Hallo? Wer ist denn da?«, fragte sie mit heiserer Stimme, obwohl sie die Antwort schon ahnte.

»Xavier. Kommst du runter?«

»Hallo! Komm doch rauf, dann trinken wir noch einen Kaffee«, schlug sie vor, um etwas Zeit zu gewinnen.

»Ich kann hier nicht parken, diese Gegend ist eine einzige Scheiße, man kann den Wagen nirgends abstellen, ich habe letzte Woche schon einen Strafzettel kassiert, weil ich ihn auf einem Zebrastreifen stehen ließ. Komm endlich runter. Ich warte!«

Als sie merkte, dass ihr Vorschlag nicht verfing, wusch Nora sich schnell das Gesicht, steckte Unterwäsche und

Sportklamotten in einen Rucksack, zog Parka, Schal und dieselben Stiefel, die sie am Morgen getragen hatte, wieder an und war in weniger als fünf Minuten unten auf der Straße.

Schon im Treppenhaus bemerkte sie, dass sie lebenswichtige Dinge wie Zahnpasta, Socken, Präservative und weiß der Teufel was noch alles vergessen hatte. Aber die Würfel waren gefallen, und das Hupen signalisierte ihr, dass sie nicht mehr umkehren konnte.

Nur mit Mühe gelang es ihr, dem Zungenkuss auszuweichen, mit dem Xavier sie begrüßen wollte. Denn nachdem sie ein Brötchen mit Paprikawurst gegessen und drei Stunden lang geschlafen hatte, war ihr Atem mit Sicherheit nicht gerade frisch wie Morgentau. Und weil sie an ihrem ersten gemeinsamen Wochenende gekleidet war wie ein Hafenarbeiter – und sicherlich noch viel übler roch –, bewahrte Nora einen gewissen Anstand.

Xavier war natürlich eingeschnappt und zeigte ihr während der halben Fahrt die kalte Schulter, indem er über die Freisprechanlage geschäftliche Dinge regelte.

Nora gefiel diese Hälfte der Fahrt immer noch besser als die andere, während der er sie gnadenlos nach Einzelheiten über das Video, das sie an diesem Morgen gedreht hatten, ausfragte – ein Thema, das ihr so attraktiv erschien, wie sich selbst ins Knie zu schießen oder ungekochten Rosenkohl zu essen. Sie unterlief die journalistischen Bestrebungen Xaviers mit einsilbigen

Antworten und einer gelangweilten Stimme, die deutlich machten, dass das Thema sie nicht im Geringsten interessierte.

Um weitere Kommentare oder unangenehme Fragen zu vermeiden, stellte sie sich schlafend. Ihr Auftritt war so überzeugend, dass sie schließlich wirklich einschlief.

»He, Dornröschen, wir sind da.«

Nora stieg, noch müde, aus dem Wagen und war baff über das, was sie sah.

Xavier Dalmaus Haus war wirklich beeindruckend.

Wer auch immer der Architekt gewesen war (sicherlich einer der engsten Freunde von Dalmau senior, der, nach Xaviers Aussagen, nur Kontakt zu Leuten mit vielen Nachnamen hatte – Architekten, Bankiers, Immobilienhaien), er hatte es geschafft, das perfekte Gleichgewicht zwischen Minimalismus und Natur zu wahren. Die Grundlinien des Hauses waren gerade und nüchtern, fast im Stil eines Mies van der Rohe, aber das Gebäude fügte sich dank kluger Überlegungen wunderbar in seine Umgebung ein: Für eine der Wände des Salons hatte man den rohen Stein einer Felswand genutzt, der Swimmingpool ohne Überlauf war so angelegt, dass man den Eindruck gewann, er schwebe über dem Meer.

Die Einrichtung des Salons kombinierte Leder, Glas, matt glänzendes Metall und den typischen Stein aus der Region und wurde dominiert von einem gewaltigen Kamin und einem Halbkreis von Sofas, in denen ein Dutzend Leute bequem hätten schlafen können, ohne sich in die Quere zu kommen.

»Es ist ... wie soll ich sagen ... es ist gewaltig«, sagte Nora beeindruckt. »Erzähl mir, was hast du für eine Beziehung zu diesem Haus? Seid ihr als Familie oft hier gewesen? Hast du hier als Jugendlicher deine Sommer verbracht? Wo ist dein Lieblingsplatz? Hast du hier an einem Wochenende, an dem deine Eltern nicht da waren, die Unschuld verloren? Erzähl mir alles!« Nora zog sich die Stiefel aus und machte es sich auf einem der Sofas bequem, setzte sich aber halbwegs aufrecht hin, als wartete sie darauf, dass man ihr eine schöne Geschichte erzählte.

»Die Antworten lauten: keine, nie, nicht einen, der Jacuzzi und nein. Wenn du Näheres wissen willst, kann ich dir sagen, dass mein Vater sich dieses Haus bauen ließ, nachdem er sich von meiner Mutter hatte scheiden lassen. Sie ließ sich ein anderes, noch größeres in Selva de Mar, ein paar Kilometer von hier entfernt, bauen. Deshalb kam sie auch nie her, und soweit ich weiß, tat das nur mein Vater mit seinen Freunden und Geliebten. Ich habe als Jugendlicher die Sommer damit verbracht, in London, New York und sogar in Australien Englisch zu lernen. Manchmal glaube ich, dass sie sich überboten, mich jedes Mal weiter wegzuschicken, um sicher zu sein, dass ich sie nicht störte.«

»Und das mit deiner Unschuld?«, fragte Nora verspielt und neugierig.

»Das werde ich dir nicht erzählen, solange ich nüchtern und im Vollbesitz meiner geistigen Kräfte bin. Du wirst es dir erarbeiten müssen.«

»Ich leite daraus etwas sehr Traumatisches ab, als ob du von deinem Tennislehrer vergewaltigt wurdest, oder von der Gouvernante, die sich als maßlose Nymphomanin entpuppte und ihr hochgeschlossenes Kostüm von Chanel abwarf, sobald deine Mutter das Haus verließ«, scherzte Nora.

Xavier antwortete nicht und verschwand, um etwas zu trinken zu holen. Manchmal wusste sie nicht genau, ob seine ständigen Andeutungen, dass er das typische Leben eines unglücklichen Kindes reicher Eltern geführt habe, stimmten oder einer seiner vielen Versuche war, Aufmerksamkeit zu erlangen.

Sie ging in Gedanken versunken nach draußen, um frische Luft zu schnappen, genoss den kühlen Boden unter ihren nackten Füßen und den herrlichen Ausblick, den das Haus ihr bot.

Vermutlich könnte ich mich daran gewöhnen, dachte Nora bei sich.

Von der Hauptterrasse aus sah man zur Linken das Dorf von Cadaqués mit seinen weißen Häusern und Bögen, die zum Teil in den Fels gebaut waren, etwas sehr Typisches in der Architektur des Empordà. Strände mit großen, runden Steinen und nur wenig Sand, ein ziemlich ruhiges Meer, dunkelgrün und grau unter einem bleiernen Himmel an einem Winternachmittag, der sich schon bald in Nacht verwandeln würde. Zur Rechten eine unbewohnte Felseninsel, Boote am Strand und auf dem Meer, ein kleines Hotel aus den Siebzigerjahren.

Nora fiel auf, dass einige Boote immer noch ohne Motor waren, ein Detail, das sie augenblicklich in das Haus ihres Großvaters mütterlicherseits versetzte, ihr geliebter *Morfar*, ein Riesenkerl mit weißem Bart, der immer Lakritzbonbons in den Hosentaschen hatte und in einem kleinen Haus in Arild, an der Küste von Kullaberg wohnte. Er war vor ein paar Jahren an einem Herzinfarkt gestorben. Bis zum Schluss war er immer noch zum Fischen rausgefahren, obwohl es auch Großmutters Gesundheit fast ruiniert hatte, wenn er sich nachts in seinem kleinen Boot aufs Meer hinauswagte.

Die Erinnerungen, die Müdigkeit und die aufgestauten Gefühle nach einem langen und arbeitsreichen Tag ließen ihre Augen feucht werden. In dem Moment kam Xavier mit zwei Gläsern Weißwein auf die Terrasse.

»Ist es nicht wunderschön?«, fragte er mit einem Stolz in der Stimme, als ob er es mit seinen eigenen Händen gebaut hätte, ein Verhalten, das er des Öfteren an den Tag legte und das Nora reichlich nervte.

»Es ist unbeschreiblich, es ist wunderbar. Wie der Traum eines Malers, der in Erfüllung ging. Als ob der Vorgang sich umgekehrt hätte und er, anstatt die Realität auf die Leinwand zu bannen, sie direkt erschaffen hätte.« Nora war fasziniert von der Landschaft, dem Sonnenuntergang, den Laternen auf der Strandpromenade, die mit zunehmender Dunkelheit eine nach der anderen aufflammten wie Glühwürmchen.

»Ich habe die Haushälterin gebeten, uns etwas zu essen zu besorgen. Ein schlichtes Essen: Käse, Wurst aus der Region, Anchovis, selbst gebackenes Brot und ein paar Süßigkeiten«, verkündete Xavier und küsste sie auf den Nacken, um deutlich zu machen, welche Art von Nachtisch ihn interessierte. »Außerdem liegen mehr als vierhundert Flaschen Wein im Weinkeller meines Vaters. Und wenn wir keinen von vor 1970 trinken, glaube ich, dass er es nicht einmal bemerken wird. Wir werden uns prächtig amüsieren, *honey* ...«

Aber Nora hatte andere Vorstellungen, wozu mindestens ein paar Meeresfrüchte und ein Spaziergang am Wasser zählten. Sie hatte nie verstanden, warum die Leute sagten, eine Paella am Abend läge schwer im Magen. Sie konnte sie mitten in der Nacht und sogar zum Frühstück essen.

Wenn etwas so lecker schmeckt, sollte man es rund um die Uhr essen, so oft man nur kann, sagte sich Nora, die nicht glauben wollte, dass jeden Tag Langusten auf die Dauer langweilig wären. Auch hatte sie Lust auf einen Mojito im Café de la Habana, einem bekannten Lokal, von dem ihre Mutter sichtlich bewegt erzählte, als Nora ihr in der vorigen Woche gesagt hatte, sie wolle ein Wochenende in Cadaqués »mit einem Freund« verbringen.

»Hast du denn gar keine Lust, irgendwo essen zu gehen? Es ist ein wunderschöner Abend, lass uns einen

Spaziergang machen. Schau nur, wie der Mond leuchtet!«

»Nora, wir haben höchstens fünf Grad, heute Nacht werden die Temperaturen sicherlich unter null sinken. Es ist eiskalt, *sweetie*. Bleiben wir lieber zu Hause, essen etwas, legen uns in den Jacuzzi, und dann gibt's die Überraschung, von der ich dir erzählt habe. Ich bin ziemlich sicher, dass sie dir gefällt.«

Du bist dir in allem immer ziemlich sicher, dachte Nora und hatte Lust, ihm zu widersprechen, nur um ihm einen Dämpfer zu verpassen.

»Ich möchte essen gehen und einen Spaziergang machen. Wenn du keine Lust hast, kein Problem, dann gehe ich allein und komme nachher wieder. Kannst du mir sagen, wo es ein Fischrestaurant gibt, das eine Kellnerin sich leisten kann? Je eher ich losgehe, desto früher bin ich wieder zurück«, hielt Nora ihm entgegen, zog sich Mantel und Schal an, um deutlich zu machen, dass sie ihre Entscheidung getroffen hatte und es kein Zurück gab.

»Du glaubst gar nicht, wie sehr ich es mag, wenn du rebellisch wirst. Deine Augen sprühen Funken, du bist wie eine Göttin des Olymp, die ihre Mähne herumschleudert und die ganze Menschheit vernichten will«, sagte Xavier und versuchte, sie zu küssen und sie davon abzuhalten zu gehen.

»Fass mich nicht an«, antwortete Nora und schüttelte ihn ab. »Was ist nun, kommst du mit oder nicht?«

Xavier murrte und ging seinen Trenchcoat von Burberry und den dazu passenden Schal der gleichen Marke holen. In dieser Aufmachung hatte er Nora schon einmal beschämt: an dem Tag, an dem sie – was sie immer noch bereute – ihn eingeladen hatte, mit ihren Freunden auszugehen. Außerdem trug er ein Paar cremefarbene Chinos, einen schwarzen Rollkragenpullover und ein Paar Mokassins von Tod's.

Dieser Mann und ich, wir passen einfach nicht zusammen, das sieht man sofort, dachte sie, als sie den Look von Xavier mit ihren Klamotten verglich: Parka und Hose, die direkt aus einem Müllcontainer zu kommen schienen.

Sie verhandelten noch etliche weitere Minuten, weil Xavier den Wagen nehmen wollte und sie nicht – »Du und dein Auto, dein Auto und du, du bist doch kein Amerikaner!« –, und einmal mehr trug die nordische Dickköpfigkeit den Sieg davon.

Als sie auf die Straße traten, musste sie zugeben, dass ihr Begleiter zumindest in einem Punkt recht behielt: Es war saukalt. Wenn der Seewind einem ins Gesicht pfiff, blieb einem der Atem weg, was nicht unwesentlich dazu beitrug, dass beide eng umschlungen den Weg bis zur Casa Anita zurücklegten, dem Restaurant, wo Xavier, noch kurz bevor sie aus dem Haus gegangen waren, einen Tisch reserviert hatte.

Hin und wieder blieben sie stehen, weil Xavier ihr irgendeine Geschichte über das Dorf erzählte, oder weil Nora sich bückte, um eine Katze zu streicheln, oder weil sie ganz einfach das Spiegelbild des Mondes auf dem Wasser betrachteten. Sie küssten sich ein paarmal, und Nora dachte, wenn Xavier nicht allzu viel redete, konnte er wirklich entzückend sein.

Warum lösen alle Männer, die mich interessieren, so ein zwiespältiges Verhalten bei mir aus?, fragte sich Nora. *Warum kann er mir nicht ganz einfach gefallen und damit gut, warum muss es immer Probleme geben? Es ist anstrengend, jemanden in dem einen Moment küssen und im nächsten ohrfeigen zu wollen.* Nora grübelte in ihrer emotionalen Achterbahn vor sich hin, wobei sie Xaviers Hand in seiner Manteltasche suchte, um sich zu wärmen.

Als sie ankamen, war Nora überrascht, dass das Lokal ziemlich normal und überhaupt kein Vergleich zu den Bars und Restaurants mit minimalistischem Interieur war, die Xavier so sehr gefielen und sie fürchterlich langweilten. Holztische, kaum Tischdecken, schlichtes Geschirr und viele Gäste, die den Wein direkt aus dem Krug tranken. Plötzlich war Nora gut gelaunt und davon überzeugt, dass an diesem Abend alles gut gehen würde.

Xavier begrüßte den Kellner, den Koch und einen anderen Mann, der aussah wie der Besitzer, und während sie sich zu ihrem Tisch begaben, winkte er einigen Gästen zu, ohne Nora auch nur für einen Moment loszulassen, damit sie sahen, dass diese mysteriöse Rothaarige zu ihm gehörte.

Das Essen war spektakulär. Xavier hatte es schon am Telefon bestellt – und weil er sie nicht fragte, murrte

Nora, als sie es merkte –, daher gab es keine Paella, aber ein köstliches *Suquet* mit Seeteufel und Meeresfrüchten, die so frisch waren, als ob sie gerade erst vor einer halben Stunde aus dem Meer geholt worden waren. Als Vorspeise aßen sie gegrillte Garnelen – rot, riesig und schmackhaft, mit viel Knoblauch und Petersilie – sowie kleine Brotschnitten mit Anchovis und Käse, eine erstaunliche Kombination, die Nora hervorragend schmeckte.

Dazu gab es zwei Flaschen vom besten Sekt, den Nora je probiert hatte: köstlich, sprudelnd und kühl bis zum letzten Glas. Nora hatte Xavier einmal erzählt, dass sie weder Sekt noch Champagner in größeren Mengen vertrug – weil sie davon richtig scharf wurde und Dummheiten beging, bei denen sie zum Schluss ohne Höschen dastand und riskierte, wegen Erregung öffentlichen Ärgernisses festgenommen zu werden –, und jetzt bereute sie es, ihm diese Auskunft gegeben zu haben, die er sicherlich zu seinem Vorteil nutzen würde.

Es gab noch etwas, das dazu beitrug, dass sie besonders verspielt war: Meeresfrüchte, Hähnchenflügel oder gegrillte Sardinen mit den Fingern zu essen, in aller Öffentlichkeit zu kleckern, sich einzusauen, zu saugen und zu schlürfen, schien ihr ein primitiver und wilder Akt zu sein, der eine direkte Verbindung zu der Höhlenfrau herstellte, die sie in sich barg. Als sie schließlich beim Likör gelandet waren, fing sie an, mit ihren Füßen Xavier unter dem Tisch zwischen die Oberschenkel zu fahren. Obwohl ihre Stiefel den erotischen

Effekt ziemlich einschränkten, verstand er nur zu gut, wohin die Reise ging, und schlug ihr vor, die Rechnung kommen zu lassen und nach Hause zu gehen.

»Mmm, ja, gehen wir. Jetzt habe ich richtig Lust auf diesen Jacuzzi, von dem du vorhin geredet hast«, sagte Nora und gab die Femme fatale, mit einer Spur von Heidi im Gesicht, weil ihre Pausbacken so rot waren, als ob sie den ganzen Tag mit Peter und den Ziegen auf der Alm herumgetollt wäre.

Der Rückweg war schneller und weniger besinnlich als der Hinweg. Sie küssten sich wieder – aber ganz anders als vorher. Der Mond und seine silbrigen Reflexe auf dem Wasser interessierten Nora nicht die Bohne, und Xavier – der schon eine ganze Weile still war und sie befummelte, ohne sie mit albernen Namen auf Englisch, Französisch oder Tagalog anzusprechen – erschien ihr sexy, begehrenswert und hinreißend. Sie umarmte ihn und schaute ihn zärtlich an. Nie war er ihr so attraktiv vorgekommen. Sie fühlte sich sogar ein wenig verliebt, obwohl es sein konnte, dass der Effekt sich gleichzeitig mit dem Alkohol wieder verflüchtigen würde und stattdessen ein leichtes Gefühl von Leere und ein kleiner Kater Einzug hielten.

Nachdem sie die Jacken auf den Boden geworfen und die Schuhe abgestreift hatten – Nora hätte fast eine Porzellanfigur mit einem ihrer Stiefel getroffen –, ließen sie sich der Länge nach auf die Sofas im Salon fallen.

Nora drehte sich auf der Suche nach einer bequemen Position auf den Bauch, um sich ein paar Minuten auszuruhen und den Schwindel in ihrem Kopf loszuwerden, aber Xavier gönnte ihr keine Pause. Er setzte sich rittlings auf ihren Hintern und fing an, unter dem Pullover ihren Rücken zu massieren. Die vielen Klamotten, die Nora trug, erschwerten den Prozess erheblich, sodass beide zusammen die mühsame Aufgabe in Angriff nahmen, die zwei Pullover und etlichen T-Shirts, die Nora trug, aus dem Weg zu räumen. Nachdem Xavier ihr unter anfänglichen Schwierigkeiten den BH aufgehakt hatte und nun den halb nackten Körper seiner Geliebten vor sich sah, änderte er seine Absichten komplett. Er begann, ihr den Nacken zu küssen, und machte sich daran, ihr die Socken auszuziehen. In diesem Moment fiel Nora ein, dass sie fast vierundzwanzig Stunden lang schon dieselben Kleidungsstücke trug, dass sie ziemlich geschwitzt hatte und dass es besser wäre, ein wenig Wasser und Seife zu benutzen – es sei denn, Xavier entpuppte sich als Fußfetischist oder suchte seine sexuelle Befriedigung in verschwitzten Achselhöhlen. Außerdem gefiel ihr die Idee gar nicht schlecht, ein wenig im Jacuzzi herumzuplanschen.

»He, nicht so schnell. Wo ist dieser Jacuzzi, den du mir versprochen hast, als du noch ein anständiger Mann warst?«

Xavier kämpfte weiter mit ihren gestrickten Wollsocken, als ob er nichts gehört hätte, aber Nora gab nicht klein bei, stand auf und zog sich ruckzuck selbst die Socken und die Jeans aus.

Sie stellte sich vor ihren Liebhaber hin, der immer noch auf dem Sofa saß, hielt ihm ihre rötlich behaarte Scham vor das Gesicht und ging in die Offensive.

»Ich nehme jetzt ein Bad, kommst du mit?«

Xavier, der noch vollständig angezogen war, nahm ihre Hand und ging mit ihr zum Jacuzzi. Minutenlang schaute er zu, wie Nora ins Wasser glitt, ihr Haar wie Seetang auf der Oberfläche trieb und wie sie sich über die kitzelnden Luftblasen auf ihrem Körper freute. Der Größe nach handelte es sich eher um ein kleines Schwimmbad, und Nora genoss es wie ein Kind, sich mal auf dem Bauch, mal auf dem Rücken liegend von den sprudelnden Bläschen verwöhnen zu lassen.

Xavier zog sich eilig aus, vergaß aber nicht, seine Kleidung ordentlich zusammengefaltet auf die Konsole zu legen. Nora entging dieses Detail nicht, dieses pedantische und etwas kleinkarierte Verhalten, bei dem Ordnung und Gewohnheit noch über Lust und Liebe rangierten. Als er ins Wasser stieg, kam sie sofort auf ihn zu, setzte sich auf ihn, legte seine Hände auf ihre üppigen Brüste direkt vor seinem Gesicht und forderte ihn unverhohlen auf, sie zu lecken, zu beißen oder an ihnen zu saugen.

Alles in diesem Badezimmer erinnerte sie an den Schauplatz eines Pornofilms *(eines guten Pornofilms,* setzte Nora für sich hinzu, *aber letzten Endes Porno).*

Im Wasser zu vögeln war nicht unbedingt das, was sie sich vorstellte, aber für alle dem Sex vorangehenden Spielchen eignete sich diese vor Anzüglichkeiten strotzende Umgebung hervorragend.

Sie machte ihrem Liebhaber nach wie vor deutlich, was sie von ihm wollte. Jedes Mal, wenn er versuchte, mit seinen Händen unterhalb ihrer Taille zu rutschen, legte sie sie wieder auf ihre Brüste. Wie lange – Sekunden, Minuten oder vielleicht sogar Stunden? – würde sie es aushalten, seinem Drängen zu widerstehen, wie lange würde sie die Vorspiele ausdehnen können, ohne sein Geschlechtsteil anzufassen? Diese Agonie, dieses gut gesteuerte Können-und-noch-nicht-Wollen konnte sie in den siebten Himmel katapultieren, wenn der Moment kam, in dem der Mann in sie eindrang.

Als sie es sich mit ihrem ersten Vibrator gemacht hatte, bestand eines ihrer Lieblingsspiele darin, die Brustwarzen zu stimulieren, bis sie fast schreien musste, und ihn dann ganz schnell und tief in ihre erwartungsvolle Scham zu versenken. Diese Orgasmen waren brutal, wild und absolut vernichtend. Dem Drang nicht gleich nachzugeben, zu warten und eine größere Befriedigung zu erfahren lohnte sich immer, um die Lust zu erhöhen.

Jedes Beißen und Lutschen von Xavier war wie ein Stromstoß, der ihr direkt zwischen die Beine fuhr. Nora war so feucht, dass sie nicht mehr wusste, wo das Wasser anfing und sie aufhörte. Nachdem sie ihn mehrmals korrigiert hatte, wusste Xavier, wo er sie berühren durfte und wo nicht, und kam all ihren Wünschen nach.

In einem Anfall von Exhibitionismus, als Folge des übermäßigen Sektgenusses und der dekadenten Szenerie, stand sie auf, spreizte die Beine und hielt ihrem Liebhaber ihre Möse direkt vors Gesicht. Sie schob sein Kinn nach oben, damit er sie ansah, dann zwinkerte sie ihm zu und drückte sein Gesicht gegen ihren Schamhügel.

Xavier war verblüfft, aber er wusste, was sie von ihm erwartete und gab sein Bestes. Er begann, mit der Zungenspitze zärtlich die Spalte auf und ab zu fahren, als ob er sie begrüßen wollte. Nora bemerkte, dass sie nun die Medizin bekam, die sie sich selbst verschrieben hatte, und dass es, obwohl sie jetzt sofort einen Orgasmus haben wollte, sie war, die nun warten musste. Da sie sich nie durch große Geduld ausgezeichnet hatte, versuchte sie, sich zu berühren, um den Prozess zu beschleunigen, aber Xavier legte ihr die Hände auf den Rücken und fuhr fort, ihr mit aller Raffinesse die Ritze zu lecken.

Sie musste sich wohl oder übel in die Rolle der versklavten Herrin fügen, dachte Nora. Xaviers Zunge näherte sich mehr und mehr ihrer Klitoris, die schon darauf zu warten schien. Nora schob ihre Hüften nach vorne, um ihm die Arbeit zu erleichtern, und er packte ihren Hintern. Nora stieß einen undefinierbaren Laut aus, der etwas von einem Schnauben, Keuchen und Seufzen hatte.

Es war das erste Mal, dass Nora dieses Gefühl brutaler Intimität mit Xavier hatte. Sie waren sich so nah, so dicht, dass sie sich eins mit ihm fühlte. Außer der Wassertemperatur und dem nahenden Orgasmus spürte Nora, wie ihre Beine flau wurden, und wenn ihr Liebhaber sie nicht so festgehalten hätte, wäre sie womöglich umgefallen. Xavier bemerkte es und interpretierte es als ein Zeichen von Wollust. Xavier ließ eine der Pobacken los und führte seinen Mittelfinger in Noras Vagina.

Sie keuchte unüberhörbar und forderte ihn kurz vor dem Höhepunkt auf weiterzumachen: »Mehr, mehr ...«, »Nicht aufhören«, »Genau so!« Als er bemerkte, dass ihre Möse anfing, sich zusammenzuziehen, schob er schnell zwei weitere Finger tief hinein, bewegte sie vor und zurück, wobei er einen für Nora bisher unbekannten Punkt stimulierte, der zweifellos Wirkung zeigte.

Die Wucht des Orgasmus traf sie so überraschend, dass sie schrie. »Jaaa!«

Diesmal versagten ihr die Beine wirklich, und sie ließ sich fallen, bis sie auf ihrem Liebhaber saß, der sie überlegen anlächelte.

Nora fürchtete, dass er diesen magischen Moment mit einem »Hat es dir gefallen?« zerstören könnte und fing an, ihn zu küssen. Als sie versuchte, seinen Schwanz zu streicheln, der nicht sehr steif war (*wegen der warmen Temperatur des Wassers,* dachte Nora), nahm er ihre Hand und hinderte sie daran.

»Lass uns rausgehen. Ich hab da was für dich.«

Nora schien es nicht gerade der beste Moment für Überraschungen zu sein, aber sie stieg aus dem Jacuzzi und schlüpfte in den flauschigen grauen Bademantel, den Xavier ihr hinhielt. Sie folgte ihm in das Schlafzimmer, das von einem zwei mal zwei Meter großem Bett aus dunklem Holz beherrscht wurde. Am Fußende stand ein kleiner Trolley.

Xavier ließ sie vor dem Koffer Platz nehmen und öffnete die Reißverschlüsse mit einer so düsteren Miene, dass sie dachte, in dem Koffer läge der Dolch, mit dem er sie einem heidnischen Gott opfern würde (der Eindruck wurde noch verstärkt durch das seltsame Aussehen Xaviers, der den gleichen Bademantel wie sie trug und die Kapuze hochgeschlagen hatte).

Als Nora den Inhalt erblickte, fielen ihr fast die Augen aus dem Kopf. Auf schwarzem Satin lagen ein Korsett aus rotem Leder, ein Paar Stiefel mit unmöglichem Absatz und einem Schaft, der bis über den halben Oberschenkel reichte, ein Seil, eine Peitsche und ein Dildo aus Kristall. All diese Objekte waren sorgfältig nebeneinander angeordnet, und Nora stellte sich die Gedanken von Xavier vor, während er den Koffer präpariert hatte: »Du bist der Größte«, »Sie wird ausflippen«, »Dieses Mal hast du dich selbst übertroffen, Alter«.

»Mistress Nora, *enjoy!*«, tönte er mit selbstsicherer Stimme.

»Welch eine Überraschung! Aber ich würde eher sagen, das ist eine Überraschung für dich, nicht wahr?

Ich meine, die Überraschung bin ich, in diesen Klamotten. Also, was muss ich denn vermutlich tun?«

Nora, die immer noch unter der Wirkung des Alkohols stand, war nicht in der besten Verfassung, um einen dialektischen Schlagabtausch anzuzetteln, auch wenn ihr Gegner kein einziges Wort sagte.

»Keine Ahnung. Ich dachte, es würde dir gefallen. Weil du doch so gerne kommandierst.«

Nach einem Moment des Zögerns beschloss Nora, die Stichelei zu überhören und sich auf das Spiel einzulassen. Die abenteuerlustige Nora besiegte die Nora, die Angst hatte, sich lächerlich zu machen. Bisher bestanden ihre Erfahrungen als Domina nur darin, den einen oder anderen harmlosen Peitschenhieb ausgeteilt zu haben, und sie war neugierig, was man als versaute Kusine von Barbarella für Gefühle hatte. Sie stand auf und wollte sich die Sachen anlegen, wusste aber nicht genau, womit sie anfangen sollte.

Xavier reichte ihr die Stiefel.

»Ich habe Durst, du auch? Ich hole was zu trinken, Wein?«

Bevor er den Raum verließ, schaltete er eine Musikanlage ein, die so gut getarnt war, dass Nora sie selbst mithilfe der CIA nicht gefunden hätte. Diese Camouflage war für Nora ein unverständliches Phänomen. Wer braucht denn einen Toaster, der nicht wie ein Toaster aussieht? Man hörte die ersten Akkorde eines Songs von U2, der oft auch bei Xavier im Auto lief.

Nora, die sich gerade mit den Stiefeln abmühte, bemerkte, dass der Zufall ihr schon zum zweiten Mal an diesem Tag ein Lied über glückliche Momente bescherte. *Das wird schon seinen Grund haben,* dachte sie und begann, vor sich hin zu summen, wobei sie sich auf die unendlich langen Schnürsenkel konzentrierte. Als Xavier mit einer Flasche Wein und zwei Gläsern zurückkam, hatte sie die Stiefel fertig geschnürt und stand auf, um ihn zu empfangen.

Das Gefühl war vom ersten Moment an umwerfend. Die hohen Absätze sorgten für einen straffen Hintern, einen eingezogenen Bauch und gerade Schultern, der Druck des Leders auf ihren Oberschenkeln war erregend. Sie hatte die Haltung einer Amazone, einer Kämpferin angenommen und fühlte sich mächtig.

Sie nahm die Peitsche und ging auf Xavier zu.

Mit diesen Stiefeln war sie viel größer als er, und das beflügelte sie noch mehr.

»Stell das hin und komm her. Sofort.«

»Ziehst du das Korsett nicht an?«

Nora versetzte ihm, noch bevor er den Satz beendet hatte, einen Peitschenhieb und ging völlig in ihrer Rolle auf.

»Habe ich dir erlaubt zu reden? Also, kein Wort mehr!«

Nora schubste ihn auf das Bett, heftiger als Xavier es erwartet hatte, und sie sah in seinen Augen den Schatten eines Zweifels.

Ich kommandiere also gerne? Na, dir werde ich es zeigen, dachte Nora. *Du spielst mit dem Feuer.*

Sie riss ihm den Bademantel weg und setzte sich auf ihn. Als er sie anfassen wollte, antwortete sie mit einem weiteren Peitschenhieb.

»Habe ich dir erlaubt, mich anzufassen?«

Sie genoss ihre Rolle zunehmend und geilte sich richtig auf. Das Gefühl von Macht und Überlegenheit, die Situation physisch und psychologisch zu beherrschen, war unglaublich. Sie packte Xaviers Hände und fesselte sie über seinem Kopf, genügend stramm, um ihn merken zu lassen, dass er sich nicht mehr bewegen konnte.

Nachdem er den ersten Schrecken überwunden hatte, begann Xavier, Gefallen an dem Spiel zu finden. Sein lüsterner Blick und sein steifes Glied waren Beweis genug.

Nora nahm die Peitsche und versetzte ihm kleine Hiebe auf die Brustwarzen. Es klang wie leichte Ohrfeigen, als ob Haut gegen Haut schlüge.

Plas.

Ein kleiner Hieb.

Plas, plas, plas, plas.

Eine Serie von kleinen Hieben.

Nora war ein wenig erschrocken, weil sie merkte, dass er immer mehr wollte. Jeder Schlag verlangte einen nächsten Schlag, noch schneller und noch härter. Es machte ihr ein wenig Angst, daran zu denken, wo das alles enden könnte, als sie sah, wie rasch er sich erregte. *Es ist so, als ob du jemanden aus Spaß beißt, und plötzlich bemerkst du, dass du, wenn du dich gehen lässt, dem anderen mit einem Biss ein Stück vom Arm ausreißt.*

Plas.

Xavier stöhnte. Nora konnte nicht erkennen, ob vor Lust oder Schmerz, aber in diesem Moment war es ihr egal. Jetzt fing sie an, mit dem Rhythmus zu spielen: drei schnelle leichte Hiebe, ein harter Hieb. Sie richtete sich auf und begann, mit dem Hodensack ihres Liebhabers herumzuspielen, versetzte ihm kleine Schläge, zog und kniff ihn. Xavier stöhnte, jetzt war es eindeutig vor Wollust.

Nora schaute ihm in die Augen und erblickte etwas, was sie nicht erwartet hatte. Unterwürfigkeit.

Xavier war entschlossen, alles zu akzeptieren, was sie ihm antat. Er war entschlossen, sich beißen, fesseln, kratzen zu lassen, was es auch sei. Er sah sie an wie ein verletzter junger Hund, wie ein Christ, der herumgehurt hat und nun für seine Sünden büßen will.

Nora spürte, wie sie ganz feucht wurde, mehr noch: Sie war völlig durchnässt. Sie streifte Xavier ein Kondom über, das auf dem Nachttisch lag, und warf sich auf ihn. Sie löste ihm die Hände, und sie wälzten sich in einem heillosen Durcheinander von Armen, Beinen und Geschlechtsteilen über das Bett. Nora war außer sich und zerbiss und zerkratzte Xaviers ganzen Rücken. Dann kam sie auf allen vieren angekrochen, den Rücken durchgebogen – eine Stellung, die die Leute *doggy-style* nennen, die bei Nora aber etwas Katzenhaftes hatte –, und forderte: »Fick mich, fick mich jetzt ganz fest.«

Xavier legte sich mächtig ins Zeug, er stieß immer härter zu. Nun war er es, der sich stark und mächtig fühlte, so als ob er Nora zweiteilen würde. Extrem männlich, ein Mann unter Männern. Die alte Geschichte. Noras Keuchen schien dieses Gefühl noch zu bestätigen.

Er machte seine Sache gut.

Oh, ja.

Er machte sie so gut, dass Nora anfing zu schreien.

»Gefällt es dir, du kleine Hure? Ist es dir gekommen?«, fragte Xavier, der völlig in seiner Rolle aufging und ihr einen Klaps auf den Hintern gab.

Ihre Antwort entsprach nicht unbedingt der, die er erwartet hatte.

»Nein! Komm sofort runter von mir! Ich schreie, weil ich einen Krampf in den ... ahhh ...! Diese Stiefel, geh aus dem Weg!«

Nora brauchte selbst mit Xaviers Hilfe ein Weilchen, um die Stiefel auszuziehen. Als sie es geschafft hatte, war sie so wütend, dass sie sie aus dem Fenster warf. Das Abenteuer war schlecht ausgegangen, aber der Film war ganz lustig.

Zwei Tage später fand Martí, ein alter Fischer aus Port Lligat, einem Dorf in der Nähe von Cadaqués, eine unerwartete Beute, die sich in seinem Netz verfangen hatte.

KAPITEL 4

Holiday

»Du und deine großen Ideen. In welchem Moment meiner geistigen Umnachtung habe ich nur beschlossen, auf dich zu hören? Ich friere, ich habe Hunger. Wenn mein Bruder ankommt und mich umarmt, werde ich nach Kneipe riechen, und nach dem Bier, mit dem du mich übergossen hast, und außerdem ... das mit der Kälte habe ich dir schon gesagt?«

Carlota rauchte, verschickte SMS ohne Ende und leerte eine Dose Bier, ohne groß auf Noras Gejammer zu achten. Beide saßen auf einer Bank außerhalb des Flughafens El Prat, direkt unter dem Wandgemälde von Joan Miró. Obwohl es eine fast sommerliche Nacht war, hatte die Morgendämmerung die Temperatur so weit sinken lassen, dass sie eine Jacke gebraucht hätten.

»Warum streitest du mit mir rum? Du fandest die Idee genauso gut wie ich. Außerdem ist es immer das Gleiche: Wenn du vor sechs Uhr früh aufstehen musst, legst du dich am besten gar nicht erst hin.«

Der Grund, warum Nora und Carlota vor dem Eingang des Terminals 2 so zitterten, war die Ankunft von

Nikolas, Noras älterem Bruder, der sich endlich entschlossen hatte, sie zu besuchen, nachdem sie nun schon fast zwei Jahre in Barcelona lebte.

Sein Besuch fiel mit dem ersten Urlaub zusammen, den Nora sich seit ihrer Ankunft in der Stadt gönnte. Es war eine Zeit gewesen, in der sie hart gearbeitet hatte und ihr Erholungsprogramm daraus bestand, nach einer durchtanzten Nacht todmüde ins Bett zu fallen oder während der Dreharbeiten von zwölf oder fünfzehn Stunden wie ein geköpftes Huhn auf und ab zu laufen.

Während sie zusammen mit Carlota – die trotz der Trennung von Nikolas immer noch ein gutes Verhältnis zu ihm hatte und hin und wieder in Form von liebevollen Beschimpfungen mit ihm telefonierte oder mailte – den Besuch ihres Bruders vorbereitete, stellte sie fest, dass es noch viele Dinge in Barcelona gab, die sie nicht kannte.

Sie war noch nie in der Sagrada Família gewesen, hatte sich noch nie in den Gassen des Hafenviertels Barceloneta verlaufen oder war mit der Seilbahn auf den Tibidabo oder den Montjuïc gefahren. Was sie von der Stadt kannte, beschränkte sich auf die Viertel Gràcia, Gótico, Raval mit Matías zusammen und einen Teil der vornehmen Gegend in Begleitung von Xavier Dalmau. Nachts streifte sie durch die Diskotheken und Bars in Gayxample, die Kneipen des Gótico, die nobelsten Clubs in den höher gelegenen Zonen und die *afters* des Eixample. Und sie konnte mit Fug und Recht behaupten, dass sie in allen Bezirken schon gekellnert hatte.

»Nachts scheint alles viel näher und auch eher möglich zu sein. Tagsüber habe ich irgendwas zu erledigen oder komme über einen Aktionsradius von vierhundert Metern jenseits der Wohnung nicht hinaus, es sei denn, ich habe einen Termin oder muss zur Arbeit«, entgegnete sie Carlota, die ihr vorgeworfen hatte, einfach zu bequem und oftmals zu betrunken zu sein, um etwas zu unternehmen. »Ich bin von Natur aus neugierig, aber dann holt mich die Realität ein mit all ihrer Geschäftigkeit und den absurdesten Anforderungen, und ich vergesse alles andere.«

Ihr Plan für die nächste Woche bestand also darin, dass ihre Freunde ihr und Nikolas das Barcelona für Touristen zeigten, das auch sie noch nicht kannte. Und sie würde ihrem Bruder etwas zeigen, worin sie Spezialistin war: das Nachtleben in Barcelona, zumal der Familienbesuch mit dem bekanntesten Festival für elektronische Musik in der Stadt zusammenfiel: das Sónar. Obwohl ihr Bruder eher ein Faible für die Gitarre als für alles andere hatte, fand er die Idee gut, die touristischen Tagesausflüge mit nächtlichen Konzerten zu verbinden (obwohl das zweite sicherlich das erste infrage stellte), und bat Nora, Karten zu kaufen. Das Geld hatte er schon überwiesen – was das Finanzielle anging, war er sehr schwedisch und gewissenhaft.

Als Carlota die zigste Zigarette mit ihren Doc Martens ausgetreten hatte, betraten sie den Terminal gerade noch rechtzeitig, um zu sehen, wie Nikolas die Ankunftshalle verließ, lächelnd, mit der Sonnenbrille auf der Nase und einem Gesicht, an dem abzulesen war, dass er mehr oder weniger genauso viel geschlafen hatte wie sie. Nämlich überhaupt nicht.

Nora schien er hübscher denn je zu sein, und plötzlich wurde ihr klar, wie sehr sie ihn vermisst hatte. Sie hätte fast geheult, aber sie stellte sich vor, wie Carlota sie auslachen würde, wenn sie es sähe, und das gab ihr die Kraft, die Tränen zurückzuhalten. Sie lief los, um ihn zu umarmen, und er hob sie hoch und drehte sich mit ihr ein paarmal um die eigene Achse.

»*Min älskade lillasyster,* wie lange haben wir uns nicht gesehen, gut siehst du aus!«, sagte Nikolas zu ihr auf Spanisch, mit einem Akzent, der ihr, nachdem sie zwei Jahre in Spanien gelebt hatte, komisch vorkam. »Fast schon eine richtige Frau!«

Nora erkannte die Worte sofort wieder, lachte laut und zahlte es ihm mit gleicher Münze heim. »Und du, Nikolas, hast du schon eine Braut? So groß und hübsch wie du bist, müssen sie doch ganz verrückt nach dir sein. Und wie viel Ähnlichkeit du mit deinem Vater hast!«

Das waren genau die gleichen Sätze, mit denen ihre Großmutter sie jedes Mal empfing, wenn sie sie besuchen kamen. Immer das Gleiche, und danach haufenweise Küsse direkt am Ohr, solche, die so laut waren, dass man taub zu werden drohte – die Geschwister nannten sie immer »Omaküsse« –, gefolgt von einer Umarmung, die so kräftig war, dass man sie von dieser zierlichen Frau, die stets nach dem Kölnischwasser Heno de Pravia duftete, gar nicht erwartet hatte. Ihr Bruder hing nicht sonderlich an der Familie in Benidorm, denn nachdem sein Vater Schweden verlassen hatte, wollte er sich von ihm und seinen spanischen Wurzeln distanzieren. Daher hatte Nikolas wohl auch so lange gebraucht, bis er sich endlich entschlossen hatte, Nora in Barcelona zu besuchen.

Nachdem die Begrüßungszeremonie mit Umarmungen und liebevollen Knüffen beendet worden war, stiegen sie in ein Taxi. Carlota und Nikolas gingen miteinander um wie übermütige Jungen, taten so, als ob sie sich prügelten, um irgendwie zu demonstrieren, dass sie mittlerweile eine Kameradschaft pflegten und mit Sex nichts mehr am Hut hatten. Die Freude über das Wiedersehen hatte sie munter gemacht. Die drei plauderten angeregt während der Fahrt zur Wohnung, wärmten alte Erinnerungen wieder auf und schmiedeten aufregende Pläne für die Woche, die vor ihnen lag.

Einen Moment lang musste Nora, als sie Nikolas und Carlota ansah, daran denken, was wohl passiert wäre, wenn sie ein Paar geblieben und nicht Opfer der promiskuitiven Neigungen ihres Bruders geworden wären. *Sicherlich würde ihr Leben heute, auf ihre Weise, in geordneten Bahnen verlaufen, und sie hätten ein paar hübsche Kinder. Carlota wäre Ingenieurin, obwohl sie womöglich nicht glücklich damit wäre, weil sie eigentlich …*

Plas!

Ein Schlag gegen die Stirn riss sie aus ihren Gedanken, und diesmal war es nicht Carlota gewesen (die drauf und dran war, sich totzulachen, als sie Noras verdutztes Gesicht sah), sondern ihr eigener Bruder.

»Wach auf, Schwesterherz, du kriegst ja gar nichts mehr mit! Willst du schlafen, oder wollen wir den Tag genießen? Wir können doch gleich ein bisschen spazieren gehen und nach dem Essen eine kleine Siesta halten, oder? Es warten tausend Dinge auf uns, und wir haben nur eine Woche.«

Nora rieb sich die gerötete Stirn. *So ist es eben mit der Familie,* dachte sie lächelnd. *Wenn du sie nicht in deiner Nähe hast, vermisst du sie. Bist du fünf Minuten mit ihr zusammen, möchtest du sie am liebsten umbringen. So ist es schon immer gewesen, und so wird es immer sein, besser, man kapiert es langsam.*

Bevor sie nach oben in die Wohnung gingen, tranken sie unten in der Bar noch einen Kaffee, Nora entschied sich für einen Kamillentee. Obwohl sie den Einkauf für die Tage mit Nikolas schon besorgt hatten, hatten sie, zu Hause angekommen, feststellen müssen, dass fünfzig Prozent aus Bier und anderen alkoholischen Getränken und der Rest aus Kartoffelchips und Snacks mit einem hohen Anteil von gesättigten Fetten bestand, die Carlota so sehr mochte. Also kauften sie nun in der Bäckerei an der Ecke noch ein paar Croissants und gingen dann nach oben, um sich zu duschen, sich umzuziehen und Kräfte für den neuen Tag zu sammeln.

Als Nikolas den Koffer in einer Ecke des Salons abstellte, protestierte er aufs Entschiedenste dagegen, dass sein ihm zugedachtes Bett, ein Sofa von Ikea, in eben diesem Salon stand, und verkündete, hiermit Opfer eines »Sex-Boykotts« zu sein, denn: »Wo soll ich hin, wenn ich jemanden abschleppe?«

Die Croissants ließen jedoch seine mehr oder weniger ernst gemeinte Frage schnell vergessen und waren innerhalb weniger Sekunden verputzt.

Nora bot sich an, zuerst zu duschen, und überließ die Planung des Tagesablaufs Carlota und Nikolas, die jeder auf einem Sofa saßen, umgeben von neugierigen Katzen, die auf der Suche nach Streicheleinheiten näher kamen und mehr über den Gast in Erfahrung bringen wollten, der neue und betörende Düfte mitgebracht hatte.

Nora beeilte sich mit dem Duschen, denn sie dachte, ein längeres Verweilen unter dem warmen Wasserstrahl würde sie nur noch müder machen. Und so erledigte sie das Ritual Seife-Shampoo-Gesichtsmaske, so schnell sie konnte, zog sich ein geblümtes Kleid und ein Paar Converse an und ging ins Esszimmer.

»Der Nächste bitte, ich bin fertig!«

Carlota schlief inmitten von Croissantkrümeln, und Nikolas rauchte auf dem Balkon. Nora und ihr Bruder beschlossen also, zu diesem Ort zu gehen, der sich Markt nannte und den Nora so selten besuchte – obwohl sie nur gut hundert Meter entfernt wohnte. Dort kauften sie alles, was für ein Essen nötig war, das so gesund sein würde, wie es dieser Haushalt noch nie gesehen hatte – was aber auch nicht allzu schwer war, wenn man an Carlotas fürchterliche Ernährungsgewohnheiten dachte.

»Als ich hier ankam, dachte ich, ich könnte in dieser Richtung etwas ändern, aber letzten Endes war sie es, die meine Prinzipien über den Haufen geworfen hat«, erzählte Nora ihrem Bruder. »Carlota ist der faulige Apfel und ich der Korb voller frischer und unschuldiger Äpfel, die wegen ihr nun auch faulig geworden sind. Aber heute wird sie einen leckeren Salat und einen Kichererbseneintopf essen müssen. Rache ist süß!«

Sie kauften Äpfel, Kopfsalat, Tomaten, Zwiebeln, Linsen, Kichererbsen und alles, was nötig war, um ihre kleine Familie anständig zu ernähren. Dann setzten sie sich auf ein Bier und ein paar Tapas in eine Marktbar.

»Na los, erzähl schon«, drängelte Nikolas neugierig, während sie ihre Pilze mit Knoblauch und Petersilie bekamen.

Nora wusste, was ihr älterer Bruder wissen wollte, und begann, ihm den komplizierten Stand ihres Liebeslebens zu erklären. Sie beschrieb ihm die Leidenschaft, die sie für Matías empfand, und wie schwierig es war, ihm näherzukommen, und dass Xavier Dalmau ein Freund war, der immer auf sie aufpasste, sie verwöhnte und sie überraschte.

Sie gaben sich gegenseitig Ratschläge – genau genommen war es eher Nikolas, der ihr etwas riet, denn er befand sich in einer Phase, in der er jedem Rock hinterherjagte und nichts Ernsthaftes anfangen wollte. Und Nora merkte erneut, wie sehr ihr Bruder ihr doch gefehlt hatte.

Sie sprachen auch über Carlota, und Nora erzählte ihm, dass sie beide vor ein paar Wochen an einem besonders grauen und trostlosen Tag beschlossen hatten, dass sie es satthatten, »wie die Tiere zu schuften und wie ihre Großmütter immer nur zu Hause herumzusitzen« (Originalton Carlota), und dass es jetzt an der Zeit sei, Urlaub zu machen. Ihre Ersparnisse reichten zwar nicht für eine Fernreise – der Traum eines jeden, wenn es um Urlaub geht –, aber sie waren so begeistert von ihrer Idee, dass sie fast alles gut fanden.

Zumindest hatten sie das geglaubt.

Nachdem sie Paris ausgeklammert hatten, weil »die Franzosen unerträglich sind«, Rom, weil »die Italiener einen dauernd anbaggern« und London, weil »das Wetter deprimierend ist«, beschlossen sie, positiv zu denken und sich zu überlegen, was sie denn nun wirklich wollten.

»Ich bin für einen Strandurlaub. Ich will den Arsch in die Sonne legen, Weißwein trinken, frischen Fisch essen und die ganze Zeit nur nackt herumlaufen«, verkündete Carlota.

»Ich will auch Strand, aber um stundenlang schwimmen zu gehen. Fisch und Wein ist okay, aber ein bisschen was zum Anziehen nehme ich mit, und du hoffentlich auch, damit wir mal essen gehen können. Gegrillte Sardinen und in zwanzig Zentimetern Entfernung deine Vulva, ich weiß nicht, ob ich das haben muss. Das heißt, ich weiß es schon. Nein danke, lieber nicht.«

»Ist doch klar. Dafür dass du aus Schweden kommst, bist du reichlich verklemmt. Ich glaube, das letzte Mal, dass jemand ernsthaft das Wort *Vulva* benutzt hat, war zu der Zeit, als das Fernsehen noch schwarz-weiß sendete«, bemerkte Carlotta spöttisch und versetzte ihr einen liebevollen Tritt gegen das Schienbein.

Nachdem sie eine Stunde lang hin und her überlegt und sich mit unzähligen Kissenwürfen und Fußtritten traktiert hatten, wenn sie wieder einmal nicht einer Meinung waren, beschlossen sie, dass Ibiza das richtige Ziel war. Viele ihrer Freunde arbeiteten dort während der Sommerzeit in Clubs wie Space, Pacha oder Privilege. Sie kellnerten sieben Nächte in der Woche für die Feierwütigsten auf dem ganzen Planeten oder traten bei Performances der legendären Monstruos von Ibiza auf. Letzten Endes waren sie alle da, um die sagenhafte Geschichte der *»house music all day and all night long«* am Laufen zu halten und sich nebenher genug Geld zu verdienen, um sich in den Wintermonaten das Studium zu finanzieren oder das Leben etwas ruhiger angehen lassen zu können.

Für einen fast symbolischen Preis konnten sie in einem kleinen Zimmer des Apartments wohnen, das Bea und Lola sich in Santa Eulària mit einem anderen Paar teilten, das ebenfalls in der Saison dort arbeitete.

»Ich will euch nichts vormachen, das Zimmer ist nicht gerade toll«, informierte Lola sie per Telefon, mitteilsam wie immer. »Eine doppelte Matratze auf dem Fußboden und sonst nichts. Aber was soll's, zum Schlafen reicht es. Ibiza ist kein Ort, um zu Hause zu sitzen: Nachts wird gefeiert, und tagsüber geht's an den Strand. Los, lasst euch nicht lange bitten, einfacher könnt ihr es doch gar nicht haben! Wann kommt ihr?« Sie kauften daraufhin sofort Tickets fürs Schiff (»Was wir bei den Tickets sparen, können wir für Paellas ausgeben«, bemerkte Nora, wie immer praktisch veranlagt). Hinfahrt am 18. Juni, Rückfahrt zehn Tage später, was ihnen das zusätzliche Vergnügen verschaffte, die magische Noche de San Juan, die Sonnenwendfeier, auf Ibiza verbringen zu können.

»Weißt du, Niko«, sagte Nora zu ihrem Bruder, bevor sie die Geschichte über die Reisevorbereitungen für Ibiza abschloss, »Carlota und ich, wir reden nicht darüber, aber ich glaube, wir haben beide den Eindruck, dass diese Luftveränderung die ideale Gelegenheit ist, um die Routine aufzubrechen, in die sich unser Zusammenleben verwandelt hat. Entweder die Sache geht gut, oder sie endet fatal, so wie bei den Paaren, die ein Kind als letzten Ausweg betrachten, um eine Ehe zu retten, die den Bach runtergeht.«

Dank einer SMS von Carlota bemerkte Nora, dass die Zeit während der Unterhaltung mit ihrem Bruder wie im Flug vergangen und es schon fünf Uhr war. Sie hatten Carlota und das Essen völlig vergessen. Eine Stunde später saßen sie alle drei bei einem Kaffee mit Eiswürfeln zusammen und überlegten sich, welche touristischen Sehenswürdigkeiten sie an diesem Abend besuchen wollten.

Zunächst schauten sie sich die Sammlung im MACBA, dem Museum für zeitgenössische Kunst, und das CCCB, das Zentrum für zeitgenössische Kultur, an, was sie »locker drei Stunden gekostet hatte«, wie Carlota süffisant bemerkte, woraufhin Nikolas darum bat, mit ihm doch bitte irgendwohin zu gehen, wo keine Buchstabenkombinationen auf den Ort hinwiesen, »es sei denn, es handelt sich um die Buchstaben BAR«. Außerdem frotzelte er über die Schäden an der Netzhaut, die eine Überdosis an moderner Kunst verursachen konnte, und darüber, wie viel er nun trinken müsste, um dieses fürchterliche Trauma zu bewältigen.

Es war noch nicht neun Uhr, Nikolas war noch keine zwölf Stunden in Barcelona, und schon suchten sie eine Bar. *Na toll,* dachte Nora und begann, sich von der Vorstellung zu verabschieden, den Urlaub auch nur halbwegs sinnvoll zu verbringen. Sie hatte zwar eine gewisse Zeit mit ihrem Bruder alleine verbringen können, aber trotzdem das Gefühl, dass sie die Situation nicht mehr ganz im Griff hatte.

Und so war es auch, zumindest in den ersten zwei Tagen. Nachts streunten sie durch die Kneipen – Nikolas und Carlota vorneweg, Nora leicht vergrätzt hinterher und Lichtjahre entfernt von der alkoholisierten

Ausgelassenheit ihrer beiden Begleiter –, um sämtliche Freunde, die über alle Tresen der Stadt verteilt waren, zu begrüßen.

Nach drei Nächten auf dem Festival Sónar und einem verkaterten Tag beschloss Nora, den Besuch ihres Bruders mit einem Abendessen zu zweit in einem der schicken und teuren Restaurants, die Xavier ihr gezeigt hatte, abzurunden: dem Tragaluz, das in einem unscheinbaren Durchgang zum Paseo de Gràcia liegt. Es war Sonntag, und im Restaurant waren ungefähr fünf Tische besetzt. Es überraschte sie, an einem der Tische eben jenen Xavier Dalmau mit einer Blondine zu entdecken.

Was für ein lächerlicher und unnötiger Zufall, dachte Nora.

»Ist was, Nora?«, fragte ihr Bruder, als er bemerkte, dass sie nervös und unruhig wurde.

»Der da hinten, an dem Tisch neben der Pflanze. Schau nicht hin! Er muss es ja nicht merken. Das ist der Typ, von dem ich dir erzählt habe, Xavier«, sagte sie und schaute woandershin.

Im gleichen Moment war Nikolas unterwegs zu dem Tisch, was Nora völlig hysterisch machte, aber sie folgte ihm. Xavier stand auf und begrüßte die beiden, Nikolas präsentierte sich als der schwedische Freund von Nora, was diese umgehend dementierte und klarstellte, dass er ihr Bruder sei. Xavier seinerseits stellte Natascha als »eine Freundin« vor, und Nora gab ihr die Hand, obwohl das Mädchen Anstalten machte, ihr zwei Küsse auf die Wangen zu geben.

Die Situation war bizarr. Nora sagte, dass sie jetzt ihren Tisch besetzen müssten, und lehnte Nataschas Vorschlag ab, zusammen zu essen. Natascha, wahrscheinlich ein russisches Model, das nicht mehr als vierzig Kilo wog, obwohl sie ungefähr einen Meter achtzig groß war, aß wahrscheinlich gar nichts außer Mineralwasser.

Das Abschiedsessen für ihren Bruder war nun ein wenig getrübt durch die Eifersucht, die in Nora aufstieg. Sie wusste, dass sie keinen Grund dazu hatte, weil sie es immer ablehnte, dass ihre Beziehung zu etwas Ernsthafterem werden könnte – was Xavier des Öfteren mehr oder weniger verschleiert gewünscht hatte.

Der Montag verging wie im Flug. Sie brachten Nikolas zum Flughafen, kehrten in ihre Wohnung zurück, um die Koffer zu packen und die Betreuung und Verpflegung der Katzen zu organisieren – es war nicht einfach, für vier dieser Tierchen einen Babysitter zu finden, und um den zehntägigen Vorrat an Futter und Katzenstreu ins Haus zu schaffen, mussten sie einen Einkaufswagen im Supermarkt leihen. Und nachdem Nora die für sie typische Panik überwunden hatte, wieder einmal das Ticket und den Pass verlegt zu haben, war es auch schon an der Zeit, in Richtung Hafen aufzubrechen.

Sie gingen ohne Probleme an Bord und stellten sich an die Reling, um das Schiff auslaufen zu sehen, ein Schauspiel, das Nora ein wenig enttäuschte, weil sie eine Musikkapelle und Hunderte von Klopapierrollen erwartet hatte, wie sie es aus den Filmen kannte. Danach unternahmen sie einen kleinen Erkundungsgang und bereiteten sich für die Nacht an Bord vor. Dieses Mal dachte Nora nicht im Traum daran, auf Carlota zu hören, und beeilte sich, das von vornherein und unmissverständlich klarzustellen.

»Bevor du mich mit deinen bescheuerten Theorien über die Vorteile, nachts nicht zu schlafen, einwickelst, sage ich dir, dass ich nicht die geringste Lust habe, todmüde oder verkatert auf Ibiza anzukommen. Ich möchte, dass mein erster Tag am Strand wunderschön wird, also werde ich es mir in meinem Liegestuhl so bequem wie möglich machen und eine Schlaftablette einwerfen. Und ich rate dir, das Gleiche zu tun, denn nicht zu schlafen ist irre schlecht für die Haut, und außerdem gibt es Studien, die zeigen, dass ...«

Carlota zeigte sich völlig einverstanden und zu allem bereit, »wenn du nur aufhörst, mich zu langweilen«. Sie nahm die Tablette, die ihre Freundin ihr anbot, knüllte ihren Pullover zu einem Kopfkissen zusammen (wobei sie sich einen Ärmel über die Augen legte, was ihr das Aussehen eines etwas freakigen Superhelden gab) und bereitete sich darauf vor, die acht Stunden, die die Fähre für die Überfahrt brauchte, durchzuschlafen. Nora, die überrascht war, dass ihre dickköpfige Freundin einmal auf sie hörte, ging vor dem Schlafen kurz Zähne putzen und pinkeln. Auf dem Weg zu den sanitären Anlagen begegnete sie etlichen Gruppen von

Jugendlichen, die Richtung Bar unterwegs waren, mit der klaren Absicht, die Fiesta schon zu starten, noch bevor sie auf der Insel ankamen.

Als sie den Waschraum verließ, stockte ihr das Herz.

Wenige Meter vor ihr stand Matías. War er es überhaupt? Letzte Nacht hatte sie Xavier getroffen und jetzt Matías? Der Mann sah von hinten genauso aus wie er, hatte die gleichen Haare und den gleichen Gang. Eher nervös als erfreut, aber ohne die Gelegenheit versäumen zu wollen, ihn zu begrüßen, näherte sie sich ihm von hinten und klopfte ihm auf die Schulter.

»Hallo, was machst du denn hier?«

Als er sich umdrehte, bemerkte Nora, dass der Typ nicht Matías war. Tatsächlich war er schlanker und größer und hatte dunkleres Haar.

»Verzeihung, ich ... ich habe mich getäuscht. Ich dachte, du seist jemand, den ich kenne.« Sie drehte sich um und verschwand im Gang. Sie hätte sich am liebsten vor Scham in einem Mauseloch verkrochen.

Während der falsche Matías ihr irgendetwas hinterherrief, dass er es schön fände, dass sie sich kennengelernt hätten, und ihr in allen Einzelheiten schilderte, was er hier machte, suchte Nora mit hochrotem Kopf schleunigst ihren Liegestuhl auf. Es war ihr schon allzu oft passiert, dass sie glaubte, Matías zu sehen. Ob auf der Straße, im Kino oder bei den Dreharbeiten. Auch träumte sie davon, ihn zu sehen, aber selbst im Traum war er es nicht, was ihr hinterher reichlich Frustration verschaffte.

Sicherlich hätte sie diese Anspannung, die sie überall Argentinier sehen ließ, ein wenig verringern können, wenn sie ihn angerufen oder sich mit ihm verabredet hätte, aber es gab zwei Gründe, warum sie es nicht getan hatte. Erstens war Nora ein Dickkopf sondergleichen, und im Fall von Matías war sie so verblieben, sich sogar für einen Kinobesuch bitten zu lassen (im Grunde hatte er nichts anderes verdient). Zweitens war er seit drei Monaten in Argentinien, nachdem er es geschafft hatte, den Job seiner Träume (und den eines jeden anderen in diesem Beruf) zu bekommen: sich um die Kameraführung des neuen Films von Juan José Campanella zu kümmern, dem Regisseur, der Argentinien in den Blickpunkt der Filmindustrie gerückt hatte, dank des Erfolgs von *El hijo de la novia, Der Sohn der Braut.*

Als er sie anrief, um sich von ihr mit einem seiner typischen Treffen im Café, einem anschließenden Kinobesuch und einem Abendessen zu verabschieden (*Er scheint sogar bei einem solchen Anlass ein Gewohnheitstier zu sein,* dachte Nora), machte er, im Rahmen seiner ihm eigenen Unerschütterlichkeit, einen ziemlich begeisterten Eindruck.

Die Tatsache, dass ein Landsmann sein Augenmerk auf ihn gerichtet und ihn »am anderen Ende der Welt« aufgesucht hatte, wie er ihr mehrmals erzählte, ließ ihn seinen Glauben an das Kino zurückgewinnen und – wie Nora glaubte, obwohl er es nie gesagt hatte – auch an seine berufliche Karriere, die ins Stocken geraten war und nicht so verlief, wie er es sich vorstellte. Außerdem würde er, wie Nora ihm gegenüber mit einem Unterton bemerkte, teilhaben an dem »Kino der großen Geschichten, diesem Kino, das dir so sehr gefällt, du weißt ja, das wahre KINO.«

Matías lächelte und entschied sich, die Ironie zu übergehen. Er war so zufrieden, dass es ihr schwerfiel, ihm in die Parade zu fahren. In diesem Moment war er irgendwie unbesiegbar.

Während sie einen Arak mit Eis tranken – bevor sie sich mit dem typischen Kuss auf die Wange, der immer länger dauerte als nötig und doch kürzer, als sie (und er sicherlich auch) es gerne gehabt hätte –, fragte Matías sie zum ersten Mal, ohne ihr in die Augen zu sehen und ganz nebenbei, nach ihrer Beziehung zu Xavier. Nora blieb vor Schreck fast das Herz stehen.

Erstens, weil sie nicht glaubte, dass diese »Beziehung« als solche bestünde, und zweitens, weil sie nicht wusste, wie Matías davon erfahren hatte. Während der letzten Monate hatte Xavier nachdrücklich darauf bestanden, ihre Verbindung publik zu machen, während Nora, für die die Sache gar nicht so klar war, sich genau um das Gegenteil bemühte.

»Wenn du mit Beziehung meinst, dass wir uns hin und wieder zum Essen treffen oder ausgehen ... also gut, das geht in Ordnung«, antwortete sie Matías so cool wie möglich, aber innerlich zitterte sie wie ein Wackelpudding. »Wenn du damit irgendetwas anderes meinst – da gibt es nichts.«

Während sie sprach, schlug sie in ihrer Fantasie ihren Kopf dauernd gegen die Wand und wiederholte endlos das Mantra: *Ich bin eine Idiotin, was bin ich doch für eine Idiotin.*

Später hatte sie Henrik aufgesucht, um ihm ihr Leid zu klagen. »Wenn ich nicht so dickköpfig wäre oder so absurd anständig, oder wenn er an jenem Tag nicht so bescheuert gewesen wäre, hätte ich ihm jetzt den Kuss seines Lebens gegeben, und vielleicht hätten wir im erstbesten Hauseingang gevögelt, denn schon wenn ich ihn nur ansehe, stelle ich mir vor, mit ihm zu vögeln, und er ... er auch! Das merkt man ihm sofort an!«, erzählte sie, nachdem sie den Unmut in Unmengen von Wodka mit Red Bull ertränkt hatte. »Warum müssen die Dinge nur so verdammt kompliziert sein? Warum nur?«

Zwei Tage bevor sie nach Ibiza fuhr, erreichte dieses Gefühl, von dem sie nicht wusste, ob sie es Liebe oder Leidenschaft nennen sollte, seinen Höhepunkt, als sie eine SMS erhielt: »Wie geht es dir, mein roter Teufel? Ich vermisse dich. Buenos Aires würde dir gefallen. Kuss, Matías.«

Ich vermisse dich! Ich vermisse dich. Das war der Hammer! Niemals zuvor hatte er ihr so etwas gesagt, und ausgerechnet jetzt tat er es, jetzt, wo er am anderen Ende der Welt war und sie nach Ibiza in den Urlaub fahren wollte, dorthin, wovon sie schon immer geträumt hatte, um sich zu amüsieren, sich auszuruhen und an nichts weiter zu denken. Jetzt war sie natürlich völlig durch den Wind, und ihre Lust auf den attraktivsten Argentinier der Welt hatte sich um das Tausendfache vergrößert. Was würde sie tun, wenn sie ihn sähe? Ihn küssen? Ihm an den Hals springen? Ihn nach Hause einladen? Ihn ...?

Nora vertagte jede Erinnerung, die ihren Schlaf stören könnte, indem sie vorsichtshalber ein paar Tabletten mehr schluckte, und schlief wie ein Stein, ohne dass sie sich später auch nur an einen Traum während der ganzen Überfahrt erinnerte.

Als sie ankamen, warteten Bea, Lola und ein paar weitere Freunde schon im Hafen auf sie. Sie umarmten sich und jubelten vor Freude, sich endlich wiederzusehen. Während sie ein Taxi suchten, erzählten sie Nora und Carlota von den VIP-Tresen, wo man als Trinkgeld druckfrische Fünfhundert-Euro-Scheine bekam, von Prinzen, die ihren eigenen Ärztestab überall mit hinschleppten, falls sie es mit dem Kokain oder den Go-go-Boys übertrieben, denen sie im Tausch für eine Nacht voller Sex eine Villa oder hundert Kamele versprachen.

Die Stimmung war von Anfang an großartig. Das andere Paar, das in dem Haus wohnte, begrüßte sie freundlich und kümmerte sich dann wieder um seine eigenen Sachen. Die Mädchen beschlossen, den Tag am Strand zu verbringen.

Vier ganze Tage lang blieb Nora ihrer Absicht treu, Ibiza eher bei Tag als bei Nacht zu erleben. Carlota hingegen hatte den gemeinsam gefassten Beschluss schon bald vergessen: dass es besser sei, die Ersparnisse in Paellas und frischen Fisch zu investieren als in Alkohol und Diskotheken. Hin und wieder erhielt Nora eine SMS von Matías, in der er ihr erklärte, wo er sich aufhielt, was er machte oder warum er gerade an sie dachte. Komischerweise gebärdete er sich in der Ferne viel heißblütiger, als wenn er sie direkt vor sich hatte. *Vollidiot,* dachte Nora. Zur Strafe beantwortete sie immer nur jede zweite seiner SMS. Das war ihre Art, sich hart zu geben und zu demonstrieren, dass sie es war, die nicht *so* erpicht darauf war, sich mit ihm in Verbindung zu setzen, sondern er. Dieses Gefühl der Macht – da machte sie sich nichts vor – gefiel ihr.

Während Nora auf dem Fahrrad die Gegend erkundete und einsame Buchten entdeckte, wo höchstens vier Personen Platz fanden, kam Carlota erst am Morgen nach Hause und sah jedes Mal schlechter aus. Einmal brachte sie sogar ein Engländer heim, weil sie sich nicht mehr auf den Beinen halten konnte. Als Nora sie verantwortungslos nannte und ihr eine Riesenstandpauke hielt, lachte Carlota sie aus und nannte sie im Gegenzug eine Nonne.

Nora war zutiefst beleidigt und beschloss, nicht mehr mit ihr darüber zu reden, selbst wenn sie sie bewusstlos auf dem Höhepunkt einer Orgie mit einer amerikanischen Rugby-Mannschaft ertappen sollte.

»Du wirst schon sehen, Carlota. Du bist schließlich alt genug.«

Sie nahm das Fahrrad, kaufte sich eine Taucherbrille, einen Schnorchel und Sonnencreme mit Schutzfaktor 50 und bewunderte stundenlang Tausende von kleinen Fischen, die sich in Schwärmen durchs Wasser bewegten – alle immer in die gleiche Richtung – und sich vom weißen Sand des Meeresbodens abhoben. Trotz dieser fünf Stunden, die wie Zen-Meditation waren, musste sie ständig darüber nachdenken, was an Carlotas Vorwurf dran war, und nachdem sie lange überlegt hatte, war sie überzeugt: absolut nichts. Sie war keine Ursulinen-Nonne, aber ihr Körper hatte sich immer noch nicht von den Strapazen des Sónar-Festivals erholt. Meeresfrüchte, Strand und reduzierter Alkoholgenuss – höchstens zum Essen einen Weißwein – waren im Moment alles, worauf sie Lust hatte.

Aber als die Noche de San Juan näher rückte, drohten Bea und Lola damit, sie »wie einen Hund« aus dem Haus zu werfen, falls sie sich nicht dazu durchringen sollte, sie in die Diskothek zu begleiten.

»In der Noche de San Juan geht man aus, das ist nun mal so«, behauptete Lola mit Nachdruck. »Ihr macht euch zurecht und geht zusammen euren Fisch essen. Geradezu lächerlich, wie ihr euren Urlaub verbringt, jede für sich allein! Und danach kommt ihr ins Privilege, und wir machen alle zusammen richtig einen drauf.«

Ein Angebot, das nur schwer auszuschlagen war. Nach einer ausgiebigen Siesta und einer kurzen Make-up-Session – Carlota schminkte sich nie, und Nora fühlte sich mit ihrer gebräunten Haut so wohl, dass sie nur ein wenig Wimperntusche auflegte – zogen sie sich zum ersten Mal auf der Insel ein anständiges Paar Schuhe an und gingen schnell etwas essen. Ohne sich groß zu unterhalten – Nora war schweigsam, Carlota sogar abweisend –, gingen sie dann in die Diskothek, wo ihre Freundinnen arbeiteten. Die Türsteher, überaus freundlich, ließen sie passieren, und Nora war völlig überwältigt von der Größe des Clubs. Es war der größte, in dem sie je gewesen war, mit mindestens vier Dancefloors, ebenso vielen Terrassen und einigen Tausend Leuten, die sich spärlich bekleidet im House-Rhythmus bewegten.

Als sie zu Bea an den Tresen gingen, bemerkte Nora, dass sie Carlota etwas in den Mund schob. Ihre Freundin fing ihren Blick auf und stellte ihr die Millionenfrage, als ob sie auf diese Weise versuchen wollte, die verloren gegangene Beziehung zwischen ihnen wieder herzustellen.

»Willst du probieren?«

»Nein, danke. Drogen stehen in diesem Urlaub nicht auf meinem Programm. Also, weder in diesem Urlaub noch sonst. Genauso wenig wie sie auf deinem Programm standen, erinnerst du dich?«

Sobald sie ihre Bemerkung beendet hatte, bereute sie auch schon, was sie gesagt hatte. Carlotas eisiger Blick war vernichtend.

»Okay, ganz wie du willst. Aber ich besorg dir was zu trinken, oder?«

Nora akzeptierte einen Wodka Red Bull als Zeichen der Versöhnung. Sie war überrascht über die Fähigkeit ihrer Freundin, binnen Sekunden alles zu vergessen. Sie nahm das Glas, lächelte und trank es fast in einem Zug aus. Die Garnelen vom Abendessen und die spannungsgeladene Situation hatten sie durstig gemacht.

Eine halbe Stunde später war die Welt eine andere. Eine völlig andere. Seltsam, wie auf dem Kopf stehend, so erzählte sie es Carlota, die mit dem Kopf nickte, leise in sich hineinlachte und gar nicht weiter hinhörte.

Nora hatte noch nie so viel und so intensiv getanzt. Sie hatte sich als Teil der Musik gefühlt, das schon, und sich auch von ihr tragen lassen. Aber jetzt war sie es, die die Musik machte. Es waren ihre Bewegungen, die entschieden, welcher Ton der nächste sein würde und nicht umgekehrt. Sie war die Frau, die das Weltorchester dirigierte, die Mutter aller Töne. Die Pauken entsprangen ihrem Magen, die spitzesten Töne ihren Händen, die Tiefen erzeugte sie mit den Bewegungen ihrer Füße. Und plötzlich erklang einer ihrer Lieblingssongs, »And I miss you«, von Sade. Dieses Lied hatte gerade noch gefehlt, um sie direkt und ohne Umweg in die Umlaufbahn der sinnlichen Lust zu katapultieren.

Carlota tanzte gut einen Meter von ihr entfernt, als ob ihr Leben davon abhinge. Sie wiegte sich in den Hüften und bewegte die Schultern, die Augen geschlossen, die Arme fest am Körper, so folgte sie dem Rhythmus der Musik auf ihre Art, die manchmal etwas arrhythmisch war.

Nora schien sie schöner denn je zu sein, so groß, so unerreichbar, so einsam und doch so nahe, so entzückend.

Nora fühlte plötzlich, wie sehr sie Carlota vermissen würde, wenn ihre Wege sich trennen sollten. Was würde aus ihr werden, wer würde sich um sie kümmern, um wen würde sie sich kümmern? Tatsächlich glaubte Nora, dass sie sie schon jetzt vermisste; diese Zentimeter, die beim Tanzen zwischen ihnen lagen, kamen ihr wie eine unüberwindliche Distanz vor, als ob sie in einer anderen Straße, einer anderen Stadt oder einer anderen Welt lebte.

Sie hatte ein unbändiges Bedürfnis, sich ihr zu nähern, sie anzufassen, ihre Hand zu nehmen und mit dieser Hand ihr eigenes Gesicht zu streicheln, Zärtlichkeiten, die Carlota ihr nie gab. Warum hatten sie sich nie umarmt oder angefasst?

»Warum umarmst du mich niemals, Carlota? Sich zu umarmen ist unheimlich schön, so sanft und angenehm, so zart, so zart wie wir beide, Menschen, die sich mögen, umarmen sich, und ich mag dich sehr, Carlota, ich mag dich«, flüsterte sie ihrer Mitbewohnerin ins Ohr, die offensichtlich nichts verstand (zum Teil wegen des Trips, auf dem sie sicherlich war, zum Teil wegen der lauten Musik) und sie freundlich und vergnügt anschaute, mit einer Zigarette zwischen den Lippen, die schon seit mindestens zehn Minuten aufgeraucht war.

Nora öffnete die Arme ihrer jetzt leicht irritierten Freundin und schmiegte sich an ihren Körper, als ob sie sich selbst umarmte und Carlota mit all dem nichts zu tun hätte. Sie brauchte so viel, so viel oder nur ein wenig Liebe in diesem Moment, sie fühlte sich so verletzlich, so einsam, so schutzlos, als ob man ihr gerade gesagt hätte, dass sie ein Waisenkind wäre und alle Kätzchen dieser Welt gestorben wären. Sie steckte so voller Gefühle, die sich plötzlich in alle Richtungen ergossen, dass sie fast zu weinen anfing.

Nora hatte es noch nicht bemerkt, aber eine Gruppe von Skandinaviern kreiste schon seit geraumer Zeit um sie herum, sie tanzten, tranken und redeten über sie. Besonders einer der Jungen, dessen Pupillen vom Ecstasy-Genuss geweitet waren, starrte sie belustigt und lüstern an. Er war groß und sehr hübsch und hatte Bizepse, wie Nora sie noch nie gesehen hatte. Eine Tätowierung zierte seinen rechten Oberarm. Er sah aus wie ein griechischer Gott, dachte Nora. Einfach unglaublich.

Er kam auf die beiden Freundinnen zu und nahm Carlota die Kippe aus dem Mund, bot ihr eine neue Zigarette an und gab ihr, nachdem sie einige Sekunden gezögert hatte, Feuer.

»Ich heiße Otto.«

Nora streichelte zur Begrüßung seine Tätowierung und lächelte.

Sie küsste ihn auf die Wange und er sie und beide Carlota.

Alle drei tanzten eng umschlungen, tranken, so erschien es Nora, drei Wannen voll Wodka mit Red Bull, sie versprachen, sich gegenseitig zu besuchen, tauschten Mailadressen und Telefonnummern aus, verabredeten Reisen in alle Welt, tauschten Vertraulichkeiten aller Art aus und schworen sich ewige Liebe und Freundschaft.

Nora wusste nicht, wie ihr geschah, aber sie verstand die Gefühle der anderen sehr genau, konnte fast ihre Gedanken lesen, sie war so gefühlsselig, dass sie imstande war, den Erstbesten zu heiraten, der ihr sagte, dass er Zuneigung und Liebe bräuchte, dass das Leben ihm übel mitgespielt oder dass sein Fußballverein ein Spiel verloren hätte. Niemals zuvor hatte sie sich so schutzlos und gleichzeitig so beschützend gefühlt.

Die Empathie ist die schlimmste aller Krankheiten, sagte sie zu sich selbst. Oder vielleicht sagte sie es auch laut, sie wusste es nicht so genau. Seit einigen Stunden wusste sie so einiges nicht mehr, dieser Wodka Red Bull übte eine sonderbare, aber angenehme Wirkung auf sie aus.

Als die Musik vorbei war und ihre Freunde hinter den Tresen hervorkamen und ihnen jede Menge After-Partys mit noch mehr Musik und Fiesta schmackhaft machen wollten, überkam Carlota, Nora und ihren neuen Freund Otto die große Trägheit, bis er mit einem Vorschlag herausrückte, der die beiden Freundinnen sofort begeisterte.

»Das Häuschen, das ich mit meinen Freunden zusammen gemietet habe, ist nicht sehr weit und hat einen kleinen Swimmingpool mit Blick aufs Meer. Sie werden noch mindestens die ganze Nacht weiter feiern, das heißt, wir werden niemanden stören und auch von niemandem gestört werden. Wer kommt mit?«, fragte er, während er das Glas leerte und einen Blick in seine »Zauberschachtel« warf, aus der er schon so einige Schätze mit Carlota geteilt hatte.

Lola und Bea stimmten sofort zu, sie hatten ihre Arbeit gerade beendet und noch keine Lust, schlafen zu gehen, sie brauchten Entspannung, »damit das Dröhnen in den Ohren aufhörte«, wollten sich aber auch nicht mit Leuten einlassen, denen nach stundenlanger Feierei schon alles egal war. Da das Haus nicht weit entfernt lag und ein Taxi zu dieser Zeit (wenn die Diskotheken geschlossen werden) unmöglich zu bekommen war, beschlossen sie, zu Fuß zu gehen.

Als sie ankamen, nahmen die erstaunten Ahs und Ohs der vier Freundinnen kein Ende. Das »Häuschen« stellte sich als respektable Villa heraus, der »kleine Swimmingpool« hatte olympische Ausmaße, und der sich daran anschließende Jacuzzi bot locker Platz für zehn Personen. Das Innere des Hauses war nicht weniger beeindruckend mit einem Kamin, Sofas und überall aufgehäuften Kissen, eine sonderbare Mischung zwischen Design und Wärme, die schwierig zu gestalten war.

Im Salon standen eine gut bestückte Hausbar und ein Kühlschrank nur für Getränke.

»Falls jemand Hunger hat, in der Küche steht noch ein Kühlschrank mit Lebensmitteln. Obst, Käse, was ihr wollt«, erklärte Otto, während er Bier und andere Getränke an seine neuen Freundinnen verteilte.

Nach einer kurzen Pause auf einem weichen Sofa und einem weiteren Griff in Ottos gut sortierte Zauberschachtel – wo sogar Bea und Lola mitmachten, während Carlota beflissen ihrer Freundin noch einen Wodka Red Bull zubereitete – stürzten alle in Richtung Swimmingpool, zogen sich schon während des Laufens aus, grölten und schubsten sich wie Jugendliche und sprangen laut lachend ins Wasser.

Nora genoss das Wasser, das in diesen frühen Morgenstunden wärmer war als die Luft. Es umgab ihren nackten Körper wie ein flüssiges Kleidungsstück. Es fühlte sich an wie Quecksilber, und sie ertappte sich dabei, dass sie schon seit einigen Minuten mit ihren Händen an sich herumspielte.

Als sie wieder zu sich kam und sich umschaute, war jeder mit sich selbst beschäftigt, ohne allzu sehr auf die anderen zu achten.

Otto tauchte und versuchte, so lange wie möglich unter Wasser zu bleiben. Nora fand, dass es irrsinnig viele Minuten waren.

Carlota ließ sich auf einer Luftmatratze treiben, steckte sich laufend Kaugummis in den Mund und versuchte, die größte Blase aller Zeiten zu fabrizieren. Sie hatte reichlich Schwierigkeiten, die Kaugummireste von der Haut zu lösen.

Bea und Lola streichelten sich gegenseitig das Haar und schauten sich, Stirn und Nase aneinandergepresst, in die Augen, als ob sie versuchten, sich ins Gehirn zu sehen, wobei sie die Iris als Schlüsselloch benutzten, das einem erlaubt, einen Blick auf die andere Seite zu werfen und zu erkunden, was es dort so gibt: Ideen, Gefühle und Gedanken.

Otto stieg aus dem Wasser und ging, eine seltsame Melodie summend, ins Haus. Er fummelte an einer Anlage herum, bis man die Musik im ganzen Garten hörte. Ein Popsong voller Harmonien und Melodien, begleitet von einer Stimme, die einer Fee oder einem Engel oder beiden zugleich zu gehören schien und die Nora auf der Festplatte ihres Gedächtnisses nicht lokalisieren konnte.

Carlota setzte sich auf der Luftmatratze hin und begann zu singen, zuerst leise und dann immer lauter. Mit ihrem aufrechten Rücken, dem nassen blonden Haar, der gebräunten nackten Haut und dem zum Himmel gewandten Gesicht gab sie ein beeindruckendes Schauspiel ab. Nora dachte wieder, zum x-ten Mal an diesem Tag, dass ihre Freundin doch die schönste Frau auf Erden sei.

Währenddessen saßen Bea und Lola auf den Treppenstufen des Swimmingpools und küssten sich. Sie küssten sich auf die Wangen, die Lippen, auf das Haar, auf die Brüste und den Hals, sie schauten sich lustvoll an, ihre Augen schienen zu sagen: »Friss mich.« Lola setzte sich auf Beas Schoß, und diese nahm eine ihrer

Brustwarzen in den Mund. Otto schien Gefallen an der Szene zu finden und schaute ihnen aus ein paar Metern Entfernung aus dem Wasser heraus zu, die sexuelle Begierde stand ihm ins Gesicht geschrieben.

Nora, die sich auch eine Luftmatratze besorgt hatte und sich, auf dem Bauch liegend und mit den Armen im Wasser, treiben ließ, war ziemlich überrascht, wie locker ihre Freundinnen waren, aber was ihr völlig den Atem verschlug, war das Gesicht Carlotas, die den beiden auch zuschaute. Carlota schien hypnotisiert zu sein, sie konnte den Blick nicht abwenden. Sie biss sich auf die Unterlippe und setzte ein Gesicht auf, von dem Nora glaubte, dass sie so aussah, wenn sie einen Pornofilm anschaute, obwohl sie sie noch nie in einer solchen Situation ertappt hatte. Nora ruderte sich mit den Armen an die Luftmatratze ihrer Freundin heran und warf sie ins Wasser, zum Teil weil sie sie ärgern wollte, zum Teil weil ihr Verhalten ihr unangenehm war.

Im Nu drehte Carlota auch ihre Luftmatratze um und tauchte Nora unter. Dann schleuderte sie ihr mit einem ernsten Gesichtsausdruck eine Frage entgegen, die es in sich hatte.

»Nora, hast du es schon mal mit einer Frau getrieben? So richtig getrieben, meine ich. Nicht nur küssen und in einem Club an den Brüsten herumfummeln. Damit wir uns richtig verstehen: Hast du schon mal eine Möse von Nahem gesehen?«

Nora ließ sich von der Ernsthaftigkeit ihrer Freundin anstecken.

»Nein, noch nie. Wie du schon sagst, ich habe zwar schon mal ein Mädchen geküsst und mich dabei richtig aufgegeilt, aber wenn ich mehr wollte, war es mir doch immer peinlich, oder der anderen war es peinlich, und dann haben wir es gelassen. Aber ich bin sehr neugierig, ich würde es gerne mal probieren ...«

Sie hatte den Satz noch gar nicht beendet, als Carlota ihr eine Hand auf die Brust legte und ihr die Lippen küsste. Nora bekam große Augen. Von all den wenig wahrscheinlichen Dingen, von denen sie sich vorgestellt hatte, dass sie ihr in ihrem Leben passieren könnten, reihte sich das eben Erlebte nahtlos ein in die Vögelei mit Viggo Mortensen auf dem Klo eines Flugzeugs und den Heiratsantrag von Brad Pitt.

Sie ließ einige Sekunden verstreichen, um zu sehen, ob ihre Freundin sie auslachte, sie eine Idiotin nannte und ihr einen Schlag in den Nacken versetzte, aber nichts dergleichen passierte. Ihre rechte Hand blieb nach wie vor auf ihrer linken Brust liegen – wenn auch ein wenig starr –, und mit dem Daumen berührte sie leicht die Brustwarze.

Eine Minute, vielleicht zwei Minuten vergingen. Carlota machte keine Anstalten weiterzumachen, zog sich aber auch nicht zurück, möglicherweise wartete sie, dass ihre Freundin den nächsten Schritt tat.

Und Nora, von Natur aus neugierig, tat ihn. Sie legte ihre rechte Hand auf Carlotas linke Brust.

So verweilten sie für einige Sekunden, wie eine Art Renaissancebild. Zwei weibliche Körper, jeder auf seine

Weise perfekt und zugleich verschieden, vereint in einem sonderbaren Ritual, das zu keusch war, um es für etwas Sexuelles zu halten. Es machte eher den Eindruck, als ob sie ihren Herzschlägen lauschten oder sich Vertraulichkeiten mitteilten.

Das Geräusch aufgewühlten Wassers holte sie aus ihrer Versunkenheit zurück. Otto konnte Bea und Lola nicht länger zuschauen – weil die beiden sich aufgrund des seltsamen Geschehens um sie herum ein diskreteres Plätzchen für ihre Zärtlichkeiten gesucht hatten – und näherte sich nun, mit einem Bier in der Hand, Nora und Carlota.

Als er die beiden erreichte – sie hatten sich anscheinend seit einer Ewigkeit nicht mehr bewegt, drehten ihre Köpfe jetzt aber Otto zu –, küsste er zunächst die eine und dann die andere. Eine Sekunde später nahm er sanft ihre Köpfe und hielt sie so, dass Nora und Carlota sich küssen konnten.

Das war der entscheidende Anstoß, den sie benötigten.

Sie küssten sich am Anfang eher aus Neugierde und weniger von Wollust getrieben. Eine gewisse Scheu war ihnen anzumerken, und Noras Verstand durchdachte die Situation mehr, als ihr lieb war.

Ihre Gedanken gingen vom schlechtesten aller Fälle aus *(Und wenn wir uns danach komisch vorkommen und keine Freundinnen mehr sind?)* und endeten beim besten Fall *(Besser mit ihr als mit einer anderen, wir mögen uns, also warum nicht?),* um dann doch wieder von vorne anzufangen. Vielleicht bekam sie deshalb nicht mit, was tatsächlich passierte: Carlota und sie – und sicherlich auch Otto, der nicht gewillt zu sein schien, auf seinen Anteil zu verzichten – waren drauf und dran, Sex miteinander zu haben.

Otto legte eine Hand auf Noras Hintern und die andere auf Carlotas und fing an, die Rothaarige auf den Hals zu küssen. Carlota hatte ihre Hände auf den Brüsten ihrer Freundin und biss ihr sanft in eine Brustwarze. Nora schloss die Augen, um sich ganz darauf zu konzentrieren, was mit ihr passierte. Sie drückte ihren Bauch gegen den ihrer Freundin (Ottos Hände auf den Hintern der beiden ließen kaum etwas anderes zu) und ließ sich gehen.

Sie küsste Otto, sie küsste Carlota, Carlota küsste Otto.

Sie berührten sich, streichelten sich, bissen sich, und mit jedem Mal erschien alles natürlicher und weniger verkrampft als vorher. Der Kontakt mit der fremden Haut – vor allem mit der von Carlota, die so seidenweich war – erschien ihr besonders angenehm.

Nora fühlte, dass sie richtig heiß wurde, und an der Art, wie ihre Spielgefährten reagierten – sie leckten und bissen immer heftiger, ihre Finger streiften die Schamgegend –, bemerkte sie, dass auch sie begannen, die Sache ernst zu nehmen.

Carlota drückte sie gegen die Wand des Swimmingpools und nutzte die fehlende Schwerkraft im Wasser, um Noras Taille mit ihren Beinen zu umschlingen.

Nora packte den perfekten Hintern Carlotas und schob sie noch dichter an sich heran. Jetzt schwebten Carlotas Brüste direkt vor ihrem Gesicht, und sie begann, diese mit zunehmender Erregung zu lecken.

Carlota packte Noras Kopf und keuchte, als ob sie es nicht mehr lange aushalten würde. Otto hatte seine Rolle als Voyeur, zumindest für eine gewisse Zeit, akzeptiert und genoss, was er zu sehen bekam, während er sich unter Wasser streichelte. Er sah einem Adonis des 21. Jahrhunderts immer ähnlicher, als die Wassertropfen ihm über die muskulöse Brust und den Unterleib liefen. Sein Körper schien das Werk eines Bildhauers zu sein.

Nora fuhr mit ihrer rechten Hand über die enthaarte Scham ihrer Freundin, streichelte sie sanft, ohne sich entschließen zu können, weiter vorzudringen, obwohl Carlota ihr Tun zu genießen schien.

Plötzlich wurde Nora bewusst, was sie gerade machte. Der bestmögliche Fall war in greifbare Nähe gerückt, und schon schien er ihr nicht mehr eine so gute Idee zu sein.

»Mach mir's bitte. Ich sterbe vor Lust. Du bist so schön, so sexy«, flüsterte Carlota mit tiefer Stimme.

Noras Finger glitten bis zu Carlotas Möse hinunter, die sich ihr offen darbot, und begannen, das noch unbekannte Gelände zu erkunden. Es war das erste Mal, dass Nora ein anderes weibliches Geschlechtsteil berührte, und es war ein eigenartiges Gefühl, so vertraut und doch zugleich so fremd.

Genau in jenem Augenblick bemerkte sie, dass das weder der passende Moment noch der passende Ort war und Carlota und Otto auch nicht die Personen waren, mit denen sie diese Momente teilen wollte.

»Ich ... nein ... warte mal ... ich muss mal aufs Klo!«

Sie löste sich aus Carlotas Beinen und schob sie zu Otto hinüber, der sie hocherfreut in seine starken, tätowierten Arme nahm. Sie küssten sich begierig vom ersten Moment an, und während Nora ins Haus ging und sich in ein Strandtuch wickelte, das auf einem Liegestuhl lag, sah sie, wie Carlota ihm die Finger in den Mund steckte.

Sie lief durchs Haus auf der Suche nach ihrer Tasche und ihrem Handy. Als sie es gefunden hatte, war eine neue SMS eingetroffen: »Wünsche dir eine schöne Noche de San Juan, Rotschopf! Ich habe dir viel zu erzählen. Bis bald! Matías.«

Ohne lange zu überlegen, drückte sie die Ruftaste, entschlossen, fünf gerade sein zu lassen und, wenn nötig, alle ihre Prinzipien über Bord zu werfen.

»Der Teilnehmer ist derzeit nicht erreichbar.«

Logisch, wenn man bedenkt, dass es in Buenos Aires vier Uhr morgens war, dachte Nora. Aber sie musste jetzt mit jemandem sprechen, sie wollte hören, dass jemand sie liebte, dass sie für jemanden wichtig, *sehr* wichtig war, sie wollte die Wichtigste auf der Welt sein und auch jemandem sagen, wie wichtig er für sie war.

Sie wusste selbst nicht, was mit ihr geschah. Als Nächstes rief sie, was noch unverständlicher war, Xavier Dalmau an.

Es klingelte einmal.

Es klingelte zweimal.

Es klingelte dreimal.

Als sie die Verbindung schon unterbrechen wollte, meldete sich der Anrufbeantworter: »Hallo, hier ist Xavier Dalmau. Im Moment kann ich deinen Anruf leider nicht entgegennehmen. Hinterlasse bitte eine Nachricht. Ich rufe zurück, sobald ich kann.«

Nora sprach, ohne nachzudenken: »Hallo Xavier, hier ist Nora. Entschuldige bitte, dass ich dich so früh anrufe, kein Grund zur Beunruhigung, es ist nichts passiert, mir geht es gut. Das nehme ich jedenfalls an. Also, was ich damit sagen will, es ist nichts Schlimmes passiert, kein Unfall oder so was. Ich ... ich habe dich nur angerufen, um dir zu sagen, dass ich dich sehr vermisse, dass du mir sehr wichtig bist und dass ich weiß, dass ich es dir nie sage, aber dass ich, obwohl ich es dir nie gesagt habe ... nun ja, dass ich manchmal ein bisschen spröde bin, aber das liegt daran, dass ich Schwedin bin. Ich bin nämlich im Urlaub und ein wenig betrunken und habe gemerkt, wie oft ich an dich denken muss und dass ich dich jetzt gerne sofort umarmen und mit dir zusammen sein möchte und, na ja ... keine Ahnung, ob diese russische Nutte noch mit dir zusammen ist, wahrscheinlich ja ... aber, also ... ich liebe dich ... und ich vermisse ... und ...«

Es war ihr völlig schleierhaft, warum sie das gesagt hatte, und rückgängig machen konnte sie es auch nicht.

Was zum Teufel mache ich nur? Was ist los mit mir? Sie wusste nicht, ob sie eher überrascht oder verärgert über sich war.

Als sie an den Swimmingpool zurückkehrte, sah sie, dass Carlota und Otto immer noch rumknutschten und sich wie wild befummelten. Otto näherte sich ihr, um sie zu küssen, und Carlota versuchte es auch, aber Nora hatte keine richtige Lust dazu und wies sie, so freundlich wie möglich, ab.

Sie schienen nicht sehr enttäuscht zu sein und kümmerten sich wieder um sich selbst, stiegen aus dem Wasser und machten es sich in einem riesigen balinesischen Bett bequem, das mitten im Garten stand.

Carlota kniete auf allen vieren, den Kopf gebeugt. In dieser Position würde sie spüren, wie Otto jeden Zentimeter ihrer Möse in Beschlag nahm, und man sah an ihrem Blick, dass diese Vorstellung sie schon wieder aufgeilte. Sie schaute Otto über die Schulter an, und er zögerte keinen Augenblick, die Einladung anzunehmen. In Sekundenschnelle hatte er sie gepackt und stieß zu.

Einmal.

Zweimal.

Dreimal.

Die folgenden Attacken waren sanfter und erlaubten es Carlota, das Gefühl, ein ums andere Mal penetriert zu werden, zu genießen. Als der Rhythmus ihres Liebhabers sich mit ihrem eigenen deckte, fing Carlota an zu stöhnen. Sie stützte den Kopf auf dem Bett ab, ließ die rechte Hand hinunter zu ihrer Klitoris gleiten und rieb an ihr, bis sie ganz leise kam.

In diesem Moment war so viel sexuelle Energie in ihnen, dass man fast ein Summen wie von Leuchtstoffröhren hörte.

Einige Sekunden, bevor Carlota ihren Orgasmus bekam, schaute sie Nora mit einem herausfordernden Lächeln an und steckte sich zwei Finger in den Mund, was Nora ihrer Rolle als Voyeurin schlagartig bewusst werden ließ und ihr zum ersten Mal ein leicht unbehagliches Gefühl bereitete.

Carlota schrie auf, und Otto sagte irgendetwas auf Deutsch. Dann sanken sie erschöpft nebeneinander aufs Bett. Jung, wild, abgespannt und zugleich mit Lust auf mehr. Nora dachte noch darüber nach, was sie nun tun sollte, was sie Carlota sagen und wie diese reagieren würde, aber da war sie schon auf dem Liegestuhl eingeschlafen wie ein Baby.

Als sie aufwachte, war Otto nicht da, und aus dem Haus drang das Krächzen einer männlichen Stimme, die kaum einen richtigen Ton traf. Es konnte ein Song von Guns N' Roses, von AC/DC oder sonst wem sein. Carlota rauchte und schaute in den Himmel. Sie war immer noch nackt; sie hatte sich nie geschämt, ihren Körper zu zeigen. Nora trug das Strandtuch, das sie sich vor Stunden umgehängt hatte. Es herrschte ein angespanntes, fast brutales Schweigen zwischen den beiden. Nora suchte mehrmals den Blick ihrer Freundin, aber diese wich ihr aus und tat so, als ob sie es nicht bemerkt hatte.

Zum ersten Mal an diesem Tag fragte Nora sich, wie spät es wohl sei. Die Sonne ging gerade unter, also dürfte es acht Uhr sein. Das hieß, sie waren schon seit ungefähr zwölf Stunden bei Otto im Haus.

»Gehen wir nach Hause?«, fragte Nora, ängstlich die Antwort erwartend.

»Ich bleibe noch ein bisschen. Während du schliefst, hat Otto mich gefragt, ob ich mit ihm essen gehe, und ich habe Ja gesagt. Du kannst ja schon gehen, wir sehen uns dann später.«

Weder Carlotas Ton noch ihre Haltung – sie hatte es nicht einmal für nötig befunden, sie anzuschauen, während sie mit ihr sprach – waren besonders herzlich. Eigentlich schien sie sich zu bemühen, verächtlich zu sein, als ob sie Nora absichtlich ärgern wollte. Oder vielleicht wirkte sie nur so, weil die Wirkung der Ecstasy-Pillen nachgelassen hatte.

Plötzlich überkam Nora ein unkontrollierbares Bedürfnis, einfach loszuheulen, sodass sie sich nicht einmal mehr von ihrem Gastgeber verabschieden konnte. Sie hatte Angst, in Tränen auszubrechen, sobald sie auch nur den Mund öffnete.

Sie hielt die Tränen mit Mühe und Not zurück, erhob sich, in das Strandtuch gewickelt, aus dem Liegestuhl und machte sich auf die Suche nach ihrer Kleidung, die rund um den Swimmingpool verstreut lag. Lola und Bea waren verschwunden (sicherlich schon vor Stunden), und einige von denen, die sie in der Nacht zuvor in der Diskothek kennengelernt hatten, saßen an einem Tisch mit etlichen leeren Weinflaschen und halb vollen Gläsern. Sie schlug die Einladung auf ein Glas aus (ein nettes Angebot angesichts der Tatsache, dass sie nur ein Strandtuch umgelegt hatte) und sammelte ihre Sachen zusammen. Den Slip konnte sie nicht finden, und nach einigen Minuten vergeblichen Suchens fand sie sich damit ab, ohne Slip nach Hause zu gehen, ein angemessenes Resümee dieser Nacht.

Als sie sich anzog, war sie so traurig, dass sie die Einladung auf ein Glas fast doch noch angenommen hätte, aber der Gedanke, Carlota mit Otto zusammen die Treppe herunterkommen zu sehen und ihren verächtlichen Blick aufzufangen – wenn sie sie denn überhaupt anschaute –, brach ihr das Herz. Eilig verließ sie das Haus und schlug die Tür hinter sich zu, ohne zu wissen, wie sie nach Hause kommen sollte.

Unterwegs erhielt sie ungefähr fünfzehn Anrufe von Xavier, aber sie beantwortete nicht einen, weil sie nicht wusste, was sie ihm sagen sollte.

Als sie schließlich nach Stunden zu Hause ankam – ihr fehlender Orientierungssinn und ihre hochhackigen Sandalen waren ihr keine große Hilfe –, war das Apartment leer. Die zwei Pärchen standen schon wieder hinter ihren Tresen und hatten ihr (eigentlich ihnen, ihr und Carlota) eine Nachricht auf der mit Herzchen und Wolken bemalten Tafel in der Küche hinterlassen: »Mädels, ihr steht auf der Einladungsliste, kommt vorbei, wenn ihr Lust habt! XXOOXX«

Natürlich ging Nora nicht hin.

Und Carlota auch nicht.

Tatsächlich tauchte sie erst am nächsten Tag auf.

»Wie geht's?«, fragte sie.

»Ich bin fix und fertig, keine Ahnung, was mit mir los ist, ich möchte am liebsten heulen.«

»Schau, es tut mir leid, aber ich hab dir vorgestern Ecstasy ins Glas gekippt, deshalb geht's dir so dreckig. Na ja, ich hab dir ein paarmal was reingeschüttet ... Es tut mir leid, aber du warst so langweilig. Ich wusste, es würde dir gefallen. Du hast dich also amüsiert?«

Noras Gesicht war starr vor Verblüffung. Sie konnte nicht glauben, was sie gerade gehört hatte.

»Ist das dein Ernst? Du hast mir gegen meinen Willen Drogen verabreicht? Du weißt, was mir hätte passieren können? Und was ich alles gemacht habe! Ich hatte Sex mit dir, ich habe Matías angerufen und danach Xavier, und ich habe ihm gesagt, dass ich ihn liebe. Und jetzt fühle ich mich schuldig und sitze in der Scheiße! Wie konntest du mir das antun? Du bist verrückt, Carlota, total verrückt. Du bist ein elendes Biest, das nicht akzeptieren kann, wenn andere sich nicht die ganze Zeit mit Alk und Drogen vollschütten müssen so wie du!« Nora liefen die Tränen über das

Gesicht, sie schluchzte, ihre Schultern zitterten, sie war außer sich.

»Und du bist eine schlechte Freundin, ungenießbar und langweilig. Dir ist es egal, wie ich mich fühle, weil du nur an dich und deine verdammten Liebhaber denkst. Vielleicht begreifst du mal, dass keiner von ihnen dich lieben und ertragen wird, so wie ich dich ertragen habe. Die wollen nur mit dir vögeln, ansonsten interessierst du sie gar nicht! Sie lieben dich nicht, du machst dir doch nur was vor!«

Nora war von diesen Worten so getroffen, dass sie sogar aufhörte zu weinen, und Carlota packte ihren Koffer, knallte ihn zu und verschwand mit einem lauten »Auf Nimmerwiedersehen!«

Nora setzte sich auf die Matratze und fing wieder an zu heulen. Lola, die im Haus herumstreifte, hatte alles mitbekommen – »So wie ihr euch angebrüllt habt, war es ja nicht zu überhören«, sagte sie fast entschuldigend zu Nora – und umarmte sie sofort.

»Ehrlich, das ist natürlich hundsgemein, was sie mit dir gemacht hat, so was tut man nicht, den Leuten irgendetwas zu geben, ohne zu wissen, ob sie es wollen. Aber so dick wie ihr miteinander befreundet seid, wird es schon nicht so schlimm werden. Gut, mit dem Stoff habt ihr euch richtig aufgegeilt, aber nun vertragt euch wieder, ja? Nicht zu glauben, wie die Heteros mit diesen Dingen umgehen«, sagte Lola, die, sobald sie den Mund aufmachte, wie ein Maschinengewehr redete, während sie ihr einen Lindenblütentee mit Whiskey zubereitete. »Ein wunderbares Mittel gegen den Kummer, das wir zu Hause immer nehmen und das unheimlich guttut.«

Dieses etwas eigenartige Getränk und die Unterhaltung mit Lola – die sie in ihrer herzlichen Art ein wenig an ihre Großmutter erinnerte, obwohl sie sich nie getraut hätte, ihr das zu sagen – waren Balsam für ihren Körper und ihre Seele, und so schlief sie in dieser Nacht elf Stunden am Stück.

Als sie aufwachte, war sie zwar traurig, aber voller Energie und entschlossen, ihr Leben zu ändern.

Die Anrufe und Nachrichten von Xavier multiplizierten sich, und Nora beschloss, das Telefon so lange abzustellen, bis sie wusste, was sie ihm auf seine Frage – die mit Sicherheit kommen würde – antworten sollte.

Die restlichen Tage auf der Insel verbrachte Nora damit, in sich hineinzuhorchen. Sie wechselte kaum ein Wort mit jemandem und mied die Orte, an denen sie möglicherweise Freunde und Bekannte hätte treffen können. Stattdessen lieh sie sich wieder ein Fahrrad aus und schlug die unzugänglichsten Wege ein.

Sie fuhr schon früh am Morgen los, kaufte im Supermarkt Brot, Obst, Wasser und ein bisschen Wurst und Käse und machte sich auf den Weg zu einem abgelegenen Strand, um sich dort zu sonnen und im blaugrünen Wasser zu baden.

Am ersten Tag ihres neuen Lebens, wie sie es für sich selbst nannte, kaufte sie auch einen Collegeblock, um sich Notizen für ihren zukünftigen Film zu machen. Als Lola und Bea sie vier Tage später am Hafen verabschiedeten, war das Heft fast voll und ihr Rücken so von der Sonne verbrannt, dass sie bei der kleinsten Berührung aufschrie und den Rucksack mit der Hand tragen musste.

»Es ist nicht ganz einfach, sich den Rücken selber einzucremen«, rechtfertigte sie sich vor ihren Freundinnen, als sie mit ihr schimpften und sie ein verantwortungsloses »Sühneopfer des Hautkrebses« nannten. Aber tatsächlich hatte sie nicht einmal bemerkt, dass sie einen Sonnenbrand bekam, weil sie völlig aufs Schreiben konzentriert gewesen war.

Nora hatte immer einen Plan gehabt, obwohl es so schien, als habe sie ihn in letzter Zeit vergessen. Ein großer Teil ihres Planes stand nun in diesem karierten Spiralheft im DIN-A4-Format mit Snoopy vorne auf dem Umschlag.

KAPITEL 5

As tears go by

Sie wurde wach von unterdrücktem Lachen und den klatschenden Geräuschen zweier schwitzender Körper, die gegeneinander schlugen.

Schon wieder?, dachte sie und schaute auf die Uhr. *Sechs Uhr früh, verflixt noch mal! Geht das jetzt jeden Tag so? Ich möchte mal wissen, was Henrik isst, um diese Vitalität und diese sexuelle Energie zu haben, denn das ist mit Sicherheit nicht normal, er ist ja schließlich nicht mehr der Jüngste.*

Nora grummelte vor Wut, Müdigkeit und Machtlosigkeit, obwohl oder genauer gesagt *weil* sie wusste, dass die Tatsache, auf dem Sofa ihres besten Freundes Zuflucht gefunden zu haben, ihr nicht das Recht gab, allzu viel Widerspruch zu leisten.

Aber sie hatte kaum eine andere Wahl gehabt. Auch wenn ihre Exfreundin ihr zu keiner Zeit offiziell erklärt hatte, dass sie gehen oder ihr die Schlüssel zurückgeben solle, hatte Nora beschlossen, die Etappe des Zusammenlebens mit Carlota zu beenden und sich ein Jahr lang drei verschiedene Wohnungen mit anderen zu teilen. Als sie feststellen musste, dass sie schlecht mit anderen zusammenleben konnte, zumal die letzte Erfahrung besonders niederschmetternd war, nahm sie Henriks Angebot an, für einige Zeit auf seinem Sofa zu schlafen, »bis sie etwas eigenes fände«, was eine Woche oder, im schlimmsten Fall, mehrere Monate dauern konnte.

Es wurde Zeit, dass sie ihre Finanzen in Ordnung brachte und ihre beruflichen Pläne in Angriff nahm, und vor allem, dass sie anfing, ihr eigenes Leben zu führen.

Während sie sich damit abfand, wach zu bleiben und sich eine Kanne Kaffee machte, rechnete sie im Kopf durch, was sie noch an Geld zu bekommen hatte, was sie in diesem und in den nächsten Monaten bezahlen musste, überschlug, was sie noch alles zu tun hatte und was sonst noch an finanziellen Unannehmlichkeiten auf ihren Einpersonenhaushalt zukommen würde. Das Resultat ihrer Kalkulationen ließ sie am liebsten wieder unter die Decke kriechen, die Augen schließen und darauf warten, dass der Winter vorübergehe, während sie nur ein Minimum an Energie verbrauchte, wie die Bären im Winterschlaf.

Vielleicht könnte ich mich so die nächsten Monate über Wasser halten, ohne auf den Strich gehen zu müssen oder irgendeines meiner Organe zu verkaufen. Wie viel würden sie mir für eine Niere bezahlen? Wie dürfte der Wodka dem Körper wohl bekommen, wenn ich nur fünfzig Prozent an Filtern habe, um ihn zu reinigen?, fragte sie sich mit ätzendem Humor.

Sie merkte, dass sie in letzter Zeit häufiger mit sich selbst redete.

Das kommt halt vor, wenn du eine Nomadin bist und seit fast zwölf Monaten keine Wohnung mehr hast, und als ob die Dinge nicht schon kompliziert genug wären, beschließt du ganz nebenbei, dein ganzes soziales Leben in die Tonne zu treten, um dich mit einem Computer und einem Haufen handschriftlicher Notizen (die natürlich so gut wie unleserlich sind) zurückzuziehen und einen Film zu machen, dachte Nora, während sie ihren Kaffee trank und abzuschätzen versuchte, ob Henriks gegen die Wand ruckelndes Bett wohl das eingerahmte Poster von *Cabaret* mit Liza Minelli herunterreißen würde oder nicht. Dieses Poster dominierte den klitzekleinen Salon der nicht weniger klitzekleinen Wohnung, die ihr Freund sich mitten in Gayxample (selbstverständlich mithilfe seiner Eltern) gekauft hatte. So wie es bei jedem Stoß hin und her schaukelte, stand es zehn zu eins, dass es fiel.

Für einige Sekunden war sie nicht sicher, ob das Stöhnen von zwei oder drei Männern kam.

Sie schüttelte den Kopf, als ob es ihr helfen würde, das Bild von ihrem Freund Henrik, der fast so etwas wie ein Bruder für sie war und nun vielleicht mit zwei Kerlen vögelte, zu vergessen. Es wäre nicht verwunderlich gewesen: Die Sexorgie, in die sich Henriks Leben in den vier Wochen, seit sein französischer Freund für immer nach Paris zurückgefahren war, verwandelt hatte, war ein einziger Skandal.

Nora beschloss, die Morgenstunden für letzte Korrekturen an dem visuellen Briefing ihres Films zu nutzen, den sie verschiedenen Produzenten schon in wenigen Tagen vorstellen wollte – je eher, desto besser.

Die ausschließliche Beschäftigung mit ihrem Filmprojekt hatte zur Folge gehabt, dass sie ihren Job als Kellnerin aufgegeben hatte, und so langsam wurde sie sich des Ausmaßes der Tragödie auf ihrem Girokonto bewusst.

»Aber der Verzicht wird sich lohnen, da bin ich ganz sicher. Manchmal erfordern große Pläne auch große Opfer. Und wenn ich mir bis zur Premiere des Films nicht einmal mehr Slips kaufen kann, dann ist es eben so«, hatte sie Lola erzählt, als sie mit ihr essen gegangen war, weil diese ihr damit gedroht hatte, so lange unter ihrem Fenster zu singen, bis sie sich bequemte, mit ihr auszugehen. (»Du weißt, dass ich das mache, Schnecke, da ist mir nichts peinlich.«)

Aus ihrer Zurückgezogenheit auszubrechen bekam ihr gut, es erlaubte ihr, mit jemandem über den Film zu reden, der von dessen Existenz nichts geahnt hatte. Es half ihr sogar, Teile der noch nicht ganz ausgearbeiteten Handlung zu konkretisieren: Indem man sie in Worte fasste, begannen die Dinge, sich auf magische Weise wie von selbst zu fügen.

»Schon immer wollte ich das Kino dazu benutzen, um eine Geschichte zu erzählen; eine ganz normale«, sagte sie zu Lola, während sie das zweite Wurstbrötchen mit roter Paprika und Roquefort (ihr Lieblingsgericht in der Bar Fidel) verschlang. »Geschichten, die dir und mir oder irgendjemandem um uns herum in diesem Moment passieren können.«

Lola blickte sich um und machte ein ungläubiges Gesicht.

»Willst du etwa behaupten, dass das Leben dieses Herrn da, der so aussieht wie ein Mathematiklehrer, genauso unterhaltsam sein kann wie *Pretty Woman?* Übertreibst du nicht ein bisschen mit dieser Idee vom normalen Kino? Mir ist das nicht ganz klar«, antwortete sie.

Nora kam es so vor, als sei es zu ihrer Lebensaufgabe geworden, Geschichten zu verteidigen, die den Rahmen des Herkömmlichen sprengten, ohne Sezessionskriege, ohne Mord und Totschlag oder Hungersnöte. Es hatte in der Schule angefangen, es war ihr mit Matías so ergangen, und jetzt passierte ihr offensichtlich das Gleiche mit Lola.

»Erzähl mir mal, worum es geht, damit ich es verstehe«, bat Lola sie schließlich, nachdem sie noch zwei Gläser Weißwein bestellt hatte.

Und Nora legte los, ohne ein Detail auszulassen.

Sie erzählte ihr von Alice, Sofía, Nuria und Miguel, vier Freunde, die sich eine Wohnung in Barcelona teilten. Jeder hatte ein anderes Problem: Einer kam mit dem Geld nicht aus, die andere zweifelte an ihrer Sexualität, die nächste nahm Drogen, und die letzte wurde ständig von allen Männern wieder verlassen. Und alle gaben vor, glücklicher zu sein, als sie es in

Wahrheit waren. Ihre Geschichten, gemeinsame oder die jeder einzelnen Person, bildeten verschiedene Handlungsstränge, die sich auf unterhaltsame Weise und ganz zufällig miteinander verflochten. Bewusst oder unbewusst geteilte Liebhaber, Frauen- und Männergeschichten, fröhliche Nächte, traurige Morgen und wie es passieren kann, dass jemand deinen letzten Joghurt isst und damit eine der größten Auseinandersetzungen auslöst und Dinge ans Licht zerrt, die Monate, wenn nicht gar Jahre im Verborgenen geschlummert haben.

Das und vieles mehr erzählte sie Lola: Geschichten, die sie inspiriert hatten, ästhetische Bezüge, den Umgangston, den alles haben musste. Die Gruppenszenen und die Kameras, die direkt über dem Bett der Protagonisten platziert werden, um zu sehen, was sie machen, wenn sie alleine sind und sich nicht zu verstellen brauchen, wenn sie weinen, masturbieren, sich mit Schlaftabletten vollpumpen oder sich Musik von U2 anhören.

Als sie mit ihren Ausführungen fertig war – Nora hatte das Zeitgefühl schon völlig verloren und die Bar war fast leer –, schaute Lola sie mit offenem Mund an.

»Und wann ist der Film fertig? Hört sich gut an!«

»Wenn du in der Lotterie gewinnst und mir die Kohle gibst, um ihn zu produzieren«, lächelte Nora und trank den Rest eines mittlerweile schal gewordenen Bieres aus.

Sie lachten, stritten sich darum, wer die Rechnung bezahlen durfte, und verabschiedeten sich.

Das war vor mehr als drei Wochen gewesen, und Nora hatte inzwischen niemanden mehr getroffen – außer Henrik oder Xavier, der sie einmal fast zu einem Essen überreden konnte.

Nachdem sie nun über ihren Rückzug aus der Welt nachgedacht hatte, beschloss sie, Lola oder eine andere ihrer Freundinnen wieder anzurufen, bevor sie sich tatsächlich in eine Einsiedlerin verwandelte. Sie verließ die Wohnung und stürzte sich in den Kampf mit all den tausend Kleinigkeiten, die erledigt sein wollten: Die Präsentationen für den Film mussten gedruckt und verteilt werden; es galt, die abschätzigen Blicke der Empfangsdamen zu ertragen und all die Nachteile in Kauf zu nehmen, mit denen eine Anfängerin im Filmgeschäft konfrontiert wird.

Der Vormittag verging wie im Flug, auf dem Rückweg aß sie schnell ein Brötchen und freute sich schon auf eine kleine Siesta, um dann am Abend den Kampf wieder aufnehmen zu können.

In dem Moment, als sie die Wohnung betrat, klingelte das Telefon. Es war Xavier, sie zögerte, ob sie das Gespräch annehmen oder lieber am nächsten Tag in aller Ruhe zurückrufen sollte. Obwohl sie ihren Anruf aus Ibiza, den sie unter den fatalen Folgen des Ecstasy getätigt hatte, mit einer ausgefeilten Entschuldigung wiedergutgemacht und er sehr verständnisvoll reagiert hatte (»Mach dir keine Sorgen, das ist uns allen schon mal passiert«), war es offensichtlich, dass er all das, was Nora damals aufs Band gesprochen hatte, gerne für bare Münze genommen hätte. Wenn sie ihm beim Verlassen der Fähre um den Hals gefallen und mit ihm in seinen kleinen Palast gezogen wäre, hätten sie dort vielleicht glücklich und zufrieden bis zum Ende aller Tage zusammengelebt. Sie hätten geheiratet, ein paar hübsche Kinder bekommen, die zweisprachig aufwuchsen und eine Privatschule besuchten.

Aber Xavier war nicht dumm und ließ sich die Enttäuschung nicht anmerken, er tat weiterhin so, als ob sie beste Freunde seien, ein Umstand, den sie nutzte, um nicht mehr mit ihm zu schlafen, besonders ab dem Zeitpunkt, als sie sich entschlossen hatte, mit ihrem Film voranzukommen, und zwar ohne fremde Hilfe.

Sie ließ es klingeln, aber als Xavier zum dritten Mal anrief, dachte sie, dass vielleicht etwas passiert wäre, und ging ans Telefon.

»Hallo, Xavier! Ist alles in Ordnung? Ich hatte mich gerade für ein Mittagsschläfchen hingelegt, ich bin sehr früh aufgestanden heute Morgen, tut mir leid, dass ich nicht früher geantwortet habe ...«

»Hallo, *rouge!* Nur ganz kurz, suchst du noch Arbeit? Man hat mir von einer Sache erzählt, die dich interessieren könnte. Sie suchen jemanden für die Produktion einer Spielshow im Fernsehen. Hättest du Lust?«

Nora überschlug die Sache blitzschnell: Es war keine Arbeit bei seiner Produktionsfirma, es hatte nichts mit dem Kino zu tun, sie schlief nicht mit ihm, und ihre miserable finanzielle Situation ließ nicht allzu viel Spielraum für Eitelkeiten. Also gab es nur eine Antwort.

»Na klar! Danke, dass du an mich gedacht hast. Wo muss ich anrufen oder den Lebenslauf hinschicken?«

»Ich schicke dir eine Adresse per SMS, du musst morgen um zwölf da sein, geht das?«

»Ja, na ja, ich wollte noch ein paar Mappen verteilen, aber ...« Nora bemerkte, dass sie schon wieder zu viel verriet und brach den Satz ab.

»Perfekt, man erwartet dich, frag nach Marta Sierra. Gute Nacht, *pretty*, und schlaf schön!«

»Gleichfalls, Xavier, und danke nochmals.«

Sie machte sich ihr Schlafsofa fertig und dachte darüber nach, was bei alldem wohl rausspringen würde, aber sie hatte nichts zu verlieren, also entschied sie sich dafür, nach der Siesta am Nachmittag nicht zu arbeiten und lieber ins Kino zu gehen.

Gesagt, getan. Sie schaute sich zwei Filme hintereinander an und war danach fix und fertig. Vom Kino ging sie auf direktem Weg nach Hause, um mit den Hühnern ins Bett zu gehen, und stellte den Wecker so, dass sie vor dem Termin am Mittag noch ein paar Produzenten abklappern konnte. Sie würde eine Lohnarbeit annehmen, aber es nützte nichts, ihr Film musste fertig werden.

Den Wecker hätte sie natürlich nicht gebraucht, denn Henriks maßlose Sexualität sorgte dafür, dass sie schon kurz vor Sonnenaufgang wach wurde.

Ich muss hier weg, ich brauche meine eigene Wohnung, sagte Nora sich erneut.

Sie zog sich schweigend an, packte einige Abzüge und CDs, die sie am Tag vorher ausgesucht hatte, in die Tasche und ging auf die Straße hinunter, um in der Bar der Metrostation einen Kaffee zu trinken. Die Straße machte um acht Uhr morgens einen trostlosen Eindruck. Lauter lustlose Menschen, oder vielleicht lag es auch am Licht, dass alles so fade war. Auch Nora fühlte sich in diesem Moment nicht viel anders.

Sie erledigte die morgendlichen Formalitäten – »natürlich, Señorita, wir leiten die Sachen an die entsprechende Abteilung weiter, nein, bedaure, er kann sie leider nicht empfangen, sie sind noch außer Haus, *bla, bla, bla*« – und nahm die Bahn, um rechtzeitig zur Besprechung zu kommen. Die Studios lagen außerhalb von Barcelona, und als sie den Eingang durchquerte (nachdem sie ihren Ausweis abgegeben und eine Unmenge von Sicherheitskontrollen passiert hatte), war sie überwältigt von der Größe des Unternehmens. Nora hatte nie für das Fernsehen gearbeitet, und ihr erster Eindruck war der, dass die Sache für sie eine Nummer zu groß war.

Natürlich sagte sie davon nichts.

Sie versuchte, den verblüfften Gesichtsausdruck abzulegen, als ein Assistent eines Assistenten sie in das Büro von Marta brachte. Es war eine Frau, die an einem Walkie-Talkie hing, klein, aber irgendwie imposant.

Ihre Stimme hatte das kriegerische Timbre einer deutschen Gouvernante, sodass man am liebsten strammstehen wollte.

Sie begrüßte Nora mit Küsschen auf die Wange und zeigte ihr in einem Schnelldurchgang die Einrichtungen. Nora war begeistert, fragte sich aber, wann denn das Gespräch wohl begänne.

Nachdem Marta zwanzig Minuten lang geredet hatte, fragte sie Nora plötzlich: »Nun gut, wann kannst du anfangen? Wir gehen hier, wie du gesehen hast, mit dem Arsch auf Grundeis, und je eher du anfangen kannst, desto besser.«

Nora blieb wie versteinert stehen. Sie verstand überhaupt nichts.

»Aber ... und was ist mit dem Gespräch?«

»Welches Gespräch? Jemand hat uns deinen Lebenslauf und diesen unterhaltsamen Videoclip zugespielt. Es ist genial, was du mit so wenigen Mitteln auf die Beine gestellt hast, es ist einer der lustigsten Clips, die ich in meinem Leben gesehen habe. Vergiss das Gespräch, wenn's dich interessiert, bist du dabei. Außerdem hast du sehr gute Referenzen. Wenn die Bezahlung dir zusagt, wäre ich dir sehr dankbar, wenn du mir heute noch Bescheid gibst, ob es klappt oder nicht. Es wäre ideal, wenn du am Montag anfängst.«

Nora musste sich zusammenreißen, um ihrer zukünftigen Kollegin nicht um den Hals zu fallen.

»Natürlich interessiert mich das! Also, was muss ich tun?«

Marta rief einen der tausend Assistenten, die wie die Ameisen durch die Gegend liefen, und bat ihn, Nora zur Verwaltung zu bringen. Sie verabschiedete sich von ihr in aller Kürze und wandte sich wieder dem Walkie-Talkie zu; schließlich war das ein Teil ihres Jobs: die Zeit zu optimieren.

Der junge Mann in der Personalabteilung hatte das Gehabe eines Roboters. Er redete langsam und betonte jede Silbe in einem gleichbleibenden Ton und wenig ausdrucksvoll. Im Gegensatz zu Nora, die vor Glück fast in Tränen ausbrach, als sie sah, wie viel sie im Monat verdienen würde. Sie bat um eine Kopie des Angebots (um sicherzugehen, dass sie nicht träumte) und versprach, so schnell wie möglich die nötigen Papiere für den Vertrag vorbeizubringen.

Zwischen dem Traum, den sie träumte, und dem Traum, den sie gerade lebte, schwebte Nora wie auf Wolke sieben von dannen. Unmittelbar darauf rief sie Xavier Dalmau an, um sich bei ihm zu bedanken, aber sein Telefon war ausgeschaltet. Also rief sie Henrik an, um ihm die Neuigkeit mitzuteilen, und er bestand darauf, die Sache mit ihm und einer seiner Freundinnen, mit der er sich gerade zum Essen verabreden wollte, zu feiern. »Ein Nein werde ich nicht akzeptieren«, betonte Henrik ausdrücklich.

Bis in die Gasse im Stadtteil Born, wohin er sie eingeladen hatte, brauchte sie ungefähr eineinhalb Stunden, und als sie dort ankam, saßen ihr Freund und Joanna, eine atemberaubende Mulattin, die sich auf zwölf Zentimeter hohen Absätzen mit der Natürlichkeit einer Gazelle bewegte, schon beim Nachtisch und genossen ein köstliches Tiramisu.

Nora bestellte ein Nudelgericht und malte ihren lächelnden Zuhörern ihre Zukunft aus: Reichtum ohne Ende, Reisen in paradiesische Gefilde und »alles, um das mich das Leben bisher betrogen hat, hurra!« Dabei futterte sie mit vollen Backen.

»Henrik, und das ist auch für dich eine gute Nachricht, denn ich werde mir möglichst schnell eine eigene Wohnung suchen, damit du jede Nacht in aller Ruhe vögeln kannst«, scherzte Nora und schob sich die vier letzten Penne rigate all'amatriciana, die auf ihrem Teller lagen, in den Mund.

»Suchst du eine Wohnung?«, fragte die geheimnisvolle Mulattin sie im Flüsterton und suchte etwas in ihrer Tasche. »Hier hast du meine Visitenkarte, ich arbeite in einem Immobilienbüro, wir vermitteln vor allem Lofts im Zentrum, im Gótico oder Born. Wenn du willst, rufst du mich an, sagst mir, was du brauchst, und dann schauen wir mal, ob wir etwas für dich finden. Unsere Tätigkeit besteht darin, spezielle Wohnungen für spezielle Kunden zu suchen.« Den Slogan rundete sie mit einem so aufgesetzten Lächeln ab, dass Nora fast glaubte, es handele sich um einen Scherz.

Sie verbrachten den Rest des Abends bei Amaretto und Wein. Nora hatte sich seit Langem nicht mehr so wohlgefühlt und erst recht niemanden kennengelernt, den sie auf Anhieb so gut leiden konnte. Joanna machte einen ernsten Eindruck, aber hatte einen so sarkastischen Humor, dass Nora angst und bange wurde. Ihr Auftreten war beeindruckend; sie war eine dieser Frauen, die den Anschein erweckten, als hätten sie einen Pakt mit der Schwerkraft geschlossen, um beim Gehen fünf Zentimeter über dem Fußboden zu schweben.

Nora erinnerte sie ein wenig an Carlota: einige Gesten, der lange Hals, die Finger, mit denen sie auf dem Tisch trommelte, während sie sprach.

Nach noch einem Schnaps, der eigentlich schon einer zu viel für Nora war, fand sie, dass es an der Zeit sei, sich endlich mit Matías zu verabreden. Er war seit ein paar Tagen aus Buenos Aires zurück, aber zwischen dem Jetlag, der dem Argentinier schwer zu schaffen machte, und einigen Angelegenheiten, die ihn auf Trab hielten, hatten sie noch keine Zeit gefunden, sich zu sehen. Sie schickten sich nach wie vor SMS mit lauter Hintergedanken, aber Nora hatte bisher nicht die Initiative ergriffen, ihn zu sehen, sondern wartete darauf, dass er sie darum bat. Nora war gespannt, was nach diesen Monaten voller Anspielungen passieren würde, sie hatte Lust auf Matías, auf seinen Körper, und sie war auch neugierig darauf, ob sie beide mehr als nur Freunde sein konnten.

Als sie von Matías eine SMS erhielt, in der er sie noch für den gleichen Abend in eines der gerade angesagten Restaurants einlud, was eigentlich nicht seine Art war (vielleicht hatte die Reise ihn verändert, vielleicht hatte die Tatsache, dass sie so weit entfernt von ihm war, ihn darüber nachdenken lassen, was er für sie empfand), dachte Nora: *Gedankenübertragung! Ein gutes Zeichen!*

Sie wollte mit einem »GENIAL! Ich liebe dich« antworten, konnte sich aber beherrschen und sendete ein »Okay, dann sehen wir uns dort«. Nach kurzer Überlegung fügte sie dann noch hinzu: »Aber ich lade DICH ein, ich habe etwas zu feiern.«

Sie ließ Henrik und Joanna bei einer neuen Flasche Likör zurück und ging nach Hause, um einiges an Schlaf aufzuholen, den die bisherigen Nächte ihr geraubt hatten.

Während sie im tiefsten Schlaf lag, klingelte das Telefon. Bei voller Lautstärke und obendrein mit einem Song von Eminem als Klingelton.

Scheiße, ich habe vergessen, es auf stumm zu schalten, dachte Nora und sprang erschrocken auf.

Unterdrückte Nummer.

Ihrer Mutter oder ihrer Großmutter könnte etwas passiert sein (die Neigung, immer gleich etwas Schlimmes zu befürchten, war bei Nora notorisch), also nahm sie das Gespräch an.

»Hej, det är Nora ...«

»Guten Abend, Señorita Berga?«

»Bergman, meinten Sie wohl«, stellte Nora mit dem überdrüssigen Ton eines Menschen klar, der seinen

Namen schon in den unmöglichsten Versionen gehört hatte. »Ja, bin ich selbst, was gibt's?«

»Ich rufe Sie im Auftrag von Señor Rocasans an. Sie haben ihm heute Morgen eine Präsentationsmappe über Ihr audiovisuelles Projekt vorbeigebracht, und er möchte gerne ein Treffen für morgen mit Ihnen vereinbaren, um die Möglichkeiten einer Zusammenarbeit auszuloten. Wann würde es Ihnen passen? Um halb zwölf? Das wäre morgen der einzige freie Termin, wenn es nicht geht, würde es erst ... warten Sie bitte, ich schaue kurz in den Kalender ...«

»Nicht nötig!« Nora schrie fast. »Der Termin ist ideal!«

»In Ordnung, wollen Sie sich bitte die Adresse notieren? Einen Moment, bleiben Sie dran, ich habe einen Anruf auf der anderen Leitung.«

Nora wartete, bis die Sekretärin ihr die Adresse durchgegeben hatte, und nachdem sie sich versichert hatte, dass das Handy ausgeschaltet war, sprang sie jubelnd durch die Wohnung. Ein Termin! Sie hatte einen Termin bekommen! Es war erst zwei Tage her, dass sie ihre Mappen verteilt hatte, und schon war sie eingeladen worden. Und außerdem hatte sie einen Job! Die Mischung aus Aufregung und Alkohol ließ sie leicht schwindlig werden. Sie legte sich auf das Sofa und gab sich ihren Träumereien hin, die von Romanzen mit hübschen Schauspielern, roten Teppichen und allen möglichen Wundern handelten.

Sie beschloss, niemandem davon zu erzählen, »denn wenn du solche Sachen erzählst, bringen sie Unglück«.

Bis es nicht endgültig – aber wirklich endgültig – feststand, würde sie niemandem auch nur ein Sterbenswörtchen verraten. Nicht einmal Matías, und erst recht nicht Xavier; es sollte ihr Geheimnis sein.

Sie duschte und schminkte sich und machte sich zurecht. Die Kleiderwahl fiel ihr nicht schwer: Sie besaß nur ein einigermaßen anständiges Kleid. *Aber das wird sich in Kürze ändern,* dachte Nora und träumte von einem Ankleidezimmer mit Hunderten Paar Schuhen, Mänteln und Kleidern in allen Farben und Formen. Auf der Fahrt mit dem Taxi ins Restaurant ließ sie die Ereignisse der letzten vierundzwanzig Stunden, die so intensiv waren, dass es auch vierundzwanzig Wochen hätten gewesen sein können, Revue passieren. Es war unglaublich.

Als sie ankam, saß Matías schon an dem reservierten Tisch. Vor ihm standen eine halb volle Flasche Wein und ein leeres Cocktailglas. Sie gaben sich einen von diesen Küssen auf die Mundwinkel, die ihnen immer Lust auf mehr machten und die schon ihr Markenzeichen waren. Er roch leicht nach Gin, als ob er schon einiges getrunken hätte.

Nora bemerkte, dass Matías sich länger nicht rasiert und dunkle Ringe unter den Augen hatte. Er schien müde und ein wenig schlanker als früher zu sein, was seine Gesichtszüge noch betonte und ihm einen leicht angeschlagenen Look verlieh, der Nora gefiel.

Sogar wenn er kaputt ist, ist er sexy, der Arsch. Und heute besonders, dachte Nora, während sie sich die Jacke auszog. Dabei versuchte sie zu ergründen, ob er in ihr Gesicht oder in den großzügigen Ausschnitt ihres Modellkleides schaute.

Sie sprachen über seine Reise, die Dreharbeiten, das Leben in Argentinien. Aber es war eher Nora, die redete, denn er hielt sich bei den Antworten sehr bedeckt. Noch mehr als gewöhnlich, was schon etwas heißen sollte.

Nora beschloss, das Thema zu wechseln.

»Hast du dir schon einen Cocktail bestellt, weil ich gesagt habe, ich lade dich ein? Ich hoffe, du hast nicht den Hummer Thermidor und Kaviar geordert, dann muss ich nämlich nach dem Essen die Teller waschen. Oder noch besser, mit dem Besitzer des Lokals ins Bett gehen …« Nora blickte zu dem Mann in dem dunkelvioletten Seidenhemd hinüber, der die Gäste begrüßte und die Schar der Kellner dirigierte. »Na ja, vielleicht bist du es, der mit seinem Körper bezahlen muss, wenn ich mich nicht völlig irre.«

Der Wein tat langsam seine Wirkung, und Nora fand ihre eigene Bemerkung so lustig, dass sie lachte, bis ihr die Tränen über die Wangen liefen.

Matías trank einen Schluck, schwenkte das Glas und betrachtete versunken den kreisenden Rioja, als ob er sie nicht hörte.

»Du siehst umwerfend aus in dem Kleid. Es ist dasselbe, das du getragen hast, als wir uns kennenlernten, nicht wahr?«, fragte er und starrte ihr unverhohlen auf die Brüste.

Jaaa! Klasse! Ein Punkt für mich, dachte Nora und tat so, als ob sie nichts bemerkte.

»Es ist das Einzige, was ich zum Anziehen habe, außer Jeans und T-Shirts aus der Zeit, als Kurt Cobain noch lebte, und Kleidern mit Blümchen drauf, die meine Großmutter längst als Putzlappen benutzen würde«, antwortete sie, schenkte sich ein weiteres Glas Wein ein und versuchte, an seinem Gesichtsausdruck abzulesen, welche Wirkung ihr Scherz wohl hatte.

»Ich erinnere mich an das erste Mal, als ich dich sah. Du standst mit dem Rücken zu mir, das Haar offen und lodernd wie ein Flammenmeer unter den Lichtkegeln in der Diskothek. Du hast mit diesem kleinmütigen Dalmau geredet. Ich sah deine hohen Absätze, die langen und wohlgeformten Beine. Ohne dein Gesicht gesehen zu haben, hätte ich dich schon gevögelt. Und ich dachte mir, du hast bestimmt den wunderbarsten Arsch der Welt.«

Nora wäre fast das Glas aus der Hand gefallen. Es war das erste Mal, dass Matías so etwas zu ihr sagte.

Seine leidenschaftlichsten Äußerungen – wenn man es denn so nennen wollte – waren die SMS, die er ihr aus Argentinien geschickt und in denen er ihr geschrieben hatte, wie sehr er sie vermisste. Ansonsten gab er sich eher zugeknöpft. Herzlich, das schon, und immer korrekt, aber ohne jemals durchblicken zu lassen, dass er ein sexuelles Interesse an ihr hatte.

Wie reagiere ich jetzt am besten?, fragte sich Nora, leerte das Glas und schenkte sich noch eins ein, um den Schock zu verdauen. *Ist das Ganze nur eine Falle? Meint er es ernst, oder präsentiert er mir, wenn ich mich auf ihn stürze, die Rechnung und behauptet, ich hätte mir alles nur eingebildet?*

Nora war schwindlig, und sie hatte keine Antwort parat, was ihr sonst nur sehr selten passierte. Sie entschied sich für das Nächstliegende.

»Willst du mich verarschen? Ich meine, ist das ein Witz oder arbeitest du mit einer versteckten Kamera oder so was?«, fragte sie und hielt seinem Blick stand.

»Nein, wo denkst du hin! Erzähl mir nicht, dass es das erste Mal ist, dass ein Mann dir sagt, dass er mit dir schlafen möchte, das nehme ich dir nämlich nicht ab. Du bist der Typ Frau, die man gerne anfasst, küsst und vögelt, sobald man sie sieht. Du bist wie gemacht für Sex. Deine Hüften muss man einfach packen und ...«

Matías war offensichtlich betrunken, mehr als es auf den ersten Blick schien. Seine Art zu reden, die sich zwischen romantischen Floskeln aus einem kommerziellen Hollywoodfilm und den Grobheiten eines Bauarbeiters bewegte, verunsicherte Nora enorm.

Es war der Punkt, an dem sie tief durchatmen und eine Entscheidung treffen musste.

Spielen oder nicht spielen.

Springen oder nicht springen.

Den Kuchen essen oder behaupten, dass man auf Diät ist.

Sich von der Leidenschaft hinreißen lassen oder Würde bewahren.

Ja oder nein. Ganz einfach.

Ja, ich will, dachte sie. *Ich will, dass du mich wieder in deine starken Arme nimmst und mir in die Augen schaust, lächelst und mich vögelst, heftig, dann langsam und danach noch heftiger. Ich will, dass du mich mit in deine Wohnung nimmst, und in jedem Stockwerk müssen wir eine Pause einlegen, weil wir es nicht aushalten, ohne uns zu berühren, und ich will an deiner Wohnungstür schon keinen Slip mehr anhaben und feucht sein. Ich will, dass wir hier und jetzt Sex haben, auch wenn man uns wegen Erregung öffentlichen Ärgernisses festnimmt. Das ist es mir wert. Ja, ich will. Und ich will alles.*

Nora kam es vor, als ob sie einen Deckel öffnete, der schon seit geraumer Zeit Empfindungen und Gefühle zurückhielt, die nicht zurückgehalten werden durften.

Ohne es zu bemerken, spreizte sie ihre Beine.

Ohne sich dessen bewusst zu sein, verzog sie die Lippen zu einem Kussmund.

Ohne es zu wollen, streifte sie Matías' Hand, als sie eine Serviette vom Tisch nahm, die sie gar nicht brauchte.

Ohne es zu wollen oder weil sie es wollte, darauf kam es gar nicht mehr an.

»Hochinteressant, was du mir da erzählst, Matías. Ich frage mich nur, warum du es gerade jetzt tust. Aber da wir nun schon mal an einem Punkt angelangt sind, an dem du mich ziemlich heiß gemacht hast und ich die Sache möglichst schnell erledigen will, weil ich nun mal nicht die geduldigste Person bin – obwohl ich mit dir reichlich Geduld hatte – und weil wir ein sündhaft teures Essen bestellt haben, von dem ich gar nicht weiß, wie ich es bezahlen soll, könnten wir doch ein Örtchen aufsuchen, um mindestens einen Orgasmus zu bekommen, damit ich danach meine Seezunge genießen kann. Ich werde also jetzt auf die Damentoilette gehen, und du kommst in einer Minute nach. Pass auf, dass man dich nicht sieht, denn ich will, wie gesagt, in aller Ruhe diese Seezunge essen und habe keinen Bock darauf, dass sie die Polizei holen.«

Sie musste tief durchatmen, um nach dieser langen Rede wieder Luft zu bekommen, obwohl es eher so klang, als ob sie seufzte.

Sie stand auf und steuerte die Waschräume an, wobei sie sich mehr als nötig in den Hüften wiegte, und spürte, dass Matías seinen Blick auf ihren Hintern geheftet hatte.

Sie erregte sich zusehends und hatte den Eindruck, dass sich die Sache zu einer der schönsten Nummern ihres Lebens entwickeln könnte.

Vor dem Spiegel richtete sie sich die Brüste, biss sich auf die Lippen, kniff sich in die Wangen, um ihnen eine gesunde Röte zu verschaffen, beugte den Kopf nach vorne und wühlte ihre dichten Haare mit den Fingern durch.

Sie richtete sich wieder auf, schaute in den Spiegel und sah eine starke und mächtige Frau.

Was sie sah, gefiel ihr. Sie betrat eine der Toiletten, zog sich die Schuhe, die Strümpfe und das Spitzenhöschen aus, um sich die Schuhe dann wieder anzuziehen, und atmete tief durch.

Sie ließ einige Sekunden, eine halbe Minute, eine ganze Minute verstreichen.

Geduld zu haben bekommt mir überhaupt nicht, dachte Nora verärgert.

Statt zu warten, beschloss sie zu handeln. Das lag ihr viel eher. Sie steckte zwei Finger in den Mund, befeuchtete sie und schob sie unter den Rock, auf der Suche nach einer anderen Feuchtigkeit, die sie schon seit geraumer Zeit spürte.

Die erste Berührung ließ sie vor Lust schnurren. Sie wollte Sex, und sie wollte ihn jetzt. Wo blieb dieser Dummkopf Matías nur?

Das Geräusch der Eingangstür zum Waschraum beantwortete ihre Frage umgehend, und sie öffnete ihm die Tür zur Toilette.

»Hier bin ich – komm!«

Matías schlug die Tür von innen zu, verriegelte sie und küsste sie leidenschaftlich, nahm dabei ihren Kopf zwischen seine Hände, so als ob sie ihm nicht entwischen dürfte, oder als ob er sie vor irgendeiner Gefahr beschützen müsste. Sie küssten sich mit weit vorgestreckten Zungen auf fast so obszöne Weise wie in den Pornofilmen, wo diese Küsse manchmal viel pornografischer sind als die Großaufnahmen von Mösen und Schwänzen, weil sie in Wirklichkeit viel intimer als der Koitus selbst sind.

Matías beendete den Kuss und verlangte, fast schroff, dass sie sich umdrehte. Er drückte sie gegen die Toilettenwand, forderte sie auf, die Beine zu spreizen, und schob die Hand zwischen ihre Oberschenkel.

Ohne viel Vorspiel glitt er mit Zeige- und Mittelfinger in Nora hinein und fing an, die Finger leicht zu bewegen. Zugleich strich er ihr das Haar aus dem Nacken.

Er biss ihr in den Hals, vielleicht ein bisschen zu heftig, als dass es Nora gefallen hätte.

Sie erschauerte, krümmte den Rücken und öffnete die Beine noch ein wenig mehr.

Matías zog den Ausschnitt ihres Kleides so weit herunter, dass die Brüste völlig nackt waren, und rieb eine der Brustwarzen zwischen Daumen und Zeigefinger, was wiederum etwas zu heftig war für Noras Empfinden.

Was ist bloß los mit ihm?, fragte sie sich und stöhnte. *Monatelang fasst er mich nicht an, und plötzlich benimmt er sich wie Rocco Siffredi. Ist er durchgedreht oder was?*

Matías ließ die Brustwarze los, hob ihren Rock an und packte ihren Hintern so fest, dass sie fast gestürzt wäre.

»Wie scharf du bist …«

Er schob ihr die Finger in den Mund und glitt dann wieder unter ihren Rock und streichelte ihre Oberschenkel und den Venushügel.

Nora war so erregt, dass ihr die Beine zitterten, und dachte, sie müsste sich jeden Moment in den Arm beißen, um nicht zu schreien. Sie befanden sich schließlich an einem Ort, der mehr oder weniger öffentlich war. Dann hörte sie, wie zwei Frauen den Waschraum betraten und sich darüber unterhielten, wie gut die Hähnchen im Café de París schmeckten.

Sie drehte sich zu Matías um und legte einen Finger auf ihre Lippen, um ihm zu signalisieren, dass er still sein möge. Was sie in seinem Gesicht sah, irritierte sie ein wenig: Er erwiderte ihr Lächeln nicht einmal mit einem Blick. Sie entdeckte nicht das geringste Anzeichen, dass er begriffen hatte, was um sie herum passierte. Einen Moment lang war Nora besorgt.

Aber nur für einen Moment, denn Matías fing an, mit seinen Fingern auf ihrer geschwollenen und pochenden Klitoris zu kreisen, und sie bemerkte, dass sie kurz vor einem Orgasmus war. Wie sollte sie sich gehen lassen, während die zwei Damen sich über eine Süßspeise namens »Himmelsspeck« im Vorraum unterhielten? Nora zwang sich, an unangenehme Sachen zu denken, um sich noch so lange zurückzuhalten, bis der überraschende Besuch sich die Hände gewaschen hatte und an seinen Tisch zurückgekehrt war.

Sie dachte an eine überfahrene Taube, die sie am Tag zuvor auf der Straße gesehen hatte und deren Eingeweide auf dem Bürgersteig verstreut lagen.

Sie dachte daran, wie sie einmal ins Badezimmer gestürzt war, ohne zu klopfen, und ihren Bruder beim Onanieren überrascht hatte.

Sie dachte an das Gesicht von Margaret Thatcher, weil ein Kommilitone ihr erzählt hatte, dass diese Vorstellung ihm half, wenn er nicht so schnell kommen wollte.

Sie dachte an Menschen, bei denen getrockneter Speichel in den Mundwinkeln klebt.

Sie stellte sich noch einige eklige Sachen mehr vor, aber Matías' Hände waren so geschickt, und sie war so heiß und hatte so viel Lust auf ihn, dass sie trotzdem kam und sich tatsächlich in den Arm beißen musste, um ihre Lustschreie zu ersticken.

Der Biss hinterließ einen roten und fast perfekten ovalen Abdruck. Nur an einer Stelle, wo ein Zahn im Unterkiefer etwas schief stand, war die Harmonie der geometrischen Form gestört.

Matías bemerkte ihre Zuckungen und schob seine Finger mit einer solchen Kraft noch weiter hinein, dass er Nora fast anhob und sie mit dem Kopf gegen die Wand schlug, was einen dumpfen Ton erzeugte.

Glücklicherweise hatten die Damen gerade den Waschraum verlassen.

Noch als sie durch die Tür gingen, lobten sie den Prosecco, den sie vor ein paar Minuten genossen hatten, was Nora auf den Gedanken brachte, welches Gesicht die Kellner wohl machen würden, wenn sie beim Auftragen der Gerichte sie und Matías nicht an ihrem Tisch antrafen.

Aber eigentlich war es ihr im Moment egal.

Sie drehte sich um und umarmte Matías. Sie legte den Kopf auf seine Schulter und sog begierig den Duft der Haut ein, die sich genau zwischen Hals und Schlüsselbein befindet.

Matías ergriff ihre Brüste, als ob er sie mit beiden Händen wöge, und gab einen genüsslichen Ton von sich.

»Mmm ... lutsch ihn mir ab, ich erinnere mich noch genau an das letzte Mal, als du ihn in deinem Mund hattest.«

Dieser Typ ist immer für eine Überraschung gut, dachte Nora, setzte sich auf die Klobrille und öffnete ihm den Reißverschluss, um seinem Wunsch nachzukommen. *Über eineinhalb Jahre lang spielt er den Anständigen, und plötzlich kommt er mir mit solchen Sachen. Entweder spinnt er, oder der Alkohol ist ihm zu Kopf gestiegen, oder er hat mich die ganze Zeit getäuscht.*

Als sie seinen Schwanz so dicht vor sich sah, vergaß sie alles andere. Wenn sie an Matías dachte, kam ihr nicht unbedingt dieses Teil seiner Anatomie in den Sinn, aber sein Glied war beeindruckend und atemberaubend. Wie ein indianisches Totem, ein fast magisches Objekt, das aller Bewunderung wert war.

Sie streichelte den aufgerichteten Stamm, zunächst sanft und dann etwas kräftiger. Sie leckte und knabberte an ihm. Sie zögerte die Sache ein wenig hinaus, um Matías weiter aufzugeilen. Dann wollte sie sich seinen Schwanz tief in den Mund stecken und ihn dort für einige Sekunden festhalten. Aus Erfahrung wusste sie, dass das einen Mann verrückt machte.

Aber an diesem Tag war Matías nicht für Feinheiten zu haben, er packte ihren Kopf und gab ihr genau zu verstehen, was er wollte. Ein weiteres Detail, das sie an ihm störte. Aber es war nicht der richtige Moment, um sich zu empören. Jeden Augenblick konnte jemand hereinkommen und ihren Plan vereiteln.

Nora widmete sich ganz seinem Schwanz und tat das, was Matías von ihr verlangte. Sie wechselte den Rhythmus und den Druck, den sie mit der Zunge ausübte, sie biss ihn ab und zu, was ihn regelrecht in Zuckungen versetzte. Dann packte sie mit beiden Händen seine Arschbacken, die hart und muskulös waren, was sie schon beim letzten Mal festgestellt hatte.

Sie griff seinen Hintern so fest, dass ihre Fingernägel sich in sein Sitzfleisch bohrten.

Damit du spürst, wie ich mich fühle, du Rohling!, dachte Nora.

Aber in Wahrheit amüsierte sie sich prächtig. Sie fühlte sich wie eine Wilde, die keine Grenzen kannte, die sich in den Untergrund begab – und sei es auch nur der Waschraum eines luxuriösen Restaurants, in dem sie angeheitert und ohne Höschen Sex mit einem der Männer hatte, die ihr in ihrem Leben am meisten gefielen. Wer hätte sich da nicht amüsiert?

Schon bald merkte sie, dass Matías kurz vor dem Orgasmus stand, und eingedenk der Tatsache, dass dies nicht unbedingt der geeignete Ort für eine zweite Nummer war und dass die Sache sowieso gelaufen war, sobald Matías abgespritzt hatte, dachte Nora nicht im Entferntesten daran, ihm allein das Vergnügen zu überlassen.

Sie hörte auf, ihn zu lutschen und stand auf, was Matías leicht irritierte, weil er nicht wusste, welche Absichten sie verfolgte. Nora stellte den rechten Fuß auf den Klodeckel, hob den Rock hoch und drückte den Rücken durch. Ihre nackte Möse war Aufforderung genug für Matías, sie zu vögeln.

Mit einem einzigen Stoß drang er tief in sie ein. Nora spürte, wie dieses Wunder der Natur, heiß und pulsierend, in sie hineinglitt und wie perfekt es passte. Sie stöhnte vor Wollust und Freude. Bis sie bemerkte, dass etwas fehlte.

»Hast du Kondome dabei?«, fragte sie, fast flüsternd.

Matías machte nicht den Eindruck, sie verstanden zu haben. Oder er hatte gar nicht die Absicht, auf sie zu hören.

»Hörst du mich? Ich habe dich gefragt, ob du Kondome dabeihast! Ich habe welche in der Tasche. Stopp mal, ich geb dir eins.«

Schweigen und weitere Stöße waren die Antwort.

Für Nora war die Grenze dessen, was sie ertragen konnte, ohne zornig zu werden, fast erreicht, aber sie wollte sich diesen erstklassigen Fick auch nicht versauen. Also beschloss sie, sich nicht weiter zu ärgern, und mit einem geschickten Hüftschwung gelang es ihr, Matías' Schwanz aus ihrer Möse gleiten zu lassen. Sie kramte aus der am Boden liegenden Tasche ein Präservativ und zog es ihm über. Sie war äußerst erregt, hatte aber Lust, ganz langsam zu kommen, falls es denn unter diesen Umständen überhaupt möglich war.

Die ganze Operation dauerte nicht länger als dreißig Sekunden, während deren sie kein einziges Wort wechselten. Sobald Matías mit dem Kondom ausgestattet war, drehte er Nora erneut um und drang mit einem fast gewaltsamen Stoß wieder in sie ein.

Nora begriff es als Ausdruck eines Urbedürfnisses und stellte sich auf die Zehenspitzen, um seinen Schwanz noch tiefer in sich zu spüren. Ihr zitterten die Beine, und dieses Gefühl der Zerbrechlichkeit faszinierte sie. Matías zog ihre Haare nach hinten und zwang sie, ihren Rücken noch weiter durchzubiegen.

Jeder Stoß, der sie in ihrem Innersten traf, ließ sie erschauern. Sie spürte, wie die Wellen der Lust sie in immer kürzeren Abständen überrollten, und die erstickten Töne, die Matías von sich gab, signalisierten, dass auch er nicht zurückblieb.

Nora schrie, Matías stöhnte, und genau in diesem Moment betrat jemand die Waschräume.

»Señorita? Sind Sie da? Geht es Ihnen gut? Ihr Essen ist schon seit geraumer Zeit serviert, und der Herr, der Sie begleitet, ist auch nicht da ... Ist da jemand? Brauchen Sie Hilfe?«

Dass hier jemand ist, ist offensichtlich, wenn man bedenkt, welchen Lärm wir hinter der Klotür veranstalten, aber die Kellner der feinen Restaurants sind die Zurückhaltung in Person, dachte Nora und versuchte, sich schnell wieder herzurichten, um das Offensichtliche zu verleugnen.

Sie bändigte ihr Haar, so gut es ging, rückte das Kleid zurecht und öffnete die Tür. Dass sie im Herbst noch ohne Strümpfe ging … sie hoffte, dass es nicht weiter auffiel.

»Seien Sie unbesorgt, mir war nur ein bisschen schwindlig, ich hatte einen langen Tag und habe noch so gut wie nichts gegessen. Es geht schon wieder. Der Herr dürfte eine rauchen gegangen sein. Beim Essen stört es ihn, wissen Sie. Er ist ein bisschen merkwürdig«, sagte Nora zu dem Kellner und legte die größte Natürlichkeit an den Tag.

Das Gesicht des Kellners war wie versteinert.

»Natürlich, Señorita. Ich werde sofort veranlassen, dass man Ihnen das Essen wieder aufwärmt. Ich hoffe, es geht Ihnen gut … und der Herr hat in Ruhe rauchen können«, stieß er hervor und verließ, halb schockiert und halb amüsiert, den Raum.

Nora wartete nicht auf Matías und ging, nachdem sie Lipgloss aufgetragen hatte, direkt zum Tisch zurück. Als er kam, hatte sie ihr Glas bereits geleert und kostete gerade den Mi-Cuit mit karamellisiertem Apfel, den sie als Vorspeise bestellt hatte. Er setzte sich mit ernster Miene, und als Nora ihm ihre Hand in einer verschwörerischen Geste hinstreckte, zog er seine Hand sofort zurück, um sich ein Glas einzuschenken.

»Okay, da wir jetzt ein bisschen entspannter sind: Möchtest du, dass ich dir erzähle, warum ich dich eingeladen habe? Nicht um mit dir zu vögeln, das hätten wir bei dir bequemer gehabt.«

»Selbstverständlich, entschuldige bitte, dass ich dich nicht schon vorher gefragt habe. Ich habe eine schlechte Woche hinter mir, besser gesagt, der ganze Monat war beschissen ... Erzähl! Was feiern wir?«, fragte Matías, der wirklich so aussah, als ob er schon bessere Zeiten gesehen hatte.

Wieder einmal ließ Nora alle Vorsicht fahren und beschloss, ganz offen zu reden. Wenn jemand sich für sie freuen würde, dann war es Matías, und womöglich heiterte es ihn sogar ein wenig auf.

»Also, eigentlich sind es zwei Sachen: Die eine wird mir das Leben erleichtern, und die andere wird es mir reichlich erschweren. Ich habe einen Job beim Fernsehen bekommen! Als Produzentin einer Reality Show, in der weiße Sänger versuchen, so zu singen, als ob sie schwarz wären. Und sie zahlen mir ein Schweinegeld! Die Zeiten auf dem Sofa bei meinem Freund Henrik sind also vorbei, ich werde wieder mein eigenes Bett haben und nackt in der Wohnung herumspazieren können. Wie findest du das?«, fragte Nora mit leuchtenden Augen und der Begeisterung eines jungen Mädchens.

»Oh, herzlichen Glückwunsch. Freut mich für dich. Ich meine, es ist nicht unbedingt Kino ... aber, nun ja, wenn sie gut bezahlen, ist doch toll. Glückwunsch, trinken wir auf deine Karriere.« Matías' verbitterte Miene hatte sich kaum aufgehellt.

Es ist nicht unbedingt Kino? Was erlaubt er sich eigentlich? Dir werd ich's zeigen, du Angeber! Nora war wütend.

»Und die andere Sache hat nun wirklich mit Kino zu tun. Morgen habe ich einen Termin bei einem Produzenten, der großes Interesse an meinem Film hat. Er hat einiges von dem, was ich bisher gemacht habe, gesehen und das Drehbuch, das ich ihm geschickt habe, gelesen, meine Vorschläge für das Casting und die Drehorte ... Ich habe Monate damit verbracht, aber jetzt scheint die Sache endlich Erfolg zu haben. Ich kann es immer noch nicht glauben!«, erzählte sie ihm stolz.

Matías schaute mit gesenktem Kopf und beschämt auf seinen Teller.

Dann hob er seinen Blick und suchte Noras Augen.

»Du hast Monate damit verbracht ... Monate ... und jetzt endlich ... *endlich*, sagst du? Meine Liebe, was zum Teufel verstehst du eigentlich davon, was es heißt, ein Filmprojekt anzuschieben und jahrelang zu versuchen, seine eigenen Ideen zu realisieren und ein ums andere Mal abgewiesen zu werden? Keiner hört dir zu, keiner versteht dich. Und wenn der große Moment dann gekommen zu sein scheint, ist alles doch nur scheiße. Aber, klar, du bist eine Frau, noch dazu hübsch, für dich ist es viel einfacher.«

Nora war fassungslos.

»Sag mir die Wahrheit. Was hast du tun müssen, damit die Dinge sich so schnell entwickelten? Hast du in letzter Zeit viele Waschräume in vielen feinen Restaurants aufgesucht, Nora? Es ist nicht das erste Mal, dass du so etwas machst, was du gerade mit mir getrieben hast, oder? Das soll kein Vorwurf sein, es ist für eine so scharfe Frau wie dich die richtige Art, um Kontakte zu Produzenten herzustellen, die ...«

Er konnte den Satz nicht mehr beenden.

Nora zitterte vor Wut. Sie stand auf und schüttete ihm ihr Glas Wein ins Gesicht.

Blutrote Tropfen liefen ihm über den Hals und befleckten sein weißes Hemd, während er so tat, als ob nichts passiert sei, und sich überlegte, wie er reagieren sollte.

Im Restaurant war es schlagartig still, alle Blicke waren auf sie gerichtet. Der Besitzer ging auf sie zu und machte den Eindruck, als ob er eine solche Szene nicht zum ersten Mal sah und wusste, was zu tun war.

»Señorita, darf ich Sie bitten, mir zu folgen. Sie müssen das Restaurant sofort verlassen«, sagte er leise, aber bestimmt.

»Nicht nötig, dass Sie mich bitten. Ich gehe schon von alleine, danke.« Sie nahm ihre Jacke und ihre Tasche und konnte die Tränen kaum zurückhalten.

Sie rannte blitzschnell in Richtung Ausgang, hielt plötzlich inne und kehrte um. Bevor der Besitzer sie stoppen konnte, versetzte sie Matías eine schallende Ohrfeige.

Sie wollte ihm etwas sagen, fand aber nicht die richtigen Worte und ging, den Tränen jetzt freien Lauf lassend.

Sie trat auf die Straße hinaus. Leider regnete es nicht, was in der entsprechenden Filmszene von Vorteil gewesen wäre. In jeder anderen Situation hätte sie ihren Kummer in Alkohol ertränkt oder in den Armen eines Freundes Trost gesucht, aber ihr nordischer Pragmatismus sagte ihr, dass jetzt nicht der passende Moment zum Heulen oder Trinken war. Sie fühlte sich wie die Protagonistin dieses traurigen Songs von Nancy Sinatra, den ihre Mutter früher hörte und in dem es hieß: »Smiling faces I can see, oh but not for me.«

Sie atmete tief durch und beschloss, nach Hause zu gehen, um sich auf den Termin am nächsten Tag vorzubereiten und nicht länger an diese Riesenenttäuschung, als die Matías sich herausgestellt hatte, zu denken, bis sie es sich wieder erlauben konnte, ihre Zeit damit zu verplempern. Oder, im Idealfall, nie mehr an ihn zu denken.

Henrik war nicht da, sie duschte sich ausgiebig und freute sich über die Ruhe und dass sie die Wohnung ganz für sich allein hatte. Sie aß etwas – schließlich hatte sie von dem Abendessen nichts gehabt, es aber auch nicht bezahlt –, beschäftigte sich erneut mit ihrer Präsentationsmappe und schaute ein wenig fern. In dieser Nacht schien Henriks Libido zu schwächeln, denn Nora schlief bis zum Morgen durch, ohne dass eine seiner wüsten Analsex-Nummern sie geweckt hätte. Als die Sonne durchs Fenster schien, war sie ausgeschlafen und ausgeruht wie seit Monaten nicht mehr.

Mein seelisches Tief wird schon noch kommen, dachte sie, *aber solange werde ich die Zeit nutzen, denn heute ist ein wichtiger Tag. Es wird ein großartiger Tag werden!*

Sie überlegte sich sorgfältig, was sie anziehen sollte. Sie wollte seriös, aber nicht langweilig, professionell und zugleich kreativ wirken. Nachdem sie alle möglichen Kombinationen anprobiert hatte (und der Salon aussah wie nach einer Plünderung), nahm sie ein Hemd von Henrik und zog dazu einen schwarzen Faltenrock an. Ihre alte Lederjacke nahm der Kombination die Förmlichkeit, und sie war zufrieden. Dazu ein Paar flache Schuhe, und schon studierte sie im Treppenhaus den Gang einer erfahrenen Kinoregisseurin ein.

Am Torre Mapfre angekommen, dem modernen Wahrzeichen Barcelonas und eines der höchsten Gebäude der Stadt, das direkt am Wasser lag, fuhr sie in den zweiunddreißigsten Stock, wo sich die Büros der Produktionsfirma DreamFilms befanden. Rocasans war der Hauptaktionär dieses Unternehmens. Noras Enttäuschung wegen des katastrophal verlaufenen Abends wurde dadurch neutralisiert, dass sie sich gleich mit einem Schwergewicht im Kinogeschäft treffen würde, dessen Firma etliche Filme produziert hatte, die in Cannes, Venedig, Berlin und Toronto prämiert worden waren.

Das Treffen mit Joan Rocasans war reichlich schräg, weil Nora sehr schnell begriff, dass dieses buchstäbliche Schwergewicht – nicht nur wegen seines Einflusses, sondern auch, weil er weit mehr als hundert Kilo auf die Waage brachte – sich mit ihrem Projekt gar nicht beschäftigt hatte, was sie ziemlich enttäuschte. Sie gab sich dennoch interessiert, aber nachdem der Produzent ihr erklärt hatte, dass sie weder Filme von angehenden Regisseuren machten noch Drehbücher in der Art, wie Nora sie schrieb, annahmen, fragte sie ihn, warum er sie eigentlich hatte kommen lassen.

»Vielleicht gibt es andere Projekte, bei denen du mitmischen kannst. Was hältst du davon, wenn wir morgen darüber sprechen? Ich lade dich zum Abendessen an einem netten Ort ein, der direkt am Meer liegt und sich für eine Plauderei besonders eignet.«

Nora brach innerlich zusammen, dieser eklige Kerl wollte sie vögeln. Er hatte sie nur wegen des Fotos, auf dem sie besonders hübsch aussah und das sie ihrer Mappe beigelegt hatte, angerufen.

Scheiße!, dachte sie, während sie Rocasans' Einladung ausschlug und ihm sagte, dass sie morgen schon eine andere Verabredung hätte.

»Wenn Sie wollen, treffen wir uns an einem anderen Tag hier in Ihrem Büro. Abends gehe ich keine Verpflichtungen ein. Das ist nicht mein Stil«, fauchte sie ihn an, nahm ihre Tasche und ging.

Sie verließ das Gebäude, so stinksauer auf alles und besonders auf die Männer, dass sie das Bedürfnis hatte, endlich zu sagen, was sie sich am Abend zuvor verkniffen hatte.

Sie wählte die Nummer von Matías. Als er sich meldete und gerade etwas sagen wollte, ließ sie ihn gar nicht erst zu Wort kommen.

»Nein, du hörst mir jetzt zu. Was auch immer wir miteinander gehabt haben – und wenn ich sage: Was auch immer, gilt das sowohl fürs Blumengießen als auch fürs Schwanzlutschen –, hat sich das seit gestern Abend erledigt. Ich würde dir gerne Lebewohl wünschen, aber nicht einmal das hast du verdient. Es ist schade, weil ich mit dir gestern verdammt gerne gevögelt habe, und ich könnte schwören, dass auch du dich nicht schlecht amüsiert hast, aber das wird nie wieder vorkommen.«

Sobald sie das Gespräch beendet hatte, löschte sie seinen Namen und alle seine SMS auf ihrem alten Nokia.

Auf Nimmerwiedersehen, du Scheißkerl, dachte sie und drückte so stark und mit so viel Hass noch einmal die Taste, mit der sie die Löschung aller SMS von ihm bestätigte, dass ein Abdruck ihres Fingernagels auf der Taste zurückblieb.

Deleted.

Auf Nimmerwiedersehen.

KAPITEL 6

Self-Obsessed and Sexxee

BUM! BUM!, bumbumbum! BUM! BUM!, bumbumbum! BUM!

Nora öffnete schlagartig die Augen.

Das darf nicht wahr sein, dachte sie. *Ich träume doch. Das ist ein Albtraum. Ganz sicher. Ein Albtraum, ja, das muss es sein!*

Aber das war es nicht, es war wieder diese fürchterliche Musik, die ihr Schlafzimmer heimsuchte. Schon wieder. Wie fast jeden Morgen und besonders an den Tagen, an denen sie freihatte.

Sie schaute verschlafen auf die Uhr und befürchtete das Schlimmste.

Es ist erst acht! Acht Uhr! Die haben wahrscheinlich noch nicht einmal einen Kaffee getrunken, und schon dröhnen sie sich wieder die Ohren zu. Warum, so dachte sie, *ist es eigentlich grundsätzlich ungesetzlich, jemanden umzubringen? Da muss es doch Unterschiede geben. Und wenn ich einen Richter davon überzeugen könnte, dass der Mord an einem Nachbarn ein Akt der Selbstverteidigung war?*

Sie legte sich ein Kissen über den Kopf und schloss die Augen.

Ich brauche noch ein bisschen Schlaf, nur ein bisschen, und wenn es nur eine halbe Stunde ist. Heute Morgen um drei waren die letzten Aufnahmen im Kasten. Das ist gerade mal fünf Stunden her! Das darf doch nicht wahr sein!

Obwohl ihr kürzlich gemietetes Loft ihr gefiel – ein modernes Bad, eine blitzsaubere Küche, ein Aufzug und alle möglichen Bequemlichkeiten, die eigentlich überflüssig waren –, gingen die Nachbarn ihr gehörig auf die Nerven: Erasmus-Studenten, die rund um die Uhr in Partylaune waren.

Die Musik setzte aus, und Nora war innerhalb von zwei Minuten wieder eingeschlafen.

Exakt genauso lange brauchten ihre entsetzlichen Nachbarn, um sich auf einen neuen Song zu einigen, mit dem sie Nora quälen konnten. Diesmal war es ein Mix aus Techno, brasilianischer Musik und der Stimme einer schwarzen Sängerin.

Und es war erst sechzehn Minuten nach acht.

Nora stand auf und ging ins Bad. Sie überlegte, wie fast jeden Morgen in den letzten drei Monaten, ob sie ein Blutbad anrichten sollte.

»Wie kann man nur so leben? Jeden Tag, an jedem Morgen sich immer und immer wieder die gleiche schreckliche Musik schon zum Frühstück reinziehen, wie jemand, der dauernd Donuts frisst. Ich glaube, ich werde Joanna anrufen, damit sie mir eine neue Wohnung sucht. Das ist doch nicht normal, *herre gud!*«

Sie hörte auf, als sie bemerkte, dass sie schon wieder mit sich selbst sprach, eine Angewohnheit, die sie hatte, seitdem sie allein wohnte, und die sie ein wenig – um nicht zu sagen ziemlich – um ihre geistige Gesundheit fürchten ließ.

Ihre Nachbarn drehten die Musik lauter. Stimmen und Gelächter waren zu hören, Leute, die sangen. Dem Lärm nach zu urteilen, mussten es mindestens fünf Personen sein.

Na super! Die Party geht weiter. Ich werde jetzt jeden Morgen, wenn ich zur Arbeit gehe, den Lautsprecher an die Wand schieben und in voller Lautstärke Sonic Youth abspielen. Eine CD nach der anderen. Gnadenlos. Sollen sie doch bei mir klingeln, solange sie lustig sind. Ich bin auf der Arbeit. Sollen sie doch die Polizei rufen, denen werde ich schon was erzählen.

Nora überlegte, wie sie sich tagsüber an ihnen rächen konnte, denn abends oder nachts hatte sie keine Chance. Jetzt, da sie das herrliche Loft hatte, ließ die Arbeit ihr nicht einmal Zeit, um ein Abendessen oder eine Party zu organisieren.

Arbeiten, um zu leben, oder leben, um zu arbeiten. Es ist immer die gleiche Geschichte. Sie philosophierte vor sich hin und spuckte das Listerine ins sündhaft teure rote Waschbecken.

Bevor sie wieder anfing, sich in Grübeleien darüber zu verstricken, ob es das alles wert war oder nicht, begann sie lieber, ihren einzigen freien Tag in der Woche zu planen. Ihre Arbeitstage waren höllisch lang. Zwölf

Stunden (manchmal sogar fünfzehn) arbeitete sie als Produktionsassistentin in Operación Triunfo, dem Fernsehformat mit den höchsten Einschaltquoten in Spanien. Sie hatte eine riesige Verantwortung, denn die Sendung wurde direkt übertragen, und jeder Fehler konnte tödlich sein. Obendrein war ihre Chefin der Prototyp einer Führungskraft beim Fernsehen: energisch, ehrgeizig, anspruchsvoll und ungeduldig.

Nora kam aus dem Bad und wollte sich gerade mit ihrer neuen Espressomaschine einen Kaffee machen, als das Telefon klingelte. Es war ihre Großmutter; und wenn die Erasmus-Studenten sie nicht geweckt hätten, würde ihre Großmutter sie jetzt aus dem Bett holen. Sie rief immer vor zehn an.

Nachdem sie zwanzig Minuten mit ihrer Oma Maruja geplaudert hatte, war ihre Laune schon besser, und sie konnte wieder lächeln.

Im vorigen Monat hatte sie drei Tage freibekommen – worüber man sie nur vierundzwanzig Stunden vorher unterrichtet hatte –, und so hatte sie sich von einer Sekunde auf die andere entschlossen und ein Ticket nach Benidorm gelöst, ohne jemandem Bescheid zu sagen.

Das Schöne an einem Überraschungsbesuch bei Großmüttern ist, dass sie kaum noch ausgehen, und so war es für Nora kein Problem, ihre Oma zu Hause anzutreffen. Sie saß mit einer Freundin zusammen vor der Tür und strickte.

Maruja und ihre Freundin gehörten zu den Menschen, für die die Straße das Leben bedeutete. Sie schauten den Leuten nach, die vorbeigingen, grüßten jeden und tauschten Neuigkeiten aus. Das war interessanter als jede Telenovela. Solange es nicht regnete oder schneite, hielt es sie nicht in ihren vier Wänden. Sie saßen draußen und strickten im Winter ellenlange Schals, und im Sommer häkelten sie Tischdeckchen, die sie dann an die unmöglichsten Stellen legten, worüber Nora sich köstlich amüsieren konnte.

Als ihre Großmutter sie erkannte – was ein Weilchen dauerte –, füllten ihre müden, aber immer noch lebendigen Augen sich mit Tränen.

»Nora, Norita ... bist du es? Welch eine Freude! Ist etwas passiert? Geht's dir gut? Warum hast du mir nicht Bescheid gesagt? Du bist doch nicht krank, oder? Jetzt habe ich nichts fürs Abendessen vorbereitet. Soll ich dir ein Ei und ein paar Kartoffeln braten? Wie hübsch du aussiehst, und groß bist du geworden!«

Nora umarmte ihre Großmutter heftig vor lauter Freude, aber auch, um dem endlosen Strom von Fragen ein Ende zu bereiten.

Es war verständlich, dass ihre Großmutter einen Schrecken bekommen hatte, weil sie plötzlich vor der Tür stand, aber Nora wusste, dass sie sich auch Sorgen gemacht hätte, wenn sie ihr vorher Bescheid gesagt hätte.

Die Umarmung ihrer Großmutter fiel genauso herzlich aus. Auch wenn es die Arme einer alten Frau waren, so drückten sie Nora doch mit der Kraft einer Boa constrictor. Als Nora sich ihr entwunden hatte, schaute sie ihr in die Augen und fühlte sich zum ersten Mal seit langer Zeit wieder zu Hause. Marujas Freundin weinte auch, ob aus Rührung oder Mitgefühl wusste Nora nicht zu sagen.

Die Kittelschürze ihrer Großmutter, abgetragen, aber sauber und tadellos gebügelt, sowie das Kölnischwasser Heno de Pravia – das sie schon benutzte, solange Nora denken konnte – schienen ihr die gefühlvollsten und bewegendsten Dinge auf der Welt zu sein. Nora konnte die Tränen nicht mehr zurückhalten.

Obwohl sie »wirklich nichts mehr im Kühlschrank« hatte, bereitete die Großmutter ihr ein fürstliches Mahl zu, bestehend aus einer Kartoffel-Tortilla, gebratener Paprikawurst und einem panierten Stück Schweinefilet – all diese Gerichte, die fürchterlich dick machen und mit denen Großmütter ihre bedingungslose Liebe zu den Enkelkindern bekunden.

Nora aß selbstverständlich alles auf, denn auf diese Weise bekunden Enkelkinder wiederum ihre bedingungslose Liebe zu den Großeltern.

Die zweieinhalb Tage, die sie zusammen verbrachten, waren fabelhaft, obwohl sie nichts Besonderes unternahmen. Noras letzte Besuche fielen in die unruhige Zeit ihrer Jugend, sodass sie mindestens seit acht Jahren nicht mehr so viel Zeit miteinander verbracht hatten. Sie kochten, tratschten und strickten mit solcher Hingabe, dass Nora mit einer Sehnenscheidenentzündung und einem Schal zurückfuhr, den sie sich sechsmal um den Hals wickeln konnte.

Der Abschied war besonders bewegend.

Nora wusste, dass sie bei der Arbeitsbelastung, die sie in letzter Zeit hatte – und es gab keinerlei Anzeichen, dass sich daran etwas änderte –, ihre Oma so schnell nicht wiedersehen würde.

Sie lagen sich in den Armen und weinten beide eine ganze Zeit lang. Dann gab ihre Großmutter ihr eine Tüte mit selbst gebackenen Biskuits und drückte ihr diskret einen Zwanzig-Euro-Schein in die Hand, so wie Großmütter es eben tun.

Nora konnte nicht anders, als ihrer Großmutter zum Schluss noch etwas über ihre Gefühle und ihre zwei Männer zu erzählen: die Wut, die sie Matías gegenüber hegte, und ihre Zweifel hinsichtlich Xavier. Nora war überrascht, als Maruja sagte: »Es geht nichts über die Freiheit.« Es gab ihr einen Riesenschub an Selbstachtung, wie ihn nur herzensgute Großmütter zu entfesseln verstehen.

Die Erinnerung an Maruja löste bei Nora sofort den Wunsch aus, ein butterweiches und frisch gebackenes Biskuit mit feinem Zitronengeschmack zu essen, was sie sogleich in die Tat umsetzte.

Danach betrat sie ihr Ankleidezimmer und ging ihre Garderobe durch.

Sich ihr Outfit zurechtzulegen, machte erheblich mehr Arbeit, seitdem ihre Klamottenkollektion sich entsprechend der Verbesserung ihrer ökonomischen Situation vergrößert hatte.

Auch ihre Wohnung war stilvoller geworden. Die Themen Möbel und Einrichtung begeisterten sie plötzlich, aber es war eben das erste Mal in ihrem Leben, dass sie Geld hatte, und sie wollte es genießen. Jedes Bild, das sie aufhängte, jeder Kissenbezug, den sie auswählte, jedes kleinste Detail verschönerte ihre Wohnung und machte Nora glücklicher. Sie hatte sich nie vorstellen können, dass diese Kleinigkeiten ihr solche Befriedigung verschaffen könnten.

Sie kaufte ausländische Zeitschriften für Einrichtung und Dekoration und dachte sogar daran, mit dem Sticken anzufangen, »wenn ich denn mal Zeit habe«. Die gestickten Bildchen faszinierten sie, seitdem sie einen englischen Künstler entdeckt hatte, der mit dieser Technik die Parolen des Punk reproduzierte und so eine witzige Mischung aus großmütterlicher Bildästhetik und Guerrilla-Kunst schuf.

»Ich vermute, dass die Einrichtung der Wohnung die einzige Möglichkeit für mich ist, mich an dem zu erfreuen, was ich kaufe«, erklärte sie ihrem Bruder in einer E-Mail, als ob sie sich für ihren Dekorationsfimmel rechtfertigen müsste. »Wenn ich mir Bücher kaufe, landen sie direkt im Regal, ohne dass ich sie je lese. Vom Reisen brauchen wir gar nicht erst zu reden. Was für eine Ironie, oder? Wenn du Geld hast, um Bücher zu kaufen, hast du keine Zeit, sie zu lesen. Das Leben ist doch ungerecht«, klagte sie und wusste genau, dass Nikolas sie trösten würde, wie immer.

Aber diesmal legte ihr Bruder mit seiner Antwort den Finger in die Wunde:

»Wie kannst du nur so wehleidig sein, Nora? Wenn ich jedes Mal einen Euro dafür bekommen hätte, als du mir die Ohren volljammern durftest, dass du kein Geld hast, wäre ich jetzt Millionär. Willst du mir erzählen, dass ich nun, wo du Kohle genug hast, mir dein Gejammer über das Gegenteil anhören muss? Kom igen, Nora! Wach endlich auf! Such dir deinen Platz in der Welt, und wenn du dann ein für alle Mal zufrieden sein solltest, kannst du mich gerne anrufen und es mir erzählen.«

Das traf sie wie ein Keulenschlag. Nikolas neigte dazu, Aufrichtigkeit und schonungslose Wahrheit zu verwechseln. Allerdings musste Nora zugeben, dass er irgendwie recht hatte. Sie haderte mit sich und der Welt und hatte ständig das Gefühl, dass man sie betrog.

Und vielleicht war das ja der Grund dafür, dass der Umgang mit ihr nicht immer ganz leicht war.

So groß das Angebot an Klamotten auch war, Nora suchte sich ihre alten Jeans und ein Paar Converse heraus, die schon fast auseinanderfielen. Eine weitere Ironie, die das Leben für sie bereithielt.

Sie zog sich schnell an und umkurvte ihren marmornen Esstisch, der sich in ein improvisiertes Studio verwandelt hatte, denn immer alleine an diesem Ungetüm von zweieinhalb Metern mal ein Meter zwanzig zu essen deprimierte sie. Sie setzte sich lieber an den kleinen Tisch vor dem Fernseher, der ihr weniger Angst einflößte. Der Tisch im Esszimmer eignete sich eher für Bücher, Papiere, Zeitschriften und alle möglichen Unterlagen, die ihr dabei halfen, am Drehbuch zu feilen und die Details für den Film festzulegen.

Nach der fürchterlichen Erfahrung mit dem schleimigen Produzenten hatte sie zwei wichtige Entscheidungen getroffen: Erstens nahm sie ihr Bild wieder aus der Filmmappe heraus, und zweitens wollte sie es niemandem mehr zeigen, bis sie völlig sicher war, dass die möglichen Angebote für ihren Film absolut nichts damit zu tun hatten, dass man ihr eigentlich nur zwischen die Beine greifen wollte.

Aber heute mache ich nichts mehr, sagte sich Nora. *Heute werde ich den Frühlingstag genießen, herumspazieren, Freunde besuchen und vielleicht ins Fitnessstudio gehen.*

Sie rief Henrik an, um ihm zu erzählen, was sie sich für den freien Tag Besonderes ausgedacht hatte (obwohl ihr nicht ganz klar war, ob es noch etwas Besonderes war, wenn man seit drei Monaten einmal in der Woche immer das Gleiche unternahm): zum Essen ins italienische Restaurant von Diego, Joannas Geliebtem, gehen und den Nachtisch mit Amaretto und angeregter Unterhaltung verlängern. Henriks Antwort beunruhigte sie ziemlich.

»Das ist toll, dass wir uns sehen, Nora. Ich dachte gerade daran, dich anzurufen, denn ich muss dir was erzählen.«

Seine Stimme hatte eindeutig einen traurigen Unterton.

»Muss ich mir Sorgen machen?«, fragte Nora. »Bist du krank? Erzähl mir nicht, dass du dich mit einer Geschlechtskrankheit angesteckt hast! Sag, dass es nicht wahr ist. Sag mir, dass du nicht sterben wirst. Als ich bei dir gewohnt habe, hatte ich schon das Gefühl, dass du mit zu vielen Fremden gevögelt hast. Du benutzt doch Kondome, oder? Du wirst doch nicht sterben?«

Szenen eines unerbittlichen Realismus hatten sich in Noras Kopf festgesetzt. In ihren Gedanken spielte sich der schlimmste anzunehmende Fall ab. Sie sah sich schon an seinem Sterbebett stehen, die Hand eines abgemagerten und dahinsiechenden Henrik haltend, der sich unter fürchterlichen Schmerzen wand.

Ihr Freund lachte laut ins Telefon.

»Manchmal vergesse ich, wie du bist und wie du mit bestimmten Dingen umgehst. Nein, Nora, mir geht's gut. Gerade gestern habe ich die Ergebnisse einer Routineuntersuchung bekommen: Ich bin kerngesund. Aber danke, dass du mich in deinen hypochondrischen Gedanken wieder einmal hast sterben lassen. Komm her, und ich erzähle dir dann alles. Du brauchst dir keine Sorgen zu machen, mir geht es wirklich gut. Bis später, *älskling!*«

Nora war natürlich nicht beruhigt. Henrik und Xavier Dalmau waren momentan ihre besten Freunde, mit ihnen verbrachte sie ihre Zeit.

Aufgrund ihrer Situation und ohne dass einer von ihnen die Dinge forciert hätte, hatte Nora mit Xavier den alten Beziehungsstatus von Freunden-die-auch-Sex-miteinander-haben wieder aufleben lassen, was durchaus widersprüchliche Gefühle in ihr weckte. Die Sache mit dem russischen Model war nie etwas Ernsthaftes gewesen, und als Xavier eines Tages mit Nora zu Abend aß, erzählte er ihr recht intime Dinge aus dieser kurzen Liaison und mokierte sich derart über Natascha, dass die beiden ihr sporadisches Liebesverhältnis wieder aufnahmen.

Einerseits fühlte sie sich wohl mit ihm, er kümmerte sich um sie, zeigte ihr die Stadt und überraschte sie immer wieder mit seinem feinen und ironischen Humor. In Xavier hatte sie einen treuen Verehrer, einen Mann mit Frohsinn und Geld, der stets für sie da war.

Andererseits hatten sie beide verschiedene Ansichten darüber, wie ihre Beziehung aussehen sollte. Er wollte mehr, und sie mit Sicherheit weniger. Das Gefühl, Katz und Maus miteinander zu spielen, störte sie gewaltig. Jedes Mal, wenn Xavier in die Offensive ging – was allzu oft vorkam –, machte Nora einen Schritt zurück, um den Abstand wiederherzustellen.

Nora hatte manchmal das Gefühl, dass sie sich, wenn sie sich mit Xavier zufriedengab, den Weg verbaute, jemanden kennenzulernen, in den sie sich wirklich verlieben könnte. *Oder ist es das Phantom Matías, das ein völliges Zusammensein mit Xavier verhinderte?,* fragte sie sich hin und wieder, wenn sie mit Joanna bei einer Flasche Wein saß und die beiden sich gegenseitig analysierten.

Aber Xavier schien völlig immun dagegen zu sein, wenn sie ihn abblitzen ließ, und ging nach wenigen Tagen schon wieder zum Angriff über, wobei er nicht vergaß, ihr als Friedensangebot einen Strauß Rosen, eine fleischfressende Pflanze oder einen Dildo aus Kristall zu schenken, der ein Vermögen gekostet haben musste.

An ihrem freien Tag ließ Nora sich mit einer Schönheitskur in ihrem Frisiersalon verwöhnen.

Sie hatte keinen Termin ausgemacht, aber in letzter Zeit war sie ein paarmal im Monat da gewesen und wurde wie eine VIP-Kundin behandelt. An diesem Frisiersalon gefiel ihr alles: der klare, helle Raum, die freche Dekoration zwischen Vintage und Boheme.

Sie ließ sich von David, dem Besitzer und Zeremonienmeister des Salons, in allen Einzelheiten jeden möglichen Haarschnitt erklären, und David legte ihr das Für und Wider aller Möglichkeiten dar, ohne dass das Lächeln aus seinem Gesicht verschwand. Nora liebte ihn dafür.

Nach zwanzig Minuten, in denen sie ihn reichlich genervt haben musste, bat sie ihn um den gleichen Schnitt wie immer, aber »noch einen halben Zentimeter kürzer als sonst, bitte«.

Sie machte es sich in dem Frisierstuhl bequem, und als sie merkte, wie sich ihre Kopfhaut dank der magischen Hände Davids entspannte, feilte sie in Gedanken an ihrer Rede, die sie anlässlich der Preisverleihung für ihren Film halten würde. Diese Übung machte sie hin und wieder, um alle anderen Gedanken und Grübeleien abzustellen und so einen fast meditativen Zustand zu erreichen.

»Du lachst, aber wenn sie mir eines Tages tatsächlich einen Preis verleihen und ich dann diese Rede halte, werde ich dafür noch einen Preis bekommen«, sagte sie zu Henrik, als sie eines Abends schon ziemlich angetrunken waren.

Nora entspannte sich zusehends, während sie ihrer Mutter und ihrer Großmutter dafür dankte, dass sie sie in ihrem beruflichen Werdegang stets unterstützt hatten, und schlief schließlich für ein paar Minuten ein.

Der Klingelton ihres Handys ließ sie erschreckt hochfahren. Sie ertappte sich in letzter Zeit häufiger dabei, dass sie an Matías dachte, wenn das Handy klingelte. Natürlich hatte sie nicht vor, diesem Kretin noch eine dritte Chance zu geben, aber das hieß nicht, dass sie es sich nicht doch wünschte.

Jedes Mal, wenn das Telefon klingelte, hoffte sie in ihrem Inneren, dass er es wäre. Jede SMS, die sie erhielt, ließ ihr Herz schneller schlagen. Sie wünschte, er wäre es – und wenn es nur dafür wäre, um ihm zu sagen, dass sie ihn nicht sehen wollte, unter keiner Bedingung. Nur um zu fühlen, dass sie irgendwie immer noch wichtig für ihn war und dass alles, was sich zwischen ihnen abgespielt hatte, nicht nur ein Produkt ihrer leicht entflammbaren Fantasie gewesen war.

Aber natürlich war es nie Matías, der anrief.

Sie ging mit jedem Mal missgelaunter ans Telefon und entwickelte schon eine Abneigung gegen dieses Gerät.

Es verging kein Tag, an dem sie sich nicht vorstellte, wie ihr Leben wohl jetzt aussehen würde, wenn ihre Beziehung zu Matías nicht in diesem Desaster geendet hätte. Sie stellte sich vor, wie sie zusammen auf dem Sofa saßen und Popcorn futternd einen Film von Bergman oder Ang Lee analysierten, in Unterwäsche ein Nudelgericht in der Küche zubereiteten, er sie unter der Dusche um das Shampoo bat, während sie sich die Haare föhnte, oder wie sie am Sonntagmorgen, bevor sie Zeitungen kauften und einen Aperitif tranken, leidenschaftlich vögelten.

Und außerdem konnte sie natürlich mit niemandem darüber reden, man hätte sie für völlig bescheuert gehalten, was die ganze Angelegenheit noch viel trauriger und frustrierender machte. Es war das erste Mal, dass sie sich so fühlte, mehr traurig als wütend, entschlossen, nichts zu verzeihen, aber ohne die Möglichkeit, das alles zu vergessen.

Der Anruf kam nicht von Matías, sondern, was näherliegend war, von Xavier Dalmau.

»Hallo, Xavier! Ich bin gerade im Frisiersalon.«

»Hallo, *sweetie*. Wie geht's? Heute ist unser Tag oder, besser gesagt, unser Abend. Ich hoffe, dass du mir an diesem Wochenende nicht mit irgendwelchen Ausreden kommst, wie zum Beispiel, dass du an diesem Drehbuch arbeiten musst, das du mir nie zeigst. Ich habe nämlich eine tolle Idee, wo wir hingehen.«

Es ödete Nora an, dass er ihr alles zu entlocken versuchte, was mit ihrem Film zu tun hatte, dass er ihr ständig anbot, ihr zu helfen, sie diesem und jenem vorzustellen oder ihr einen Film zu produzieren, obwohl er gar nicht wusste, worum es darin ging. Dauernd versicherte er ihr, dass er es nicht machte, weil sie miteinander schliefen, sondern weil er an ihr Talent glaubte. Jedes Mal, wenn er wieder mit ihrem Film anfing, wechselte sie unverzüglich das Thema.

»Gute Idee. Gehen wir ins Kino? Wie wär's mit der Filmothek, und hinterher gehen wir etwas essen.«

»Ich denke seit drei Tagen an nichts anderes, als dass du auf mir sitzt, ich dich ausziehe, dir die Brustwarzen lecke und dich beiße, während ich deinen Hintern gepackt halte, bis meine Finger Abdrücke hinterlassen. Danach greife ich, du weißt schon wohin, ganz langsam, und ich schaue dir in die Augen, bis du immer geiler wirst und mich schließlich bittest, dich zu vögeln. Ist das der Film, den du sehen willst?«, fragte Xavier und entlockte ihr ein lautes Lachen.

»Ich dachte eher an eine Indie-Produktion als an einen Porno, aber dein Plan ist auch nicht schlecht«, antwortete Nora, während sie ein leichtes Kitzeln in der Magengegend verspürte und sich mit der Zunge über die Lippen fuhr.

»Hör zu, *rouge*, das meine ich ernst. Komm heute mit mir, du wirst es nicht bereuen. Es ist eine einmalige Chance, Nora. Heute Nacht wirst du Dinge sehen, die du nie wieder vergisst«, sagte Xavier in einem so ernsten Ton, dass Nora gar nicht mehr aufhören konnte zu lachen. »Vielleicht lässt du dich sogar für dein Drehbuch inspirieren.«

»Schon gut, schon gut, ich glaub dir ja! Wie verbleiben wir also?«

»Ich hole dich um acht unten vor dem Haus ab. Ich habe unheimlich Lust, dich zu sehen, dich anzufassen ... Ich verspreche dir, dass ich dich heute überraschen werde. Mach dich hübsch, *pretty!*«

Nora ging vom Frisiersalon direkt ins Restaurant Grande Italia, wo Joannas herzliche Umarmung sie langsam wieder beruhigte. Zwei Gläser Prosecco, der beißende Humor ihrer Freundin und die Portion Parmesankäse, die der Kellner auf den Tisch stellte, versöhnten sie fast wieder mit der Welt. Ihre Freundin hingegen schien schlecht gelaunt zu sein, sie trank die Gläser in einem Zug aus und redete sehr laut, als ob sie es darauf anlegte, dass jeder sie hören konnte. Als die Unterhaltung eine andere Richtung einschlug, merkte Nora sehr schnell, was Sache war, und schlug Joanna vor, mit ihr vor die Tür zu gehen, um ein wenig Luft zu schnappen.

Sie setzten sich auf eine Bank im Paseo del Born und ließen sich von der Sonne bescheinen.

Joanna sah wie immer blendend aus mit diesen hautengen Jeans, die nur sie mit aller Würde tragen konnte, den schwindelerregenden Absätzen, dem Haarknoten einer Gouvernante und ihren roten Lippen, zwischen denen eine gerade angezündete Zigarette hing. Das Glas Wein, das sie in der Hand hielt, leerte sie in einem Zug und warf es aufs Pflaster. Ein Schwarm Tauben flog erschreckt auf.

»Was ist los mit dir?«, fragte Nora. »Und erzähl mir nicht, dass alles okay ist. Man sieht doch, dass irgendwas nicht stimmt.«

»Ja, natürlich stimmt irgendwas nicht. Ich habe die Schnauze gestrichen voll von diesem Arschloch Diego, das sage ich dir. Seit zwei Jahren erzählt er mir, dass er seine Frau verlassen will, und tut es dann doch nie. Am Anfang war sie schwanger, letztes Jahr hatten sie ein kleines Kind, klar, und er konnte sie nicht allein lassen. Jetzt, wo das Kind nicht mehr ganz so klein ist und wir schon eine gemeinsame Wohnung gesucht haben, stellt sich heraus, dass der Vollidiot sie schon wieder geschwängert hat.« Joanna zog wütend an der Zigarette. »Es ist nicht zu fassen. Mir erzählt er, dass er sie nicht mehr liebt und sie kaum noch miteinander vögeln. Da kann ich nur lachen! Wenn sie weiterhin alle anderthalb Jahre schwanger wird, dann sag mir mal, wo ich abbleibe. Ich werde ihm so einen Tritt in den Hintern verpassen, dass er bis ins All fliegt, und ich schwöre dir, er wird in diesem gottverdammten Sonnensystem der hässlichste Satellit von allen sein.«

Nora konnte sich vor Lachen nicht mehr halten, und auch Joanna fing nun an zu lachen, wobei ihr zwei dicke Tränen über die Wangen liefen.

»Lach nicht, Nora. Ich meine es ernst. Ich habe es satt. Ich habe ihn satt und meine Arbeit auch, die eigentlich nur darin besteht, reiche Schnösel zu betrügen, indem ich ihnen Wohnungen zu obszönen Preisen verkaufe. Ich höre auf damit, ich mag nicht mehr, ehrlich, ich schmeiße alles hin, alles!«

In der Ferne sahen sie Henrik kommen, der eine Zigarette rauchte und in sich hineinlächelte. Noch hatte er sie nicht bemerkt. Als er an ihnen vorbeiging und die beiden immer noch nicht sah, gab Joanna ihm einen lauten Klaps auf den Hintern. Er schrie erschreckt auf.

»Was macht ihr denn hier draußen, meine Süßen? Kommt mit rein, und dann genehmigen wir uns eine ...« Er erblickte die Scherben des Glases, das seine Freundin zerschlagen hatte. »Oder vielleicht sollte ich sagen: *Noch* eine Flasche?«

Die drei hakten sich unter und gingen ins Restaurant, glücklich, dass sie sich getroffen hatten und füreinander da waren. Joanna schickte wütende Blicke zu Diego hinüber, der ganz offensichtlich besorgt war, dass seine zukünftige Exgeliebte ihm eine Szene machen könnte, die man so bald nicht wieder vergessen würde. Als sie etwas zu trinken hatten, erzählte Henrik den beiden die frohe Botschaft, die er Nora morgens am Telefon schon angekündigt hatte.

»Ein deutsches Reisebüro, das auf der ganzen Welt vertreten ist, hat mich gebeten, mich um einen neuen Geschäftszweig zu kümmern. Sie haben festgestellt, dass in den USA der Tourismus für Schwule ganz gut angelaufen ist. Sie organisieren spezielle Reisen für diese Community. Das deutsche Reisebüro will diesen Geschäftszweig aufgreifen, und ich soll die Federführung übernehmen.«

Die zwei Freundinnen applaudierten und bestellten eine weitere Flasche, um ihm zu dieser grandiosen Nachricht zu gratulieren.

»Aber das ist doch genial, Henrik! Als du mir die Sache angedeutet hast, schienst du mir besorgt und traurig zu sein. Deshalb habe ich geglaubt, dir sei etwas Schlimmes passiert.«

»Nun ja, es gibt da einen kleinen Haken bei der Geschichte. Die Zentrale ist in Berlin, also muss ich dahin umziehen, zumindest für vier oder fünf Jahre.«

Nora fiel fast das Glas aus der Hand, aber sie verbot es sich, ihm zu sagen, wie sie sich fühlte. Sie wollte ihm nicht den Tag verderben. Obwohl es sehr schwer war, ihm etwas vorzumachen, weil er auch aus Skandinavien kam, genügte ihm ein Blick in ihre Augen, um zu bemerken, dass in Nora soeben etwas in tausend Stücke zerbrochen war.

»Komm mit mir, Nora! Wir fangen in einer anderen Stadt neu an. Es wird toll werden. Du findest mit Sicherheit sofort einen Job, womöglich produziert deine Firma dort auch Programme! Es ist doch ein internationaler Konzern, oder?«

Nora lächelte und versprach ihm, dass sie darüber nachdenken wollte. Aber es war klar, dass diese Pläne bereits hier und jetzt scheiterten. Auch wenn sie sich in Zukunft wiedersehen sollten – denn es war klar, dass sie ihr Leben lang Freunde bleiben würden –, wäre es nicht in Berlin und bei dieser Gelegenheit, das spürte sie.

Der Rest des Treffens hatte den bitteren Beigeschmack, den Abschiede so an sich haben. Obwohl es noch einige Wochen dauerte, bis er umzog, und Henrik ihnen ein Dutzend Mal versicherte, dass »ich ja auch nicht nach Australien gehe, Berlin ist nur gut eine Flugstunde entfernt«, war die Stimmung im Keller. Der Wein, der sie sonst beflügelte, machte sie müde. Und als Henrik und Joanna den Kaffee ablehnten, weil sie sich noch ein Stündchen aufs Ohr legen wollten, fiel Nora ein, dass sie am Abend noch etwas vorhatte, und so beschloss sie, es den beiden gleichzutun.

Sie ging nach Hause, legte sich aufs Sofa, nahm einen der Comics, für die sie sonst keine Zeit hatte, und blätterte eine Weile darin herum.

Kurz vor dem Einschlummern kam ihr eine Idee: Sie würde wesentlich besser schlafen nach einem Orgasmus. Sie nahm ihren Lieblingsvibrator, den in Form eines Kaninchens, um es sich schnell und ohne viel Federlesens zu besorgen.

Manchmal sollte Sex genau so sein, dachte Nora und befeuchtete die Finger mit ihrem Speichel, um das Kaninchen geschmeidig zu machen. *Praktisch und ohne Firlefanz. Man muss Sex wie eine Medizin nehmen, wie eine Yoga- oder Gymnastikstunde. Man legt den Schalter um und kommt ...*

Viel weiter gingen ihre Überlegungen nicht, denn sie spürte die ersten Zuckungen. Während sie keuchte, fielen ihr die Nachbarn ein und der Lärm, den sie morgens veranstalteten, und fast hätte ihr das den Spaß verdorben.

Aber nicht einmal eine Minute später schlief sie tief und fest.

Sie hatte seltsame Träume, in denen sie von riesigen Kaninchen verfolgt wurde, die sie vergewaltigen wollten. Matías war da und sah, dass sie hinter ihr her waren, dass sie immer näher kamen, unternahm aber nichts, um ihr zu helfen. Nora rief nach ihm, er drehte sich um und überließ sie ihrem Schicksal. Nachdem sie stundenlang in panischer Angst geflüchtet war und ein Kaninchen sie fast eingeholt hatte, um nun mit seinem großen, rosigen Schwanz über sie herzufallen, wachte Nora schreiend auf.

Sie schaute auf die Uhr, und es fehlten noch genau fünf Minuten, bis der Wecker klingelte, den sie vor der Siesta gestellt hatte. Sie schwor sich, nie wieder mit

Spielzeugen in Form von Tieren zu masturbieren, und machte sich dann für den vielversprechenden Abend zurecht.

In deutlicher Anlehnung an ihre Freundin Joanna – die zu diesem Zeitpunkt vielleicht ihr italienisches Lieblingsrestaurant samt seinem Besitzer niederbrannte – zog sie einen engen schwarzen Rock und eine helle Seidenbluse an und steckte sich die Haare zu einem Knoten auf. Zunächst wollte sie keine Strümpfe anziehen, denn sie mochte es gerne, wenn die Frühlingsluft um ihre Beine strich, aber da ihre Haut noch so blass war, entschied sie sich für Netzstrümpfe.

Ein bisschen Make-up und roter Lippenstift (den sie in den Tiefen ihres Schminketuis erst suchen musste, weil sie ihn seit Jahren nicht mehr benutzt hatte), ein Schönheitsfleck auf dem rechten Wangenknochen, um ihrem Aussehen einen theatralischen Anstrich zu geben, sowie ein Hauch von Parfüm – und fertig.

Als sie sich im Spiegel von oben bis unten anschaute, war sie begeistert von dem, was sie sah.

Diese Frau war sie? Sie schien fünf Jahre älter zu sein, kultivierter und selbstsicherer. Sie hatte sich nie als richtige Frau gesehen, aber in diesem Aufzug (wenn auch ein bisschen verkleidet) gab es keinen Zweifel, dass sie eine war.

Sie setzte sich eine Sonnenbrille auf und probierte alle möglichen Blicke und Gesten, um der Angelegenheit die Bedeutung zu nehmen, bis ein Klingeln sie daran erinnerte, dass sie losmusste. Sie schnappte sich eine kleine Tasche, die Schlüssel, etwas Bargeld und die Karten (obwohl sie wusste, dass Xavier sie niemals bezahlen ließ) und rief den Fahrstuhl.

Als sie in den Wagen stieg, was wegen des engen Rocks nicht ganz einfach war, entlockte sie Xavier einen Pfiff der Bewunderung.

»Meine Güte, *chérie*, du siehst wie immer blendend aus, aber heute legst du noch eins drauf. Du siehst aus wie ...«

Nora unterbrach ihn. »Eine sexy Lehrerin, oder?«

Xavier musste lachen. »So ungefähr, eine sexy und leicht nuttige Lehrerin, bei der die Mütter ihren Ehemännern verbieten, die Kinder von der Schule abzuholen, und von der die älteren Schüler in ihren feuchten Träumen fantasieren. Sogar einige Mütter kommen auf Gedanken, und die Direktorin möchte dich am liebsten auf ihrem Schreibtisch flachlegen, dir das Höschen ausziehen und einen Klaps auf den Hintern verpassen, um dir zu zeigen, wie man mit ungezogenen Mädchen umgeht.«

Xavier fing an sich aufzugeilen und versuchte, die Hand zwischen Noras Oberschenkel zu schieben, während er in die Avenida del Paralelo einbog. Aber Noras superenger Rock machte es ihm nicht leicht, und sie stoppte seine Versuche im Ansatz, weil es ihr mitten im Straßenverkehr viel zu gefährlich erschien.

»Hör auf, an billige Pornofilme zu denken, und erzähl mir lieber, wo wir hinfahren. Ich bin schon ganz neugierig.«

»Wir fahren zu einer Fiesta«, verkündete Xavier ihr genüsslich und zündete sich eine Zigarette an. »Es ist mit Sicherheit die exklusivste Fiesta, die es in diesem Land gibt. Eine Fiesta im engsten Kreis, die nur alle zwei Jahre stattfindet und zu der nur ganz wenige Personen Zutritt haben und alles unter dem Siegel der Verschwiegenheit abläuft. Schon seit Jahren höre ich davon, und dieses Jahr bin ich endlich eingeladen worden. Ich kann es immer noch nicht glauben.«

Nora wusste nicht so recht, was sie davon halten sollte, war aber schon ein wenig erschrocken. Da sie wusste, wie sehr Xavier daran gelegen war, ein Mitglied auserlesener Clubs zu sein, konnte der Ort, zu dem sie fuhren, sowohl eine Versammlung der Illuminaten als auch der Drehtermin eines Snuff-Movie sein.

»Also, was steckt genau dahinter? Ich bin mir im Moment nicht sicher, ob ich da überhaupt hinwill.«

»Klar willst du dahin! Jeder will einmal in seinem Leben auf eine Fiesta im Stil von *Eyes Wide Shut*. Es gibt Leute, die zahlen Unsummen, um dabeizusein. Es wird das beste Fest des Jahres werden, da bin ich mir sicher.«

Obwohl sie die Begeisterung ihres Begleiters nicht völlig teilte, wollte sie auch keine Spielverderberin sein. Während er eine Zigarette nach der anderen rauchte, versuchte sie zu ergründen, was für eine Art von Veranstaltung sie am Ende dieser mysteriösen Fahrt erwartete.

Sie parkten den Wagen in einem der reichen Viertel vor einem riesigen Anwesen, das von einem hohen Zaun umgeben war. Xavier tätigte einen Anruf, und die Pforten öffneten sich automatisch. Ein nur ganz schwach beleuchteter Pfad führte durch das Gelände.

Am Ende des Weges bat sie eine ungefähr vierzig Jahre alte Frau in einer Smokingjacke, hochhackigen Schuhen und Minishorts aus Pailletten um ihre Handys und die Autoschlüssel. Ihre festen Brüste waren völlig nackt, und zwei Piercings schmückten ihre Brustwarzen.

»Wir werden Ihnen Ihre Sachen später am Ausgang zurückgeben«, erklärte sie mit ausgesuchter Höflichkeit. »Elektronische Geräte sind hier nicht erlaubt. Was in der Villa Roissy geschieht, bleibt unter uns.«

Die Anspielung auf den berühmten Roman *Die Geschichte der O* und die spärliche Bekleidung der Empfangsdame gaben Nora einen Vorgeschmack auf das, was noch kommen könnte. Sie beschloss, sich auf das Abenteuer einzulassen, oder besser gesagt: Es war schon zu spät für einen Rückzieher. Sie betraten das Haus, und es verschlug ihnen die Sprache.

Der Ort des Geschehens war eine völlig verrückte Mischung aus allen möglichen Barock- und Rokokodekorationen, die man sich nur vorstellen konnte. Die Louis-quinze-Sessel teilten sich den Raum mit Biedermeier-Kommoden; die Wände zierten in Pastelltönen gehaltene Tapeten, die hocherotische Szenen mit Satyrn, Faunen und anderen mythologischen Wesen zeigten, von deren Existenz Nora bisher nicht die geringste Ahnung gehabt hatte.

Marmorne Figuren stellten kleine Engel mit riesigen Penissen dar, von denen einige sogar vergoldet waren. Man sah nackte Venusstatuen mit überdimensionierten Geschlechtsteilen und Brüsten, die eher in die Zeit einer Pamela Anderson passten.

Mitten im Raum stand ein Brunnen mit einem pinkelnden Engel, aus dem Champagner sprudelte, in dem sich zwei nackte Zwillingsschwestern tummelten. Sie rieben sich obszön an der Figur und schoben ihre Möse direkt über die Stelle, aus der die Flüssigkeit hervorbrach, eine artistische Masturbationsübung von geradezu ästhetischer Qualität.

Nora war total fasziniert.

Sie hatte, wie fast jeder, *Eyes Wide Shut* gesehen, und ihr hatte der Film nicht besonders gefallen, bis auf die Festszene. Man hatte ihr erzählt, dass es diese Gesellschaften gab. Aber immer war es »der Freund eines Freundes von einem Freund« gewesen, der die Sache bezeugen konnte. Natürlich hatte sie niemals daran gedacht, dass man so etwas in der Stadt, in der sie lebte, finden würde.

Eine echte Rothaarige wie sie, mit Kontaktlinsen in Form von Schlangenaugen und Stiefeln aus der Haut einer Pythonschlange als einzige Kleidung, näherte sich ihnen mit zwei Gläschen Tequila, die Nora und Xavier dankbar annahmen. Sie gab ihnen die Gläser und zwei Stückchen Zitrone, aber das Salz streute sie auf die Spitze ihrer Brustwarzen. Nora glaubte, noch einige Schnäpse mehr trinken zu müssen, bevor sie sich auf dieses Spielchen einließ, und entschied sich, den Tequila einfach runterzukippen und dann eine kleine Runde zu drehen, um Xavier nicht zu kompromittieren.

Außer dem Brunnen-Spektakel gab es noch weitere Szenen zu bestaunen. In einem riesigen Glas, das mit einer transparenten Flüssigkeit gefüllt war, die aussah wie Dry Martini, masturbierte eine zierliche, kahlköpfige Frau mit einem Vibrator, der Nora viel zu groß erschien. Zwei beeindruckende dunkelhaarige Schönheiten leckten sich gegenseitig, während sie an einem Trapez ihre Nummer aufführten.

Auf einem Laufsteg, der durch den ganzen Raum ging, legte ein Mädchen mit einer Albino-Schlange auf den Schultern einen Striptease hin. In einer anderen Ecke führte eine ältere Frau von makelloser Schönheit in einem Latexanzug mit militärischem Anstrich einen leicht übergewichtigen Mann an einem Lederriemen umher. Er versuchte verzweifelt, ihr die Stiefel zu lecken, was sie mit Fußtritten beantwortete, die ihn nur noch weiter ermunterten.

Aber es gab nicht nur halb nackte Frauen, die entschlossen waren, jede Fantasie Wirklichkeit werden zu lassen. Die großartigsten männlichen Körper, die Nora je gesehen hatte, wiegten sich in den Hüften und tanzten aufreizend zwischen den Gästen herum. Sie verteilten Sushistücke direkt in den Mund und boten sie auch auf ihren Schambeinen an, die so gut rasiert waren, dass es den Anschein erweckte, als ob sie nie behaart gewesen wären.

Nora stieß wieder zu Xavier, der schon ein Glas Champagner in der Hand hielt und auch ihr eins anbot.

»Wollen wir mal in die anderen Zimmer schauen?«, schlug sie ihm vor. Sie war neugierig, was sich wohl alles hinter den Türen verbarg, die von dem großen Salon ausgingen.

Xavier zögerte nicht lange und ergriff ihre Hand. Im Vorbeigehen schnappte sich Nora zwei weitere Tequila, ohne Salz und Zitrone, direkt vom Tablett. Sie hatte das Gefühl, dass sie sie jetzt brauchte.

Das Mädchen mit den salzigen Brustwarzen verzog keine Miene.

Im ersten Zimmer, das sie betraten, fungierte ein halbes Dutzend japanischer Mädchen, die einen extrem jungen Eindruck machten, als Teller, während die gleiche Anzahl von Männern Schlagsahne von ihren verschiedenen Körperteilen löffelte. Eines der Mädchen, das Nora für einen Moment lang anschaute, blickte so gelangweilt drein, dass Nora zu ahnen begann, was sich hier abspielte: Die ganze Sache war eher ein Geschäft als ein privates Fest mit orgiastischem Anstrich.

Als sie sich noch einen Tequila holen wollte, bemerkte sie, dass Xavier verschwunden war. Es war klar, dass er sie nicht als seine Freundin mit auf das Fest genommen hatte, sondern einfach als Begleitung. Das fand Nora geradezu fantastisch.

Sie setzte ihren Rundgang fort und beobachtete neugierig das unterschiedliche Verhalten der Teilnehmer. Es wurde ihr schnell klar, wer hier zum Arbeiten hergekommen war und wer sich bearbeiten lassen wollte. Ihr Verhalten, aber auch ihr körperliches Aussehen verriet sie.

Aber Nora hatte noch nichts gesehen, was sie in diesem pornografischen Moulin Rouge besonders beeindruckt hätte. Zumindest nichts, was sie genügend heiß gemacht hätte, um ans Vögeln, Lecken oder Geleckt-werden zu denken. Sie nahm eine Peitsche und schlug, eher aus Pflichtgefühl denn aus Wollust, eine kleine Blondine, die sie darum gebeten hatte, und machte sich dann schnell aus dem Staub.

In einem anderen Zimmer tanzten zwei fast nackte Jungen. Sie trugen nur schwarze Unterhosen im klassischen Stil und ein Paar Converse. Nora gefiel dieser leichte Rock-'n'-Roll-Stil unter all den Zirkusnummern am besten, und sie blieb, um zu sehen, was passierte.

Die beiden Jungen sahen sich so ähnlich, dass sie Brüder hätten sein können, was man allerdings von den meisten Männern behaupten konnte, die sich durch die Räume bewegten. Sie hatten die unglaublichsten Körper, die Nora je gesehen hatte, sie schienen wie mit Photoshop gemacht, eine einzige Lüge. Solche Männer kannte Nora nur aus schwulen Pornofilmen, die sie bei Henrik gesehen hatte.

Die zwei Jungen kamen auf sie zu, Nora wollte weglaufen, entschied sich dann aber anders. Sie fingen an, um sie herumzutanzen, sie zu streifen und sich an ihr zu reiben. Obwohl sie geschworen hätte, dass es ihr nichts ausmachen würde, wurde sie doch leicht nervös. Eilig verließ sie das Zimmer, auf der Suche nach einem Drink.

Im nächsten Zimmer traf sie Xavier wieder. Er saß auf einem Sofa inmitten zweier Mädchen, die Korsetts und Perücken aus der Zeit König Edwards trugen. Ihre Gesichter waren weiß gepudert. Er ließ sich von ihnen streicheln und hatte seine eigenen Hände zwischen den Beinen der beiden Schönen vergraben. Als er Nora eintreten sah, ließ er von ihnen ab.

Nora lächelte, lehnte sich an die Wand und gab ihm mit einer Geste und einem Augenzwinkern zu verstehen, dass er ruhig weitermachen sollte. Sowohl Xavier als auch seine zwei Gespielinnen ließen sich nicht lange bitten. Die Mädchen schienen entzückt zu sein, dass ihr Partner ein attraktiver Mittdreißiger und kein alter Mann war, und widmeten sich ihm mit vollster Konzentration.

Während die eine ihm das Hemd aufknöpfte und ihm die Brust leckte, streichelte die andere ihm über die sich spannende Hose in seinem Schritt. Nora, die mit einem Drink nur zwei Meter entfernt stand, geilte sich daran auf und war von sich selbst überrascht.

Während eines der Mädchen das Geschlecht der anderen streichelte, öffnete diese den Reißverschluss von Xaviers Hose. Nora bemerkte, dass sie Gefallen an der Szene fand, aber sie verspürte keine Lust, ins Geschehen einzugreifen. Es war schön, drei jungen und anmutigen Körpern dabei zuzuschauen, wie sie sich der Lust hingaben. Es war erregend, wie Xavier sie anschaute, während eine andere Frau ihm den Schwanz lutschte. Das andere Mädchen, ausgestreckt auf dem Sofa liegend, befriedigte sich selbst, während Xavier ihr die Brustwarzen rieb.

Nora betrachtete die Szene nicht länger als fünf Minuten, in denen Xavier Nora ununterbrochen anschaute. Sie spürte, dass ihre Anwesenheit Xavier in seiner Entfaltung hinderte, und so beschloss sie, den Raum zu verlassen.

Obwohl sie niemanden angefasst und auch niemand sie berührt hatte, erfuhr sie eine Art von Lust, die sie bisher nicht gekannt hatte.

Und nun, wo sie auf den Geschmack gekommen war, wollte sie natürlich mehr.

Sie nahm sich einen weiteren Drink (mittlerweile hatte sie schon etliche getrunken) und ging zurück in das Zimmer mit den Jungen, die sich im Rhythmus der Musik wiegten. Sie waren immer noch allein.

Als sie wieder auf Nora zukamen, um mit ihr zu tanzen, strich Nora mit den Fingerspitzen über ihre muskulösen Körper. Sie schienen griechische Götter zu sein, zu perfekt, um wahr zu sein. Sie versuchten erneut, sich an sie zu schmiegen, aber Nora nahm die Hände der beiden und legte sie ineinander.

Sie ermunterte sie, enger miteinander zu tanzen, und dann küssten sie sich. Sie küssten sich wie wild, sie verzehrten sich mit Küssen. Dies war die echteste sexuelle Beziehung, die Nora auf dem ganzen Fest gesehen hatte. Sie lehnte sich, mit dem Drink in der Hand, wieder gegen die Wand.

Die Jungen schauten mit flehenden Augen zu ihr hinüber, als ob sie sie um Erlaubnis bitten wollten, das tun zu dürfen, wonach sie sich lustvoll sehnten.

Und Nora gestattete es ihnen.

Der Schlankere von beiden ging in die Hocke und berührte sanft das beeindruckende Glied, das sich unter dem Slip seines Tanzpartners abzeichnete – seines Tanzpartners, seines Intimfreundes oder vielleicht sogar seines Lebensgefährten. Vorsichtig zog er ihm den Slip herunter, und während er ihm mit unendlicher Zärtlichkeit in die Augen schaute, begann er, ihn mit dem Mund zu befriedigen. Gierig nahm er den Schwanz tief in den Mund, und Nora spürte, dass auch sie kaum noch Luft bekam.

Mit der rechten Hand streichelte er ihm den Hodensack. Kurz vor dem Orgasmus presste sein Partner den Kopf noch fester auf seinen Schwanz.

In keinem Moment hörten sie auf, sich in die Augen zu schauen, nicht einmal dann, als der eine dem anderen in den Mund spritze.

Was Nora gerade sah, war kein Sex, sondern Liebe. Plötzlich fühlte sie sich fehl am Platz. Sie verließ das Zimmer, schlug die Tür hinter sich zu und ging auf die Toilette.

Die Verrückte, die während einer Orgie aufs Klo geht und sich selbst befriedigt, das bin ich, dachte sie, kurz bevor es ihr kam. Sie wusste nicht genau warum, aber sie hatte große Lust, das Fest sofort zu verlassen. *Ich vermute, dass es so ähnlich ist, wenn man sich einen Pornofilm weiter anschaut, obwohl man schon einen Orgasmus hatte. Der Reiz ist weg. Warum sollte man sich den Film also weiter ansehen?*

Auf dem Weg zur Tür traf sie Xavier, der sich auch ein wenig unbehaglich – oder befriedigt – zu fühlen schien und das Fest verlassen wollte. Anstatt direkt zu sich nach Hause zu fahren und als Entschuldigung vorzubringen, dass man auf dem Born nur schwer einen Parkplatz bekäme, fragte Xavier sie, ob sie ihn in ihre Wohnung einladen würde. Nora war überrascht und stimmte zu.

Während der Fahrt waren beide zunächst ziemlich schweigsam und nachdenklich, doch dann erzählten sie sich, was sie gesehen hatten, lachten und fühlten sich wie zwei Kinder, die einen Streich begangen hatten. In Noras Wohnung angekommen, aßen sie etwas und gingen ins Bett. Xavier umarmte sie von hinten, so wie er es noch nie getan hatte. Nora spürte zum ersten Mal eine echte Vertrautheit und Zuneigung. Sie drehte sich um und küsste ihn, so wie sie sich bisher noch nie geküsst hatten. Aufrichtig und zärtlich. Sie liebten sich ohne Eile, aber mit Energie und Leidenschaft, wie ein Liebespaar, das alle Zeit der Welt hat. Schließlich fragte Xavier sie, ob er in ihr kommen dürfte, was er nie vorher gemacht hatte, und Nora, am Rande der Ekstase, gewährte ihm den Wunsch nur allzu gerne. Es war der krönende Abschluss eines Festes, der mit einer solchen Wucht über beide hereinbrach, dass sie schon wenige Augenblicke später einschliefen.

Als Nora aufwachte, war Xavier verschwunden. Sie fand es merkwürdig, dass er nach einer solchen Nacht nicht geblieben war, um ihr weiter den Hof zu machen, um mit ihr zusammen zu frühstücken; *aber so sind die Männer,* dachte sie, *undurchschaubar.*

Auch in den nächsten Tagen gab es kein Lebenszeichen von ihm, aber sie maß dem keine besondere Bedeutung zu. Sie war nicht mit ihm liiert, sie riefen sich auch nicht jeden Tag an, aber sie gestand sich ein, dass sie seit jener Nacht andere Gefühle für ihn hatte. Ihr Leben ging weiter, sie fuhr zur Arbeit, aß aufgewärmte Pizza, stieß morgens um vier im Fernsehen auf einen Film von Truffaut, der schon längst angefangen hatte, arbeitete ein Weilchen an ihrem Drehbuch.

Fünf Tage später, gerade bevor sie zur Arbeit gehen wollte, erhielt sie eine Mail.

VON: Xavier Dalmau
BETREFF: Dein Film

Noch bevor sie die Mail öffnete, hatte sie ihn in Gedanken schon viermal umgebracht.

Das wird doch wohl nicht wahr sein?, fragte sie sich.

Sie öffnete die Mail.

Hallo, Nora. Ich weiß, ich hätte es anders machen müssen, aber ich bin ein Feigling, und du machst mir Angst. Sehr viel Angst. Neulich, nach der schönsten Vögelei meines Lebens, habe ich, bevor

ich ging, das Drehbuch deines Films auf meinen USB-Stick kopiert. Es ist nicht nur gut, es ist ausgezeichnet. Du hast mir keine andere Wahl gelassen. Nicht nur, dass du es mir nicht zeigen wolltest, du hast noch nicht einmal mit mir darüber reden wollen. Ich sehe dich ständig im Stillen und allein daran arbeiten, und immer denke ich, ich möchte dir helfen. Ich habe es nicht für mich getan, sondern für dich. Du musst diesen Film machen. Ich habe mit einem Bekannten gesprochen, einem englischen Produzenten (wenn ich dir sage, wer es ist, flippst du aus), er ist sehr angetan von dem Projekt. Er will es machen, am liebsten sofort. Und er hat Kohle. Ich glaube, es ist eine gute Gelegenheit. Die darfst du dir nicht entgehen lassen.
Hasse mich bitte nicht, schrei mich nicht an und bring mich nicht um.
Und ruf mich an.
In dieser Reihenfolge.
Kuss,
X. D.

P.S. Was für ein Fick neulich, oder? Awesome!

Nora öffnete die Tür und verließ die Wohnung, völlig geschockt. Sie konnte sich nicht einmal mehr hinsetzen, um die Sache zu verdauen, sonst würde sie zu spät zur Arbeit kommen. Als sie schon im Aufzug stand, hellten sich ihre Gesichtszüge plötzlich auf, und sie drehte wieder um.

Sie betrat erneut ihre Wohnung, legte die drei CDs von Sonic Youth ein, drehte die Lautsprecher zur Wand und drückte die Play-Taste.

Die ersten Akkorde einer ihrer Lieblingssongs dröhnten, dass die Wände wackelten, als ob sie aus Pappe wären.

Jetzt aber, dachte sie, *jetzt aber …!*

KAPITEL 7

Insomnia

In letzter Zeit träumte Nora nicht mehr. Um träumen zu können, ist es unabdingbar, dass man schläft, und sie hatte schon lange nicht mehr geschlafen. Wenigstens nicht so, wie die meisten Menschen es gewohnt sind: erholsam und unter völliger Abschaltung des Bewusstseins.

Wenn sie sich in ihr superbequemes Bett legte und ihre Muskeln sich zu entspannen begannen, ihr die Augen zufielen und der Körper sich aufs Ausruhen einstellte, übernahm ihr Gehirn die Zügel und fing an, wie wild zu arbeiten.

Es fand die ideale Lösung, um eine schon vor ein paar Monaten gedrehte Szene, die Nora damals nicht völlig überzeugt hatte, zu retten. Anstatt sich darüber zu freuen, ärgerte sie sich, dass ihr diese Verbesserung nicht schon damals eingefallen war. Statt erleichtert mit dem Gedanken *Ja, jetzt hab ich's!* in die Kissen zu sinken, stresste sie die Angst, dass sie die Idee wieder vergessen könnte. Und in ihrer krankhaften Besessenheit verscheuchte sie den Schlaf gleich ganz.

Als ihr Körper sich schließlich ergab, in jeder Hinsicht erschöpft, bewirkte die Muskelverspannung Krämpfe, die sie senkrecht im Bett stehen ließen. Nicht einmal ihr angesehener Physiotherapeut, der ihr achtzig Euro für eine Sitzung abknöpfte, fand eine Erklärung, geschweige denn eine Lösung für das Problem.

Nur hin und wieder, wenn sie auf ihrem Sofa von Santa & Cole lag, den schnurrenden, nackten Kojak auf dem Schoß und ein paar Gläser Rotwein intus, der Fernseher im Hintergrund ein weißes Rauschen produzierte und ihr Gehirn auf Stand-by stand, verschaffte ihr eine Siesta von zwei oder drei Stunden ein echtes Gefühl der Erholung, so wie sie es von früher kannte. Und anstatt sich beim Aufwachen darüber zu freuen, dass sie endlich einmal gut geschlafen hatte, erinnerte sie sich mit Wehmut an die Zeiten, in denen sie nächtelang Leute bedient hatte, mit denen sie jetzt ausging, um sich bedienen zu lassen. Damals war sie hundemüde ins Bett gefallen und eingeschlafen, sobald ihr Kopf auch nur das Kissen berührte.

Und dann fiel ihr ein, dass diese Zeiten noch gar nicht so lange her waren.

Ein Gefühl, das auf halbem Weg zwischen dem größten Erfolg und der bittersten Niederlage lag, nistete sich bei ihr ein.

Noras Leben hatte eine vor Kurzem noch undenkbare Wendung genommen, und von außen betrachtet würde man ihre Karriere als »kometenhaften Aufstieg«, »Realität gewordenen Traum« oder als »ein Leben wie im Film« bezeichnen. Aber ihr war die Sache, wie immer, nicht ganz geheuer. Ihr selbstkritischer Geist ließ sie all ihre Erfolge nicht richtig genießen, im Gegenteil: Im gleichen Maße, wie ihre Erfolge zunahmen, wurde sie immer unnachsichtiger mit sich selbst.

Dass sie Zweifel daran hatte, ob die Dreharbeiten und die Postproduktion des Films gut oder schlecht waren, hielt sie für ganz normal bei einer Regisseurin wie sie, die relativ neu im Geschäft war. Keine Erfahrungswerte zu haben, um zu wissen, ob die Sache auf dem rechten oder falschen Weg war, nervte sie besonders. Sie tat sich schwer, jemanden zu fragen oder um Hilfe zu bitten, und das machte die Angelegenheit nicht besser.

So grübelte Nora vor sich hin. Sie lag mit über der Brust verschränkten Armen im Bett, ließ ihr Leben Revue passieren und wartete auf den Schlaf, der viel zu spät kommen würde (wenn er denn überhaupt kam).

Xavier Dalmau drehte sich zu ihr um, murmelte im Schlaf ein paar unverständliche Worte, rollte wieder zurück und schlief weiter.

Die Digitaluhr auf dem Nachttisch zeigte 2:47 Uhr an. Wie jede Nacht blickte Nora auf die Leuchtziffern und dachte zum x-ten Mal, dass sie die Uhr am nächsten Tag in die Abstellkammer verbannen würde – schließlich benutzten sie beide ihre Handys als Wecker –, aber aus dem einen oder anderen Grund tat sie es doch nie.

So stand die Uhr da, wo sie war, und erinnerte sie daran, wie unerbittlich die Zeit voranschritt, an die Minuten, die sie nicht zum Schlafen nutzte und die sie am nächsten Morgen nicht mit der Bitte um »nur noch fünf Minuten« nachholen konnte. Die Arbeitstage der Postproduktion waren lang, hart und erschöpfend. Da sie mit diesem Teil der Herstellung eines Films am wenigsten vertraut war, fiel es ihr ungeheuer schwer, Ergebnisse zu erzielen, die sie hundertprozentig zufriedenstellten, obwohl sie von fabelhaften und erfahrenen Leuten umgeben war. Wie schon bei den Dreharbeiten sah sie sich einer männlichen Welt gegenüber, in der die Techniker die subtilen Hinweise einer Frau so lange nicht wahrnahmen, bis sie diese in direkte Anweisungen umwandelte. Auf Anregungen ihrerseits wie »Wir könnten vielleicht Folgendes probieren« oder »Was haltet ihr davon, wenn ...« wurde überhaupt nicht reagiert. Erst wenn sie wie ein Macho auftrat, passierte etwas.

Xavier drehte sich wieder um und sagte, diesmal ganz deutlich: »Einen Rioja, bitte.«

2:50 Uhr.

Vielleicht lag die Lösung für ihre Probleme ja in den Worten ihres Partners, dachte Nora, stand auf und ging in die Küche, um die gut sortierten Weinvorräte des Hauses zu plündern.

Das jetzt auch ihr Zuhause war.

Das zu sagen oder zu denken, kam ihr komisch vor, aber so verhielt es sich mittlerweile. Vor einigen Monaten, als ihre Beziehung schon mehr als fest war (obwohl keiner von beiden jemals behauptet hatte, dass sie ein »Paar« wären), bat Xavier sie, ihn zu heiraten.

Mit Sinn für Humor und als Ausdruck beispielhaften Feingefühls schenkte Xavier ihr keinen Diamantenring von der Größe einer Trüffel, sondern eine einfache Kette mit einem Anhänger in Form einer Filmklappe, auf der das Wort »AUFNAHME!« stand – verpackt in einem Schmuckkästchen.

Nora küsste ihn, akzeptierte die originelle Halskette und wies den Heiratsantrag zurück (»zumindest im Moment«), aber sie sagte ihm, dass sie zusammenziehen könnten. Nora hatte sich also in den letzten Monaten, ohne viele Worte darüber zu verlieren, im Haus von Xavier eingerichtet und empfand Schuldgefühle gegenüber ihrem Kater Kojak, den sie zu neunzig Prozent der Zeit in ihrem Loft allein ließ. Kojak fühlte sich tatsächlich im Stich gelassen und zeigte es ihr, ohne dass es ihm peinlich gewesen wäre, indem er ans Sofa oder auf Noras Kopfkissen pinkelte. Nora beschränkte sich darauf, alles zu säubern, ohne einen Pieps zu sagen, und übernahm klaglos die Rolle der schlechten Mutter.

Aber jetzt stand sein Katzenklo im Bügelzimmer des Hauses, und den Sand wechselte alle zwei Tage eine philippinische Hausangestellte in einer Uniform, die Nora dermaßen imponierte, dass sie es vermied, sie anzusprechen, weil sie spürte, dass sie es nicht mit der gleichen Förmlichkeit tun konnte, mit der die Angestellte sie anredete. Ohnehin hatte Nora die größten Schwierigkeiten, ihren Namen richtig auszusprechen.

Obwohl die Anzahl der Quadratmeter, über die Kojak jetzt verfügte, um herumzutollen und Mäuse aus Plüsch zu jagen, sich exponentiell vergrößert hatte, schien er nicht glücklich zu sein in dem Haus. Er freute sich, wenn Nora kam, und schmuste mit ihr, aber vermied es um jeden Preis, seinen Lebensraum mit Xavier zu teilen. Er zeigte ihm seine Verachtung auf jede erdenkliche Weise. Zwischen diesen zwei Jungs in ihrem Leben stimmte die Chemie überhaupt nicht, scherzte Nora des Öfteren, was Xavier ziemlich verärgerte, denn er hatte Nora den Kater schließlich geschenkt.

Als Kojak nun hörte, dass jemand den Flur entlanglief, unterbrach er seinen leichten Nachtschlaf, um in Erfahrung zu bringen, was los war. *Den Tiefschlaf sparen sie sich für den Tag auf und zucken nicht einmal mit der Wimper, wenn du dich morgens um sieben fertig machst, um in die Kälte hinauszugehen,* dachte Nora. Als er sie sah, kam er näher und wälzte sich auf dem Parkett, das dank einer Fußbodenheizung stets eine behagliche Wärme ausstrahlte.

Er strich Nora um die Füße, während sie eine angebrochene Flasche Rotwein suchte. Xavier schlief tief und fest, und Nora schenkte sich großzügig ein Wasserglas voll. Sie setzte sich in einen Sessel in ihrem Arbeitszimmer, denn in dem mehr als fünfzig Quadratmeter großen Salon war es nicht besonders gemütlich, wenn man allein war und fast schon das Echo seiner Gedanken hören konnte. Kojak folgte ihr, sprang auf ihren Schoß und verlangte ihre ganze Aufmerksamkeit.

Bis zur Premiere des Films waren nur noch wenige Wochen Zeit, und es mussten noch alle möglichen Entscheidungen getroffen werden, von der typografischen Gestaltung des Abspanns, der letzten Überarbeitung des Plakats bis zur Montage des Filmendes, für das sie drei verschiedene Alternativen gedreht hatten.

Sie ging in die Küche zurück, füllte sich den Rest aus der Flasche ins Glas und holte sich ihren Laptop, um Mails zu beantworten, die schon vor Tagen eingegangen waren.

Die Uhr auf dem Computer zeigte 3:12 Uhr an.

Unter den zweiundsiebzig ungelesenen Mails, die sie angezeigt bekam, war eine, die ihr Herz höher schlagen ließ. Sie kam von Henrik, den sie nur einmal getroffen hatte in den letzten eineinhalb Jahren, seit er nach Berlin gezogen war.

Sie vermisste ihn sehr, aber Nora war völlig in der Arbeit an ihrem Film aufgegangen, seitdem Xavier ihr auf niederträchtige Weise das Drehbuch entwendet hatte und die Dreharbeiten begonnen hatten. Diesen Diebstahl – das hatte sie ihm unmissverständlich klargemacht – würde sie ihm nie verzeihen. Henrik war bis über beide Ohren damit beschäftigt gewesen, für das Reisebüro das spezielle Angebot für Schwule auszuarbeiten, und hatte folglich auch wenig Zeit gehabt. Aber zwischen dem Ende der Dreharbeiten und dem Beginn der Montage hatte sich ein freies Wochenende aufgetan, an dem sie ihren Freund besucht hatte. Das Wiedersehen war wunderbar, sie verbrachten die zwei Tage mit Klatsch und Tratsch, umarmten sich und versicherten sich gegenseitig, wie nötig es war, sich wenigstens alle zwei oder drei Monate zu sehen.

Mittlerweile waren neun Monate vergangen.

Ein beispielloser Erfolg, unser Plan, dachte sie ironisch, während sie die Mail ihres Freundes öffnete. Henrik schrieb ihr mehr oder weniger immer das Gleiche: dass Berlin »the place to be« wäre, dass er einen Jungen kennengelernt hätte, der ihm gefiel, dass er viel arbeitete, dass er sie vermisste und jeden Tag an sie dachte. Zum Schluss erwähnte er, dass das Reisebüro möglicherweise eine Filiale in New York eröffnen wolle und ihn deshalb für einen Monat hinschicken werde, um das Terrain zu erkunden.

»Ich bin noch nie in den USA gewesen und habe einen Heidenrespekt vor diesem Land. Ich habe keine Ahnung, ob sie uns Europäer überhaupt verstehen. Und mich vielleicht erst recht nicht, da ich ja eine unmögliche Mischung aus Skandinavier und Südländer bin. Glaubst du, dass es mir gefallen wird? Werden sie mich anständig behandeln? Oh, antworte, du Orakel mit den feuerroten Haaren!«

Jetzt spielt er auch noch den Kasper, dachte Nora und musste lachen.

Sie schrieb ihm eine lange und ausführliche Mail zurück. Sie erzählte ihm von ihren Ängsten und Zweifeln, versuchte, ihn hinsichtlich seiner zu beruhigen, erinnerte ihn an gemeinsame Erlebnisse, damit er sich ihr näher fühlte und um die mehr als tausend Kilometer zu überwinden, die sie trennten. *Manchmal bewir-*

ken die richtigen Worte, dass der andere glaubt, du seist im Zimmer nebenan, dachte sie und bemühte sich, dieses Gefühl in ihm zu erzeugen.

Sie klickte auf »Senden«.

Und schon war es 4:32 Uhr.

Obwohl sie nicht schlafen konnte, musste sie eigentlich ins Bett gehen, sonst würde sie in knapp drei Stunden, wenn der Wecker klingelte, fix und fertig sein. In einem letzten Versuch, die Müdigkeit herbeizuzwingen, schaute sie sich ein Lesbenvideo im Internet an und befriedigte sich selbst. Obwohl im richtigen Leben ihre Ausflüge in lesbische Gefilde nicht gerade berauschend gewesen waren, gefielen ihr diese Szenen im Porno jedes Mal besser: Es gab keine weibliche Unterwürfigkeit, kein Sperma im Gesicht der Mädchen, sie waren auch keine Dummerchen, die für jeden Mechaniker/Pizzaboten/Installateur oder wer gerade da war, die Beine breit machten. Im besten Fall – wenn die Protagonistinnen keine normalen Pornodarstellerinnen waren, mit Botox vollgespritzt und Fingernägeln, die um die vaginale Unversehrtheit ihrer Partnerinnen fürchten ließen – hatte die Szene einen realistischen Aspekt, und Nora befriedigte sich in Rekordzeit.

»Warum sieht man in den Hetero-Pornos nur Szenen, die von Männern dominiert sind?«, fragte Nora Xavier jedes Mal (was nicht oft vorkam), wenn sie einen Pornofilm einlegten und sahen, wie ein Nacho Vidal in den Mund seiner Partnerin abspritzte. »Ich würde mir gerne Filme ansehen, in denen Mann und Frau auf gleicher Augenhöhe miteinander umgehen, und ich glaube, anderen würde es auch gefallen. Wir sollten in der Richtung mal was unternehmen.«

Xavier versuchte ihr dann immer zu erklären, dass der Porno eine andere Funktion hätte als ein normaler Film, und bat sie inständig, von diesem »Unsinn« die Finger zu lassen. Aber Nora ließ sich nicht so schnell abbringen von bestimmten Ideen, die sie sich in den Kopf gesetzt hatte, und dachte weiter darüber nach.

Sie startete den Film und bekam ihren Orgasmus, als die Uhr 4:36 anzeigte. Bevor sie den Computer ausschaltete, löschte sie den Verlauf. Xavier schaute zwar nie in ihren Computer, aber einige Stunden vorher hatte sie nicht mit ihm vögeln wollen und Nackenschmerzen vorgeschoben, die sie wirklich hatte. Dann ging sie ins Bett zurück.

Sie kroch mit geschlossenen Augen unter das Federbett, um die digitale Drohung auf dem Nachttisch nicht sehen zu müssen, die ihr mitteilte, dass sie am nächsten Morgen ein menschliches Wrack sein würde, das nicht einmal eine Wanne voll Caffé ristretto wieder flottmachen könnte.

Als sie aufwachte, war Xavier schon gegangen, der Akku ihres Handys war leer, und ihr Feind zeigte 9:23 Uhr an.

Na toll, dachte Nora. *Seit eineinhalb Stunden müsste ich schon bei der Montage sein. Eineinhalb Stunden. Glückwunsch, Nora. Dank an die Schlaflosigkeit.*

Nach einer Schnelldusche und ohne gefrühstückt zu haben, sauste sie mit tropfenden Haaren auf die Straße, um sich ein Taxi zu nehmen, das sie zur Arbeit brachte. Unterwegs hörte sie die sieben Nachrichten ab, die schon auf dem Anrufbeantworter eingegangen waren. Zwei von Matías, der sich Sorgen machte, weil sie nicht rechtzeitig erschienen und telefonisch nicht zu erreichen war.

Sie beantwortete keine von beiden, denn in zwei Minuten würde sie durch die Tür kommen. Man empfing sie mit gespieltem Ärger – es war das erste Mal, dass sie in all diesen Monaten der Postproduktion zu spät kam –, und Matías, der sie besser kannte als die anderen, bestellte ihr drei Kaffees »in Teetassen und ohne Zucker«.

Nora lächelte ihm zu und dankte ihm mit einer Handbewegung.

Sie hatten sich seit dem denkwürdigen Tag in dem Restaurant, wo sie ihm ein Glas Wein ins Gesicht geschüttet hatte, nicht mehr gesehen und auch nicht mehr miteinander gesprochen, bis sie sich aus beruflichen Gründen eines Tages wieder gegenüberstanden. Als es soweit war – Nora hatte sich mit einer Reihe von Übungen darauf vorbereitet, um ihre Gefühle unter Kontrolle halten zu können –, stellten sie beide fest, dass sie in beruflichen Dingen viel besser harmonierten als auf dem Terrain der Gefühle.

Von Beginn an funktionierten sie wie eine gut geölte Maschine, sie zogen an einem Strang, ergänzten sich und dachten wie ein Gehirn, das auf zwei Köpfe verteilt war.

Wenn Matías von dieser Situation auch überrascht war, so ließ er es sich nicht anmerken. Nora war total verblüfft, und der Rest des Teams glaubte nicht, dass sie zum ersten Mal zusammenarbeiteten. Xavier zeigte sich sehr neugierig hinsichtlich der Rolle, die der Argentinier bei dem Film spielte, aber darüber hinaus ging er mit seinen Fragen nicht.

Trotzdem wusste Nora aus Erfahrung, dass man mit dieser Situation vorsichtig umgehen musste, oder sie würde außer Kontrolle geraten. Xavier war ein Mann, der schwieg und dann, wenn man glaubte, dass alles vorbei war, ein Riesentheater veranstaltete.

Die Tatsache, dass sie nicht direkt verantwortlich war für die Mitarbeit von Matías an dem Film, nahm der Spannung zwischen Nora und Xavier ein wenig die Schärfe. In dieser Verhandlungshölle der Vorproduktion – auf die Nora in keiner Weise vorbereitet war, da sie für Ausreden, falsche Freundlichkeit und Bestechung nicht zu haben war – musste sie eine Reihe von Eingeständnissen machen, um von noch schmerzhafteren Kompromissen verschont zu bleiben. Eines der Dinge, die die Produktionsfirma durchsetzte, war Matías als Kameramann. So tauchte der Argentinier erneut in ihrem Leben auf.

»Das funktioniert immer so«, erklärte ihr Xavier, als Nora ihm mit entsetztem Gesicht von den Forderungen erzählte, die die zukünftigen Produzenten gleich beim ersten Gespräch auf den Tisch legten. »Jeder, der den Film mitfinanziert, will außer der zwanzigfachen Menge des Einsatzes auch sonst noch Nutzen aus dem Film ziehen. Es ist eine gängige Art und Weise, eine Geliebte glücklich zu machen, das Vertrauen eines Politikers zu gewinnen oder die Unterstützung eines Markennamens oder einer Institution für irgendein anderes Projekt zu bekommen. Es ist wie ein Spiel, in dem das größte Bestreben darin besteht, diejenigen zufriedenzustellen, von denen du möchtest, dass sie dich zufriedenstellen. Je eher du das verstehst, desto besser werden sich deine Dinge im Filmgeschäft entwickeln. Hier geht's vor allem ums Geschäft.«

Nora war so mutlos, dass sie Xavier nicht einmal wegen seines väterlichen Tons zurechtwies, sie war drauf und dran, das Projekt sofort aufzugeben.

»Schau mal, Nora. Ich werde dir nichts vom beruflichen Selbstmord erzählen, der die unweigerliche Konsequenz wäre, wenn du jetzt alles hinschmeißt. Ich appelliere an deine Neugier, und von der hast du eine ganze Menge. Wenn sie dich am ersten Tag so verblüfft haben, möchtest du dann nicht wissen, was beim zweiten und beim dritten Treffen passiert? Du hättest zumindest Material für einen neuen Film.«

Touché, dachte Nora, setzte ihr Pokerface als einzige Arbeitskleidung auf, die sie hatte, und gab Xavier zähneknirschend recht.

Und er hatte recht.

Die folgenden Treffen mit dem »Komitee der Weisen«, wie Nora es nannte, waren noch schwieriger.

Der Chefproduzent des Films war ein Engländer namens Jason Cullen, den Nora sehr schätzte, weil er in den letzten fünf Jahren eine schwierige Gratwanderung absolviert hatte: Seine Filme waren Kassenschlager und gleichzeitig auf den Festspielen erfolgreich. Aber Nora hätte sich nie vorstellen können, dass er dafür so viele Veränderungen an den Originalen hatte vornehmen müssen.

Der Engländer breitete eine ganze Palette von Konditionen vor ihr aus, um das Projekt voranbringen zu können. Xavier, der Nora angeboten hatte, sie als Berater zu begleiten, trat ihr fast das Schienbein blau, damit sie die Fassade wahrte, nachdem sie einige seiner Forderungen gehört hatte. Dank Xaviers Geschick schaffte Nora es, die Besprechung bis zum Ende durchzustehen, ohne jemanden aus dem Fenster zu werfen oder sich selbst hinauszustürzen.

Zwei Stunden später verließen die beiden das Büro des Produzenten in einem Gemütszustand, der vor allem in Noras Fall mehr als zu wünschen übrig ließ.

»Xavier, ich verstehe es ja, der Typ hat Ahnung, aber er will einen anderen Film machen«, sagte sie ihm bei einem Gin Tonic, den sie in der ersten Bar, die sie fanden, bestellte, weil sie ihn dringend brauchte, obwohl es noch nicht einmal Mittag war. »Da mache ich nicht mit. Hast du gesehen, was sie von mir verlangen? Das wäre nicht mehr mein Film, höchstens ein Remake von meinem Film! Da gehe ich lieber wieder kellnern. Ganz ehrlich, Xavier, so geht es nicht!«

Xavier lächelte mit einer solchen Selbstgefälligkeit, dass Nora ihn am liebsten geohrfeigt hätte.

»Also, *rouge*, machen wir mal Folgendes: Ich nehme mir den Nachmittag frei, wir gehen essen, trinken ein paar Gläser Wein, danach ein paar Drinks, und für den Rest des Tages lieben wir uns. Und morgen, wenn du alles wieder etwas klarer siehst, stellen wir eine Liste auf und schauen mal, was wir akzeptieren können und was für dich völlig unannehmbar wäre. Was hältst du davon?«

Es gefiel ihr.

Die Stimmung beim Essen war angespannt, zum größten Teil, weil Nora »das Thema« nicht ganz ruhen lassen konnte. Mit den Drinks lief es schon besser. Und gegen Abend hatte Nora »reichlich einen in der Krone«, wie sie Xavier wissen ließ, bevor sie ihn bat, jetzt zusammen nach Hause zu fahren, um mit dem vereinbarten Plan fortzufahren. Kaum angekommen, öffnete Xavier eine Flasche Wein und gab der Hausangestellten frei. Nora glaubte, dass diese sie missbilligend anschaute und sich bekreuzigte, bevor sie ging, aber der Eindruck konnte auch das Resultat ihrer trunkenen Fantasie sein.

Sie legten Musik auf, tanzten halb nackt durch den Salon und machten den Kamin an. Nora fühlte diese unbeschreiblichen Schmetterlinge flattern, die Xavier hin und wieder – aber leider nicht sehr oft – in ihr weckte, und sie ließ sich fallen, glücklich, es endlich einmal tun zu können. Sie gab sich ihm völlig hin, so als ob sie für einen Marathonlauf trainieren würde, sie setzte jeden Muskel ihres Körpers ein, um ihm gefällig zu sein, erinnerte sich an seine Lieblingsstellungen, sein Tempo und seinen Takt, an die Körperteile, die sie berühren, küssen oder kitzeln musste, damit der Funke übersprang. Dass sie sich nicht um ihr eigenes Vergnügen kümmerte und sich seinen Wünschen unterordnete, bewirkte, dass Nora die intensivsten Orgasmen der letzten Monate hatte.

Ist es das, was man verliebt sein nennt?, fragte sie sich.

Am nächsten Morgen hatte sie einen Kater und wunde Knie und Ellenbogen. Nach zwei Tassen Kaffee und zwei Ibuprofen erinnerte Xavier sie daran, dass sie noch etwas zu tun hätten, und Nora machte sich – wenn auch ohne große Lust – daran, das Versprechen einzuhalten.

Drei Stunden später und von etlichen Flüchen auf Schwedisch begleitet, waren die schmerzhaften Entscheidungen getroffen. Nora bat Xavier, ihr beim Abfassen einer Mail zu helfen, in der sie akzeptierte, dass die Produktionsfirma ihr eigenes Filmteam – mit Matías Falcetti – einsetzte und die Hauptrolle an die englische Schauspielerin, die Jason vorgeschlagen hatte, vergeben wurde. Außerdem akzeptierte sie sieben wesentliche Veränderungen am Drehbuch und stimmte dem Final Cut durch den Produzenten zu – was Nora am meisten wehtat.

Dafür »zöge sie es vor, aus Gründen, die die Qualität der Produktion beeinträchtigen könnten«, Sachen abzulehnen, wie die Filmmusik von einem »jungen und vielversprechenden Musikproduzenten«, dessen Profil bei Myspace schlichtweg haarsträubend war, oder die Verlegung der Handlung von Barcelona nach Valencia, auch wenn die dortige Stadtverwaltung ihnen alle erdenklichen Erleichterungen und einen Batzen Geld anbot.

Als sie den Gegenvorschlag schließlich abschickten, war Nora das Ergebnis schon fast egal. Sie war verärgert und desillusioniert, und als man sie anrief, um ihr zu sagen, dass man einwilligte und nun Termine besprechen könnte, hielt ihre Euphorie sich in Grenzen. Sie hatte in die Höhle des Löwen geschaut, und alles deutete darauf hin, dass es dort draußen in der Wildnis noch viel mehr Raubtiere gab, die darauf warteten, ihre Zähne in das schutzlose Schaf ihres Films zu schlagen.

Aber es ging vorwärts, und bei dem ersten Treffen mit dem Filmteam traf sie, wie zu erwarten war, auf Matías als Kameramann. Sie meisterte die Situation relativ gelassen, obwohl es in ihrem Inneren ganz anders aussah.

Es gab noch einen weiteren Grund, der Xavier – und in gewisser Weise auch Nora – hinsichtlich des Auftauchens von Matías beruhigte: Virginie, eine Französin mit einer übergroßen Hornbrille und dem gleichen Haarschnitt wie die Amélie aus dem Film von Jean-Pierre Jeunet.

Die Verlobte von Matías.

Seine *Verlobte*. So stellte er sie ihr vor.

Und als er es sagte, konnte er ihr nicht in die Augen schauen.

Nora bedrückte es, dass es diese Person gab und dass sie mit ihr Kontakt haben musste. Es war einfach unausweichlich während der Dreharbeiten, aber so erfuhr sie auch einiges über die Französin. Natürlich dachte sie nicht im Traum daran, Matías nach ihr zu fragen, obwohl sie vor Neugierde platzte, aber es hinderte sie nichts daran, mit Virginie zu plaudern, während sie in einem Pub saßen, in dem alle nach der Arbeit hingingen, und ein Glas Wein tranken. So erfuhr sie, dass sie in spanischer Literatur promoviert hatte und in Frankreich eine Expertin war, die eine ansehnliche Reihe von Studien über die Generación del 27 publiziert hatte – was nicht Virginie, sondern Google ihr verriet –, und dass sie nach Spanien dank eines Stipendiums des Instituto Cervantes gekommen war. Für eine Intellektuelle war sie ziemlich gesprächig und sympathisch, und Nora gelang es nicht, sie nicht zu mögen, obwohl sie es von ganzem Herzen versuchte.

Xavier stellte sich vom ersten Moment an auf die Seite von Virginie, die er als »ein reizendes Mädchen« bezeichnete und mit der er Unterhaltungen auf Französisch führte, in denen sie wiederholt seine perfekte Aussprache lobte. Nora wusste, dass die Gegenwart von Virginie ihn in seiner Rolle als latent besitzergreifenden Macho bestätigte, aber es war ihr nicht ganz klar, warum sie ihm so gut gefiel.

»Können wir anfangen, oder brauchst du noch mehr Kaffee?«, fragte Matías spöttisch. »Die anderen sind schon eine ganze Weile da.«

Sie bat erneut um Entschuldigung für die Verspätung, betrat den Raum und verbrachte die nächsten zehn Stunden damit, Szenen und Musik zusammenzuschneiden, damit daraus die Geschichte wurde, die sie erzählen wollte. Auf einem der Bildschirme sah sie Lola und lächelte. Ihre Gegenwart tröstete sie irgendwie.

Ihre Freundin verkörperte die ältere Schwester einer der Protagonistinnen des Films. Sie war die Besitzerin der Wohnung, in der alle lebten, und entwickelte sich im Laufe der Geschichte zu einer Art Mutter für die Jungs, obwohl sie nur vier Jahre älter war.

Lola war ein Volltreffer gewesen, denn die Figur ähnelte Lola sehr, sie hatte viel von ihrer Vertrauensseligkeit und Wärme, sodass Nora ihr vorschlug, es einfach einmal beim Casting zu versuchen, um zu sehen, ob es funktionierte. Der Casting-Chef hatte die Ähnlichkeit sofort bemerkt, und Lola stellte sich als eine Schauspielerin heraus, die alles spielen konnte, obwohl sie keine Ausbildung besaß. Sie konnte es immer noch nicht glauben und betörte das ganze Team mit ihrer Natürlichkeit und Ungezwungenheit, wodurch alle sich bei ihr wie zu Hause fühlten.

Dies war bei diesen Dreharbeiten von großem Nutzen gewesen, denn nicht alle machten es Nora so einfach wie Lola. Ihre Nerven lagen immer noch blank, wenn sie an die Ansprüche dieser englischen Popsängerin dachte, die die Rolle der Erasmus-Studentin einnahm. Vom ersten Tag an hatte sie keine Zweifel daran gelassen, dass sie in einer anderen Liga spielte, und forderte eine Garderobe für sich allein, doppelt so groß wie die, die andere Schauspieler sich teilen mussten. Und das war nur eine ihrer Forderungen, von denen eine absurder war als die andere. Obwohl sie kaum zwanzig Jahre alt war, trat sie mit den Allüren einer Hollywooddiva auf.

Frisch geschnittene weiße Rosen, ein importiertes Parfüm als Raumspray, ein Shake mit mehr als zehn Zutaten, der immer erst in dem Moment zubereitet werden musste, wenn sie ihn verlangte, waren einige der Extravaganzen, die ihr Agent schriftlich eingefordert hatte. Müßig zu erwähnen, dass fast niemand sie ausstehen konnte. Dem Rest der Besetzung – junge Leute, die sich gerne amüsierten – war es kein bisschen peinlich, derbe Witze über sie zu reißen, was den Fortgang der Arbeit manchmal erschwerte, denn sie reagierte mit beachtlichen Wutanfällen und drohte, die Dreharbeiten »mit diesen Idioten« einzustellen.

Ihre Angewohnheit, den Mitgliedern des Teams ständig um den Hals zu fallen, ging Nora reichlich auf die Nerven. Besonders dann, wenn die selbst ernannte Diva anfing zu lachen, wie eine Schwachsinnige »Ooohhh, myyy gooosh« schrie und sich Matías an die Brust warf, dem sie mehr als nur hübsche Augen machte.

Als genauso ärgerlich – wenn auch aus anderen Gründen – entpuppte sich ein junges Talent des Musiktheaters, ein junger Mann, der die Kritiker vom Fach verblüffte, aber in der Filmkulisse nicht so brillant war wie auf der Bühne. Er war krankhaft schüchtern – was der von ihm zu verkörpernden Rolle gut zu Gesicht stand, die auch nicht gerade ein Ausbund an Fröhlichkeit war –, und an dem Tag, als er eine Bettszene interpretieren sollte, fiel er in Ohnmacht, weil seine Nerven nicht mitspielten.

Nach drei Tassen Lindenblütentee und zwei Schokoladenriegeln war die Szene am nächsten Tag im Kasten. Als das gesamte Team ihm applaudierte, wurde der Junge wieder ohnmächtig.

Im Allgemeinen waren die Dreharbeiten an einem Film eine emotionale Achterbahnfahrt, bei der an einem Tag alles gut lief und am nächsten innerhalb von einer Minute alles den Bach runterging. Man musste schon ein großes Maß an Reaktionsvermögen, an Improvisation und Humor aufbieten, um es mit Anstand und Würde durchzuziehen. Und wie bei allem, half auch die Erfahrung. In dieser Hinsicht hatte sie Matías sehr viel zu verdanken, für den dies wirklich nicht der erste Spielfilm war. Er war stets an ihrer Seite und half ihr besonders in den schwierigsten Momenten. Die Spannung der ersten Tage verwandelte sich nach und nach in Kameradschaft, und während der Kaffeepausen gab

Matías ihr in einigen Dingen, wo sie nicht sicher war, wie sie sich entscheiden sollte, wertvolle Ratschläge.

Schwierige Momente gab es in Mengen, aber diese Phase war jetzt vorüber, und nun ging es an die Montage. Es hatte keinen Sinn mehr, über etwas nachzudenken, was sowieso nicht mehr zu ändern war, es sei denn, man unternähme eine Zeitreise oder hätte Zeit und Geld genug, um einige Szenen noch einmal zu drehen.

Nach einem weiteren elend langen Arbeitstag verabschiedete Nora sich von ihren Kollegen und rief Xavier an, um ihm zu sagen, dass sie unterwegs sei und er schon mal das Badewasser einlaufen lassen solle, denn sie wollte früh schlafen gehen. Wenn sie diese Nacht nicht schliefe, würde sie buchstäblich an Erschöpfung sterben, eine Möglichkeit, die durchaus existierte und über die sie in letzter Zeit im Internet einiges gelesen hatte.

Ein aufgewärmtes Abendessen vor dem Fernseher, das heiß ersehnte Bad und eine kurze Unterhaltung darüber, wie bei ihnen der Tag gelaufen war, und dann legten Nora und Xavier sich ins Bett, jeder auf seiner Seite und jeder mit seinem Buch.

Bevor sie noch die zweite Seite umschlagen konnte, fielen ihr die Augen zu, und sie schlief acht Stunden durch, begraben unter siebenhundert Seiten, ohne sich ein einziges Mal zu rühren. Als sie aufwachte, sah die Welt schon ganz anders aus.

Zum ersten Mal seit Monaten (oder vielleicht Jahren?) verzichtete sie auf ihre zwei Tassen morgendlichen Kaffees, frühstückte Toastbrot mit Butter und Marmelade und trank zwei Gläser Orangensaft. Während sie große Bissen verschlang, redete sie wie ein Wasserfall mit Xavier, der sie ungläubig anschaute, aber keine Fragen stellte, aus Angst, den Zauber zu durchbrechen und Nora wieder schlecht gelaunt wie immer am Tisch sitzen zu sehen.

Sie ging so früh aus dem Haus, dass sie die Strecke bis zum Filmstudio zu Fuß zurücklegte. Trotzdem war sie die Erste. Das verschaffte ihr gute Laune und schien ihr die richtige Art zu sein, die Geschehnisse des vorigen Tages vergessen zu machen. Außerdem erwartete sie ein harter Tag, sie mussten eine Szene fertig montieren, die aus kurzen Videosequenzen und Fotos bestand, in der eine der Protagonistinnen (die »Erasmus-Diva«) zeigte, wie eine einwöchige Reise in ihre Heimatstadt London verlaufen war. Nora nutzte inzwischen die Gelegenheit, um ihre Mails zu checken und etliche davon zu löschen, solche, in denen man ihr vorschlug, ihren Penis durch die Einnahme von blauen Wunderpillen zu verlängern oder sich eine goldene Nase zu verdienen, indem man sein Geld einem senegalesischen Investor lieh.

Einige Minuten später kam Matías.

Nora wurde immer dann nervös, wenn sie allein waren. Sie begrüßte ihn und tat so, als ob sie sich gerade einen Kaffee holen wollte, und hoffte, dass er sich nicht anbot, sie zu begleiten.

Natürlich begleitete er sie. Und während sie ein fürchterliches Gesöff in der Bar an der Ecke tranken, hatten sie zehn Minuten, um sich über Allerweltsthemen von gestern und heute zu unterhalten: das Wetter, den Fußball und die Wahlen in den Vereinigten Staaten.

Als er sich anbot, den Kaffee zu bezahlen, legte er ihr die Hand auf die Schulter, was sie sehr wohl registrierte. Außer den zwei unvermeidlichen Küssen, wenn sie sich in der Öffentlichkeit begegneten (bei der Arbeit begrüßten sie sich mit einem Kopfnicken), hatten sie sich seit dem unsäglichen Essen nie wieder berührt. Beide vermieden es.

Nora nahm die Einladung an, und während Matías bezahlte, ergriff sie die Gelegenheit, um auf die Toilette zu gehen. Ein Blick in den Spiegel bestätigte ihr, was sie schon wusste: Ihre Wangen waren gerötet, das Gesicht erhitzt, ihr Herz schlug schnell, und zwischen den Beinen spürte sie ein erregendes Ziehen. Als Matías sie, wenn auch nur leicht, mit der Hand berührt hatte, regten sich allerlei Gefühle von Neuem in ihr.

Das machte sie wütend und flößte ihr zugleich Angst ein.

Als sie den Arbeitsraum betrat, waren die anderen schon eingetroffen. Nach kurzer Zeit hatte sie die Begebenheit und das, was sie in ihr ausgelöst hatte, vergessen. Obwohl Nora ausgeschlafen und in blendender Stimmung war, gestaltete sich die Arbeit schwierig.

Eine gewisse Schwerfälligkeit hatte sich breitgemacht, was nicht zuletzt daran lag, dass es Freitag war und bei den meisten eine Mischung aus Feierlaune und Müdigkeit zu beobachten war.

Kurz nach halb acht fingen alle an, auf ihre Uhren zu schauen, zu telefonieren und SMS zu versenden. Nora beschloss, die Arbeit abzubrechen. *Es kommt doch nichts Vernünftiges mehr dabei heraus,* dachte sie resigniert.

Während die anderen ihre Jacken anzogen, ihre Sachen zusammenpackten und sich ihre Pläne für das Wochenende erzählten, beschloss sie, noch zu bleiben, um das Material für die Reiseszene zu sichten. Denn einerseits war es eher unwahrscheinlich, dass sie noch einmal eine Nacht durchschlafen würde, und andererseits hatte Xavier ihr Bescheid gesagt, dass er mit einigen Freunden, die Nora überhaupt nicht mochte, essen gehen würde. Also bot es sich an, die Zeit zu nutzen und ein wenig vorzuarbeiten.

Als sie ihren Kollegen sagte, dass sie noch bliebe, beschleunigten einige ihre Schritte und taten so, als ob sie nichts gehört hätten, andere boten sich zögerlich an, ihr zu helfen, und nur einer zog sich die Jacke wieder aus und setzte sich wieder hin.

Und dieser eine war Matías.

Als die Kollegen erleichtert das Weite suchten, dachte Nora daran, zu sagen, dass sie es sich anders überlegt hatte, um ebenfalls die Flucht zu ergreifen, solange noch Zeit war.

Aber sie tat es nicht. Sie suchten die entsprechenden Dateien heraus, öffneten sie und wählten einige der fast vierzig Miniclips und dreißig Standfotos aus, die sie für die Szene benutzen wollten. Als passende Stimmungsmusik ließ Nora von ihrem iPod über einen externen Lautsprecher den Song »London Calling« laufen.

Nora war von The Clash begeistert und ließ sich von der Musik mitreißen, die sie bei der Auswahl der Bilder geradezu inspirierte. Sie bemerkte gar nicht, dass der Song seit eineinhalb Stunden im Wiederholungsmodus lief, bis Matías sie anflehte, sie möge doch bitte, seiner geistigen Gesundheit zuliebe, das Gerät endlich abstellen.

»Wir könnten etwas zu essen bestellen, wenn wir hier noch weitermachen wollen«, schlug er vor und genoss die Stille. »Ich kenne da eine gute argentinische Pizzeria, die auch außer Haus liefert, was meinst du?«

Nora konnte und wollte nicht Nein sagen, denn sie starb fast vor Hunger. Eine gute halbe Stunde später standen zwei Pizzen alla diavola und eine Flasche Wein der billigsten Sorte auf dem Tisch. Sie machten sich gierig darüber her, und als Nora glaubte, dass der gefürchtete Moment nun gekommen sei, in dem sie mit Matías über etwas anderes als nur über die Arbeit reden musste, klingelte ihr Handy.

Als ob ich einen direkten Draht zur göttlichen Vorsehung hätte, dachte sie erleichtert. Aber es war nicht Gott, sondern Xavier, der in sie einem leicht fröhlichen Ton – aus dem Nora schloss, dass er ein paar Gläser zu viel getrunken hatte – fragte, ob sie die Arbeit nicht beenden wolle und er sie auf einen Drink abholen solle.

Zum Teil, weil sie keine Lust hatte, und zum Teil, weil sie noch mit dem Material arbeiten wollte, lehnte sie die Einladung so höflich wie möglich ab und sagte ihm, er möge sich ruhig amüsieren, sie würden sich dann zu Hause treffen.

»In Ordnung, bis dann. Ich liebe dich«, antwortete Xavier. Es war das erste Mal, dass er ihr so etwas am Telefon sagte (er sagte es ihr auch nicht oft ins Gesicht, vielleicht weil sie es ihrerseits noch nie getan hatte), und Nora fragte sich, ob Xavier wohl wusste, mit wem sie gerade zusammen war. Andererseits konnte sie sich nicht vorstellen, wie er darauf hätte kommen sollen, und er hatte auch keine Bemerkung in diese Richtung gemacht. Als sie das Gespräch beendete, war sie ein wenig verstört und nachdenklich.

»War es Xavier? Ist alles in Ordnung?«, wollte Matías wissen, der sich normalerweise nicht in ihr Privatleben einmischte.

»Ja, war er. Alles in Ordnung. Ich weiß nicht, worauf du dich beziehst, wenn du mich fragst, ob alles in Ordnung ist, aber ich vermute, dass es so ist. Manchmal habe ich den Eindruck: Ja, so ist es, und manchmal … na ja …«

Der Wein löste langsam ihre Zunge, und Nora wusste nicht so recht, ob es wirklich eine so gute Idee war, noch zu bleiben.

Matías ließ sie nicht weiterreden.

»Hör zu, Nora, ich muss dir etwas sagen. Ich war ein Idiot. Besser gesagt, ich bin es immer noch. Obwohl ich weiß, dass es zu spät ist und ich nichts mehr machen kann. Nichts, um die Sache aus der Welt zu schaffen. Ich werde es auch gar nicht versuchen, denn wenn ich jemanden liebe, verprelle ich ihn über kurz oder lang auf üble Art und Weise. Und dir gegenüber habe ich mich am übelsten benommen. Ich war ein echtes Ekelpaket. Und ich weiß immer noch nicht, warum. Ich habe seitdem fast jeden Tag darüber nachgedacht und immer noch keine Antwort gefunden.«

Nora blieb fast das Herz stehen. Sie hatte alles erwartet – außer dieser Erklärung, diesem improvisierten Schuldeingeständnis, das einerseits ernsthaft klang, andererseits aber zu nichts führte. Auch sie wusste nicht, was sie antworten sollte.

Sie stand auf und wollte gehen. Sie nahm ihre Tasche und ihre Jacke, ihr Verstand sagte ihr: *Sei nicht blöd, du kannst ihm nicht trauen, und das weißt du. Das kannst du Xavier nicht antun, auf keinen Fall, niemals.* Aber ihr Körper forderte hartnäckig: *Ich will mit Matías vögeln, jetzt sofort!*

Nora drehte sich um und setzte sich wieder. Sie wollte schon immer eine Erklärung haben, sie glaubte, dass sie ein Anrecht darauf hatte. Und jetzt, als es soweit war, bemerkte sie, dass sie nichts damit anzufangen wusste.

Matías legte ihr Schweigen als Einladung aus und rückte näher. Er setzte sich auf den Stuhl neben ihr und umarmte sie. Zwei Personen, die sich vornübergebeugt umarmten und sich dabei anschauten: eine Stellung, die etwas unbeholfen und unbequem war.

Als Matías mit seiner Brust ihre Brüste streifte, überkam sie das gleiche Empfinden wie am Morgen, als er ihr seine Hand auf die Schulter gelegt hatte, aber zehnmal so stark.

Oder hundertmal.

Vielleicht auch tausendmal.

Sie löste sich aus der unbequemen Umarmung, setzte sich rittlings auf Matías und küsste ihn minutenlang voller Leidenschaft. Sie waren sich wieder begegnet, für Überlegungen war es jetzt zu spät. Nora sog lustvoll den Duft seiner Haare ein, umarmte seinen kräftigen Rücken und strich mit den Fingerkuppen über diese Schultern, die ihr schon immer gefallen hatten, während er ihr Hals und Nacken streichelte.

Dann umarmten sie sich zärtlich und innig wie ein Liebespaar, das sich lange, allzu lange Zeit nicht mehr gesehen hat.

Als Matías sie anfasste, fühlte Nora sich wie in einer anderen Welt. Als ob man sie in eine Umlaufbahn geschossen hätte, als ob sie mit Lichtgeschwindigkeit und Gefühlen, die sie nicht beschreiben konnte und wollte, durchs All flog.

Die Zeit stand still und beschleunigte sich zur gleichen Zeit. Diese Art von absurden und unzusammenhängenden Gefühlen, die von starken Erregungen hervorgerufen werden oder, in geringerem Ausmaß, von einigen Drogen.

Nora wusste nicht, wie es dazu gekommen war, aber plötzlich trug sie nur noch einen Slip (sie hätte schwören können, dass sie irgendwann auch ein Paar Jeans getragen hatte), und ihr Hemd war völlig aufgeknöpft. Matías, der sie immer noch auf seinem Schoß hatte, war bis auf den nackten Oberkörper bekleidet. Er küsste ihr den Hals und die Brüste und schaute sie an, als ob sie die einzige Frau auf Erden wäre. Er drückte sanft ihre Brustwarzen und nahm sie in den Mund. Er rieb an ihrer noch vom Slip bedeckten Möse, was Nora an ihre ersten jugendlichen Ausschweifungen erinnerte und sie plötzlich heiß machte. Als ob sie fünfzehn Jahre alt wäre, hatte sie Lust, etwas in sich zu fühlen.

Aber Matías schien, zumindest im Moment, etwas anderes im Sinn zu haben.

Seine Gesten waren eher zart als lüstern. Er schien sich nicht richtig zu trauen, als ob die Erinnerung an das, was das letzte Mal passiert war, ihn irgendwie hemmte.

Er stand vom Stuhl auf, ließ Nora darauf Platz nehmen und zog ihr, ohne ein Wort zu sagen, den Slip aus, spreizte ihre Beine und legte sie sich auf die Schultern, eine Stellung, in der Nora ihm völlig ausgeliefert war.

Nora hätte nicht sagen können, wie lange Matías sich ihrer Möse widmete. Und auch nicht, wo und wann er es gelernt hatte, das zu tun, was er tat. Aber nachdem sie einen Orgasmus von der Sorte hatte, die in der

Schamgegend beginnen, dann aber auf alle Körperteile ausstrahlen, Arme und Beine erzittern und einen die Namen von Göttern aussprechen lassen, an die man nicht glaubt, brauchte sie ihn dringend in sich.

Nicht dass sie ihn wollte, sie *brauchte* ihn.

In ihrem ganzen Leben hatte sie noch nie eine solche Dringlichkeit gespürt. Sie wollte ihn hier und jetzt, und das gab sie ihm deutlich zu verstehen.

»Fick mich«, flüsterte sie mit stockender Stimme. »Jetzt. Jetzt sofort.«

Sie freute sich, dass Matías in seiner Brieftasche nach einem Präservativ suchte und es sich selbst überzog, nachdem er sich ihr gegenüber auf einen Stuhl gesetzt hatte, nun auch vollkommen nackt.

Obwohl es einer der größten und schönsten Schwänze war, die sie je in ihrem Leben gesehen hatte, dachte Nora erst an diesen Teil seines Körpers, als er direkt vor ihr war. Sie erinnerte sich an seine Küsse, seine Zärtlichkeiten, seinen Geruch nach Zypressen und seine Muskeln, aber nicht an seinen Schwanz.

Nora lächelte bei dem Anblick und konnte es kaum erwarten. Sie fuhr sich mit der Zunge über die Lippen und setzte sich ihm auf den Schoß.

Sie musste sich nicht bemühen, er drang gleich beim ersten Mal in sie ein. Sie war mehr als bereit, ihn zu empfangen, und begann, mit den Hüften den Rhythmus vorzugeben, wobei sie darauf achtete, keine abrupten Bewegungen zu machen, die sie beide auf den Fußboden befördert hätten.

Diese Einschränkung der Bewegungsfreiheit erwies sich als ideal, um eine Reibung zu erreichen, die sie vorher nie so erfahren hatte. Das Lustempfinden war sehr intensiv, und die Anspannung in den Beinen, die sie davor bewahrte, vom Stuhl zu fallen, potenzierte die Wollust um ein Vielfaches.

Genau so habe ich es mir vorgestellt, sagte sie zu sich selbst und war überrascht, an etwas denken zu können, während sie einen brutalen und explosiven Orgasmus hatte.

Einige Sekunden später, während sie ihn heftig in die Schulter biss, kam auch Matías.

Sie blieben regungslos und eng umschlungen sitzen. Zum Teil, um nicht das Gleichgewicht zu verlieren, zum Teil, weil beide nicht wollten, dass dieser Moment vorüberginge.

Aber Noras Telefon klingelte wieder, und sie musste aufstehen, um das Gespräch annehmen zu können.

»Nora, ich weiß, dass du Nein gesagt hast, aber irgendwann ist auch mal Schluss mit der Arbeit. Ich bin einfach vorbeigekommen, um dich abzuholen. Ich warte unten«, sagte Xavier kichernd am anderen Ende der Leitung.

Nora stammelte etwas, das so klang wie »Gib mir fünf Minuten, ich mache den Computer aus, und dann komme ich«, während sie ihre auf dem Boden verstreute Kleidung zusammensuchte. Matías lächelte traurig und fing an, sich anzuziehen. Als Nora den Raum schon fast verlassen hatte, schien es, dass Matías etwas sagen wollte, aber nicht wusste, was.

»Nora, wir müssen reden.«

Nora kehrte um und gab ihm zwei Küsse auf die Wangen, ohne ein Wort zu verlieren. Dann rannte sie die Treppen hinunter, so schnell sie konnte, damit Xavier glaubte, ihre geröteten Wangen kämen vom Laufen und nicht von irgendetwas anderem.

Als sie die Wagentür öffnete, erklang Coldplay in voller Lautstärke. Obwohl sie fast während der ganzen Heimfahrt über Xaviers Freunde, ihre schwangeren Frauen, ihre Jachten und Reisen sprachen, konnte Xavier es sich nicht verkneifen, bei der Einfahrt in die Garage eine Frage zu stellen, die allzu gezwungen daherkam.

»Und, wer war noch da, um mit dir so spät zu arbeiten?«

Nora hatte zwei Möglichkeiten: lügen oder die Wahrheit sagen. Wenn sie lügen würde, gab es wiederum zwei Möglichkeiten: Man ertappte sie oder auch nicht. Wenn Xavier sie ertappte, würde jeder Verdacht, den er hegte, sich sofort bestätigen. Nachdem sie ein paar Sekunden mehr als nötig darüber nachgedacht hatte, sagte sie den Namen.

Und das war der Moment, auf den Xavier gewartet hatte, um zum Angriff überzugehen. Ohne Nora direkt etwas vorzuwerfen, sagte er ihr, dass es ihm nicht gefiel, wenn sie so viel Zeit mit Matías verbrächte. Dass er wüsste, was sie für den Argentinier empfunden hatte –

Vergangenheit, wie Nora bemerkte, und dass es ihm gegenüber nicht sehr rücksichtsvoll erschien, wenn sie eine so enge Beziehung zu Matías hätte.

»Es tut mir leid, Nora, aber es macht mich krank. Ich bin nicht eifersüchtig, aber das übersteigt meine Kräfte. Natürlich ist er ganz verrückt nach dir. Welcher Mann, der noch alle Sinne beieinander hat, wäre das nicht?«

Xavier redete sich in einen Rausch hinein, was sicherlich am Alkohol und an seiner Eifersucht lag. Nora nutzte eine Pause, um die Angelegenheit herunterzuspielen, sich ein wenig verletzt zu zeigen und das Thema für beendet zu erklären.

Während des Wochenendes versuchte Xavier, dem bewusst war, dass er sich zu weit aus dem Fenster gelehnt hatte, auf jede mögliche Art und Weise, ihre Gunst wieder zurückzugewinnen. Und Nora bemühte sich wegen ihrer Schuldgefühle, Xavier den besten Sex ihres bisher gemeinsamen Lebens zu bieten. Vielleicht war sie nervös, weil die Situation so speziell war, jedenfalls beschloss sie, Matías eine Nachricht zu schicken: »Es war nichts weiter als das, was es war. Ich bin mit Xavier zusammen und du mit Virginie, okay?«

Als Matías am Montag im Schneideraum auftauchte, gab es seinerseits kein Zeichen eines geheimen Einverständnisses, oder Nora bemerkte es zumindest nicht. Im Laufe des Tages wurde immer offensichtlicher, dass er ihr nichts zu sagen gedachte. Er vermied es sogar, sie direkt anzuschauen, als sie sich zweimal auf dem

Gang begegneten. Die Geschichte wiederholte sich, wieder einmal. Es war mit ihm wie im Porno: War die Lust befriedigt, verlor er jegliches Interesse.

Und Nora bemerkte, dass es gar nicht so schlimm war.

Ihr Leben war nicht besser, aber auch nicht schlechter als vor drei Tagen, sie hatte nichts entdeckt, was sie nicht schon vorher wusste. Sie hoffte nur, dass es sie stärker machte und sie allmählich das Interesse verlieren würde.

Oder dass sie beide den Mut und die Verschwiegenheit besäßen, schlicht und einfach Geliebte zu sein.

Oder noch besser: dass das Schicksal gnädig mit ihr sei und Matías auf einem anderen Kontinent leben ließe. Jedenfalls hatte sie nicht viel Zeit zu verlieren. Die Premiere stand kurz bevor, und es war noch viel zu tun. Die folgenden zwei Wochen arbeitete sie mit neuem Schwung. Sie sah Licht am Ende des Tunnels, und das beflügelte sie.

Andererseits kam dieser Moment, den Film der Öffentlichkeit vorzustellen, einer Selbstentblößung vor der gesamten Kritik gleich, die ihren Film verreißen würde (oder auch nicht). Und das flößte ihr eine gehörige Portion Angst ein, sodass sich ihr für einige Sekunden der Magen umdrehte.

Die Zeit, in der man schlecht schläft, kommt einem recht sonderbar vor. Sie ist dehnbar, sie verkürzt oder verlängert sich und folgt dabei eigenen Gesetzen, die mit der Realität wenig zu tun haben. Und bevor die neue Zombie-Nora es recht begriff, war der Film fertig, und der Premierenabend war gekommen.

Zwei Tage vor dem wichtigsten Tag in ihrem Leben hatte sie beschlossen, sich nicht wie eine Superheldin aufzuführen, und schluckte ein paar Lorazepam-Tabletten, die Xavier ihr schon seit Monaten anbot und die sie bisher nicht probieren wollte, weil sie »solche Pillen« nicht nahm. Die Wirkung war heftig und trat sofort ein. Sie hatte einen tiefen, erholsamen Schlaf, und ihr Gehirn funktionierte rein zweckmäßig. Um Xavier zu erklären, wie sie sich fühlte, fiel ihr nur folgender Vergleich ein: »Ich komme mir vor, als ob ich eine Brille mit schmutzigen und schlecht angepassten Gläsern abgenommen hätte.« Sie verbrachte fast den ganzen Premierentag damit, ausgiebig zu frühstücken, ihre Hände zu pflegen und sich mit Lola zu treffen, deren Beziehung zu Bea gerade in die Brüche ging und die einen Umzug nach Berlin erwog, wo Henrik ihr »Arbeit und moralische Unterstützung«, wie sie sich ausdrückte, angeboten hatte.

Die Aussicht, dass eine der wenigen Freundinnen, die ihr noch geblieben waren, wegzog, machte sie traurig. Als Lola ihren veränderten Gesichtsausdruck sah, versicherte sie ihr, dass noch nichts entschieden sei, und Nora akzeptierte auch diese Beruhigungspille, um sich den Tag nicht zu verderben.

Danach schlenderte sie eine Weile allein und ziellos durch die Stadt, was sie gerne tat, wofür sie aber seit Langem keine Zeit mehr gehabt hatte.

Es gab nicht viele Möglichkeiten, mit denen sie sich ablenken konnte, um die Nervosität zu bekämpfen, denn die Stylistin kümmerte sich um ihre Kleidung und die Friseure und Visagisten um den Rest ihres Aussehens. Also erschien sie zur verabredeten Zeit in dem Fünf-Sterne-Hotel in der Nähe des Kinos, wo fünf Stunden später der Fototermin und die Premierenfeier stattfinden würden, und ließ sich zurechtmachen.

Als sie sah, was man um sie herum alles inszeniert hatte, während ein ziemlich schwuler Friseur ihre dichte Mähne in eine für ihren Geschmack viel zu perfekte Lockenpracht verwandelte, wurde ihr bewusst, dass dieser ganze Zirkus nur für sie war.

Für sie und ihren Film.

Und in genau diesem Moment lief ihr ein eiskalter Schauer den Rücken hinunter. Sie schloss sich im Bad ein, zitterte am ganzen Körper und versuchte, Henrik anzurufen, den sie für die Premiere eingeladen hatte und der aber im letzten Moment absagen musste, weil ihm ein Flug nach New York dazwischenkam. *Ausgerechnet jetzt, wo ich meine Freunde am dringendsten brauche,* dachte Nora.

Auch ihre Großmutter Maruja konnte nicht dabei sein, sie fühlte sich nicht wohl, und das Reisen war, wie sie selbst sagte, nichts mehr für ihr Alter. Allerdings waren ihr Bruder und ihre Mutter gekommen. Die Anwesenheit ihrer Mutter Inga trug nicht gerade dazu bei, dass Nora sich entspannte. Inga war eine sechzigjährige Schwedin, elegant, kultiviert, außergewöhnlich anspruchsvoll und perfektionistisch. Vor einigen Stunden hatten die beiden eine heftige Auseinandersetzung über das Kleid gehabt, das Nora bei der Premiere anziehen würde, denn ihre Mutter war der Ansicht, dass das Dekolleté viel zu tief wäre.

Außerdem gab es zwei Überraschungen bei der Premiere: eine, die Nora positiv überraschte, und eine andere, die sie ein wenig nervös machte. Die erste Überraschung war ein Blumenstrauß von ihrem Vater, begleitet von einer Karte, die sie tief bewegte. Die zweite war die unverhoffte Anwesenheit von Carlota, ein riskanter Versöhnungsversuch, den Lola eingefädelt hatte und der Nora unangenehm war. Nora verhielt sich diplomatisch und begrüßte ihre alte Freundin mit einem Kuss auf die Wange, obwohl sie innerlich eine Welle verworrener Gefühle durchströmte. Nikolas rettete sie aus dieser unerfreulichen Situation und verwickelte Carlota in eine Plauderei mit seiner Mutter.

Nach dem Gespräch mit Henrik war sie genug getröstet, um sich der Welt wieder stellen zu können. Seit einer ganzen Weile suchten ihre Kollegen und ihre Familie sie schon überall. Die Limousinen, die die Schauspieler zum Kino bringen sollten, waren abfahrbereit, nur Nora fehlte noch. Sie hatte die Darsteller lange nicht gesehen (die Engländerin konnte »wegen Terminproblemen« nicht teilnehmen, was alle erleichtert aufatmen ließ, Nora vorneweg), aber sie sehnte sich nur nach Lola, die zu Fuß zum Kino gehen wollte.

»Ich mache mir aus dem ganzen Theater nichts. Ich bin doch nur ein kleines Licht, und mir ist die Sache peinlich. Schau dir doch an, wie jung und hübsch sie alle sind, diese Mädchen. Wie gesagt, für mich ist das nichts. Ich könnte ihre Großmutter sein«, hatte sie am Morgen noch zu Nora gesagt.

Leider hatte Nora keine andere Wahl, sie hakte sich also bei zwei ihrer Hauptdarstellerinnen unter, und dann stiegen sie in die Limousine.

Während der kurzen Fahrt bis zum Kino waren sie so nervös, dass sie kein Wort redeten, sondern nur ein wenig Moët schlürften, der nicht besonders kalt war und den der Chauffeur ihnen angeboten hatte, bevor sie losfuhren.

Das Betreten des Kinos erwies sich als schwierig, weil jede Menge Fans der englischen Sängerin sich vor dem Eingang drängelten, um ein Foto oder ein Autogramm ihres Idols zu ergattern, ohne zu wissen, dass sie gar nicht an der Premiere teilnahm. Die vielen Journalisten, Fotografen und das Blitzlichtgewitter bewirkten, dass Nora sich zunehmend wichtig vorkam.

In der ersten Reihe des Saals, wo schon Leute der Produktionsfirma und des Filmteams saßen, begegnete sie Xavier, der sich angeregt mit Virginie unterhielt. Sie hatte ihre Lippen rot geschminkt und trug ein superkurzes Kleid, in dem sie äußerst sexy aussah, was Nora überraschte.

Xavier, ein Mann, dem besonders Anzüge und festliche Kleidung standen, trug ein eng anliegendes Jackett und eine glänzende schwarze Fliege. Er war frisch rasiert und duftete, als ob er gerade aus der Dusche käme.

So war er: elegant und wie aus dem Ei gepellt, einfach perfekt. Manchmal ein bisschen zu perfekt in Noras Augen.

Matías, der neben ihm saß, machte einen abwesenden Eindruck und bemühte sich nicht einmal, an dem Gespräch teilzunehmen. Seine Kleidung war viel weniger gepflegt, aber auf seine Art recht geschmackvoll. Schwarze Hüftjeans, ein Hemd ohne Kragen, einige Knöpfe offen, ein khakifarbenes Sakko. Bart und lange Haare. Als er sie auf die Wangen küsste, atmete sie seinen herben Duft nach Tabak und Holz ein.

Reden, Applaus, noch mehr Reden, noch mehr Applaus.

Nora, der in einem kleinen Kreis nichts peinlich war und die unendliche Tiraden in einem witzigen Ton vom Stapel lassen konnte, was von den – zumeist betrunkenen – Zuhörern mit viel Beifall bedacht wurde, fühlte sich vor einem so zahlreichen Publikum unsicher. In diesem Kino saßen mindestens achthundert Leute.

In den ersten Reihen bekannte Gesichter aus Film, Theater und Fernsehen, Mitglieder ihres Drehteams, Freunde, Profis aus dem Filmgeschäft und die üblichen Figuren aus der High Society, die immer dabei sind. Weiter hinten Journalisten, die sofort etwas notierten, wenn ein Prominenter eintraf und ein Raunen durch die Reihen ging. So weit ihr Blick reichte: Leute, Leute und noch mehr Leute.

Als Nora das Mikro gereicht wurde, beschränkte sie sich darauf, eine Liste zu zücken, die sie im Laufe eines Monats aufgestellt hatte – um ja niemanden zu vergessen –, und allen samt und sonders dafür zu danken, dass sie »diesen Traum Wirklichkeit hatten werden lassen«.

Es war sicherlich nicht die beste Rede der Welt, aber Nora war Regisseurin und keine Politikerin, und wenn sie sehen wollten, was sie wirklich draufhatte, mussten sie warten, bis der Film anfing.

Sie mussten nicht sehr lange warten. Nora, die die endgültige Fassung schon ungefähr fünfzigmal gesehen hatte – und immer wieder versucht hatte, Fehler zu finden, die es nicht gab, und einer Sache den letzten Schliff zu geben, die schon glänzte wie ein Diamant –, war von den Reaktionen der Leute überrascht. Sie lachten und pfiffen jedes Mal, wenn »die Böse« wieder etwas anrichtete: entweder ihre Mitbewohnerin mit deren Freund betrog oder Teile ihrer Diplomarbeit abschrieb. Nora hätte schwören können, dass sie sogar den einen oder anderen Seufzer gehört hatte, der so manche Träne in den gefühlvollsten Momenten begleitete. Die Leute applaudierten während der Vorführung sogar achtmal, manchmal bei Szenen, die Nora nicht für besonders gelungen hielt.

In diesen Momenten drückte Xavier ihr die Hand, um ihr zu zeigen, dass er bei ihr war und sie verstand. Nora bedankte sich, indem sie den Druck erwiderte, aber löste sich auch schnell wieder von ihm. *Eine schöne Definition unserer Beziehung,* dachte sie.

Dann war der Film zu Ende. Der Applaus hielt bis über den Abspann hinaus an. Wie im Theater strömten die Leute auf sie zu, und schon wurde ihr ein Blumenstrauß nach dem anderen in die Hand gedrückt.

Nora war wie geschockt, ihr Lächeln wie eingefroren. Sie verteilte Küsse und Umarmungen, auch an Menschen, die sie gar nicht kannte. Aber was machte das schon. Leute, die sie vom Fernsehen kannte, beglückwünschten sie zu ihrer Arbeit, man redete sie mit ihrem Vornamen an, und einige wollten sich sogar mit ihr fotografieren lassen.

Nach zwanzig Minuten, als der Wahnsinn immer noch kein Ende nahm, beschloss sie, sich für ein Weilchen abzusetzen, um wieder zu sich zu kommen.

Sie betrat den Waschraum der Damentoilette, schloss die Tür hinter sich und seufzte.

Aus einer der Kabinen drang Tabakduft und Rauch. Als die Tür aufging, sah Nora zunächst einen roten Schuh, gefolgt von einem wohlgeformten Bein, und da wusste sie schon, wer es war.

Die beiden Frauen grüßten sich und standen dann nebeneinander vor dem Spiegel, um sich zu schminken, wechselten aber kein weiteres Wort miteinander. Beide waren sie auf diametral entgegengesetzte Weise unglaublich attraktiv.

Virginie zog das Rot ihrer Lippen nach und suchte Noras Blick im Spiegel. Als ihre Blicke sich kreuzten, sah Nora in Virginies Augen nur Kälte und Feindseligkeit.

Sie weiß es, dachte sie. *Es ist klar, dass sie es weiß.*

Und wenn sie es nicht wusste, musste Noras Blick, der sich von einer Sekunde auf die andere mit Schuldbewusstsein füllte und sich dem Boden zuwandte, es ihr soeben verraten haben.

Sie verließen den Waschraum, ohne sich noch einmal anzublicken, in die gleiche Richtung, aber getrennt durch einen tiefen Abgrund. Als Nora Xavier entdeckte, bat sie ihn, jetzt gleich mit ihr zum Fest zu fahren und einen darauf zu trinken, dass »das alles jetzt endlich vorbei« sei, ohne darauf einzugehen, worauf sie sich bezog. Xavier bestand darauf, dass sie zusammen mit Matías und Virginie eine Limousine nahmen. Die Fahrt verlief in einer fürchterlich angespannten Stimmung, obwohl Xavier sich bemühte, eine Unterhaltung in Gang zu bringen. Nora, die seit Monaten so gut wie keinen Alkohol getrunken hatte, machte sich über die gut bestückte Minibar im Wagen her und trank in den knapp fünfzehn Minuten Fahrtzeit zwei Wodkas mit Red Bull, wobei sie einen Zug an den Tag legte, der jeden Hafenarbeiter vor Neid erblassen ließe.

Als sie das Hotel betraten, war Nora leicht angetrunken. Sie brachte den Fototermin mit einigem Anstand hinter sich, sprach mit der Presse nur das Nötigste und bat Xavier, sie aus dieser unangenehmen Situation zu befreien, denn für Interviews und Promotion waren die nächsten Wochen schon in ihrem Terminkalender verplant.

Die jüngsten Schauspieler hingen an der Bar herum und feierten, dass sie nun alt genug waren, um hemmungslos zu trinken. Auch Nora gefiel die Idee des Tequila-Wettsaufens, die Áurea, eine Mexikanerin von kaum einem Meter fünfzig, vorschlug. Nora krempelte sich demonstrativ die imaginären Ärmel hoch, und los ging's.

Das war das Letzte, woran sie sich noch deutlich erinnern konnte.

Einige Stunden später wuchtete Xavier sie wie ein Gewichtheber in den Wagen, während sie die Melodie eines alten Liedes von The Champs vor sich hin trällerte.

»Paraparapapapapá, paraparapapapá, paraparapapapapá, paraparapapapá, tequila! Paraparapapapapá, paraparapapapá …«

Der endlose Singsang ihrer eigenen Stimme, die Müdigkeit und der Alkohol ließen sie auf dem Beifahrersitz einschlafen.

In dieser Nacht kehrten die Träume zu ihr zurück.

Nora befand sich auf der Bühne des Kodak Theatre, Billy Crystal hatte gerade verkündet, dass sie die Gewinnerin des Oscar für die beste Regie war, und Johnny Depp hatte ihr die Statue übergeben (wobei er sie eher auf den Mundwinkel als nur auf die Wange geküsst hatte).

Sie trug ein grünes Abendkleid von Valentino, das ihre roten Haare noch mehr zur Geltung brachte. Ein

Paar Schuhe von Louboutin mit endlos hohen Absätzen, die bewirkten, dass sie den Hintern zusammenkniff und die Brust rausstreckte wie nie zuvor in ihrem Leben. Ein riesiger, roter Edelstein von der Größe eines Taubeneies zierte ihre Brust, und an den Ohrläppchen baumelten zwei lange Ohrringe.

Als sie mit einem perfekten amerikanischen Akzent ihre Rede vortragen wollte, an der sie mithilfe einer bekannten Journalistin aus New York zwei Monate lang gefeilt hatte, bemerkte sie, dass etwas nicht stimmte. Sie nahm das Mikrofon, öffnete den Mund, um mit der Rede zu beginnen, aber anstatt der geschliffenen, von einem Coach aus Minnesota trainierten Stimme ertönte das Krächzen einer Krähe.

Totenstille breitete sich im Saal aus.

Nora glaubte zunächst, dass der unangenehme Ton die Folge eines technischen Problems war, und begann noch einmal zu sprechen.

Wieder erklang der gleiche unmenschliche Ton, noch lauter als zuvor. Die Anwesenden hielten sich die Ohren zu.

Als Nora zum dritten Mal den Mund öffnen wollte, erhob sich eine Hand auf den Rängen, wie in der Schule, und bat um Gehör. Nora erteilte dem Mann das Wort, sie war froh, von dem kleinen Missgeschick mit ihren Stimmbändern ablenken zu können. Alle schauten jetzt auf diese Hand.

Der da um das Wort bat, war David Lynch, der sich ein paarmal räusperte, bevor er anfing zu sprechen (in perfektem Spanisch, wie es in Träumen eben so ist).

»Ihr wollt den Oscar also dieser Schwindlerin geben? Seid ihr sicher? Ihr wisst doch, dass sie überall mit ihrem Geschwätz von ›den großen Geschichten, die ein einziger Betrug sind‹ herumläuft. Aber hier sind es doch schon immer die großen Geschichten gewesen, die euch gefallen haben, oder etwa nicht? Oder würdet ihr sagen, dass *Vom Winde verweht* ein Indie-Streifen ist? Wir sollten uns gut überlegen, an wen wir die Preise vergeben, liebe Freunde.«

Nora wollte protestieren, aber da ihr die Stimme versagte, war das gar nicht so einfach.

Eine weitere Hand erhob sich. Stotternd begann jemand zu reden.

Du schon wieder, Woody, dachte Nora.

»Ich-ich-ich glaube auch, dass der Film nicht gut genug ist. Ihr wisst, dass ich normalerweise hier nicht aufkreuze, weil ich an diesem Abend immer mit meinem Saxofon auftrete, aber diesmal bin ich gekommen, um meine Meinung zu sagen. Und die-die-diesmal bin ich mit David einer Meinung. Manchmal schaue ich mir seine Filme zusammen mit meiner Tochter an – die jetzt meine Frau ist – und denke: ›Gehört er eigentlich noch zu uns?‹ Nun ja, das, was dieses Mädchen da macht, kann einen Kurzfilm-Wettbewerb an der Schule, vielleicht auch auf der Berlinale gewinnen. Aber einen Oscar? Seid ihr besoffen? Ja gut, seid ihr, aber ich meine ... mehr als gewöhnlich?«

Dann kam Clint Eastwood an die Reihe, der, ohne um Erlaubnis zu bitten, aufstand und den Saal mit seiner Stimme erdröhnen ließ.

»Ich lästere zwar nicht gerne, aber sie betrügt ihren Partner mit einem argentinischen Kameramann, der auch liiert ist. Wollen wir die Untreue fördern, indem wir eine Hure prämieren? Das würde ich nie und nimmer machen!«

Er sprach so laut, dass Nora sich mit den Händen die Ohren zuhielt.

In diesem Moment standen sie alle auf (darunter Cassavetes, Sofia Coppola, Jane Campion, Tarantino und viele andere, deren Arbeit sie bewunderte) und brüllten ihr entgegen: »Nora Bergman, wir sind die wichtigsten Regisseure der Filmgeschichte, und kraft der uns verliehenen Befugnis verdammen wir dich für immer in die kinematografische Hölle, wo du Seifenopern, Werbespots für Reinigungsmittel und Milchprodukte bis in alle Ewigkeit drehen kannst.«

»NEIN!«

Nora richtete sich auf, schweißüberströmt und völlig verstört. Sie war allein im Bett, die Jalousien waren heruntergezogen, und die Strümpfe, die sie letzte Nacht getragen hatte, lagen wie die sterblichen Überreste ihrer Würde, die sie im Hotel nach dem achten Drink verloren hatte, auf dem Kopfkissen.

Der Wecker zeigte 9:36 Uhr an, und Nora hatte das Gefühl, dass er sie mit einer gewissen Boshaftigkeit anlächelte. Oder war es ihr Kater, der sich über sie lustig machte?

Ohne zu zögern griff sie den Wecker und knallte ihn auf den Boden. Plastik- und Metallteile flogen durch die Luft und verursachten beim Aufprallen einen fürchterlichen Lärm.

Als Xavier mit einem Haufen Zeitungen in der Hand erschien, stand Nora nackt und mit zerzaustem Haar neben dem Bett und betrachtete die über den Fußboden verstreuten Reste des Weckers.

»Nora, Erlinda hat eben die Zeitungen besorgt, die ersten Kritiken sind schon da. Und sie sind ... sie sind alle ausgezeichnet! Schau, hier nennen sie dich das ›vielversprechende Talent‹, dort sagen sie, dass du ›ein Erstlingswerk, kohärent und ohne Selbstgefälligkeiten‹ abgeliefert hast, und hier ... hier prophezeien sie ›internationalen Erfolg für die junge Nora Bergman‹! Ist das nicht unglaublich? Du hast es geschafft, wir haben es geschafft! Das müssen wir richtig groß feiern!«

Nora blinzelte wie im Halbschlaf, kratzte sich am Kopf und sagte nur: »Erlinda? So heißt sie also? Wenn du es sagst, klingt es gar nicht so schwierig.«

KAPITEL 8

Changes

Nora öffnete die Augen und wusste nicht genau, wo sie war. Der Designerstuhl Barcelona am Fußende des Bettes, der Garderobenständer, die Figuren von Jaime Hayón und die Flasche Solán de Cabras auf dem Nachttisch ... anscheinend war sie zu Hause.

Sie atmete erleichtert auf und mummelte sich in das warme Federbett, entschlossen, sich noch ein paar Minuten Ruhe zu gönnen. Während der letzten Monate hatte sie in so vielen Hotels geschlafen, in so vielen Betten, es hatten sie so viele Empfangsdamen geweckt (»Guten Morgen, Señorita Bergman, ihrer Bitte entsprechend teilen wir Ihnen mit, dass es jetzt sieben/acht/neun Uhr ist«), dass sie fast gar nicht mehr wusste, wie es war, zu Hause aufzuwachen.

Erlinda hörte eines ihrer Lieblingslieder, eine Mischung aus Mariah Carey und religiösen Hymnen, die Nora die Haare zu Berge stehen ließ und die – da war sie sich sicher – unterschwellige Botschaften enthielt, die eines Tages daran Schuld sein würden, dass jemand mit einem Holzkreuz in der Brust endete.

Sie tastete mit der Hand über die Matratze und suchte nach Xavier, dann fiel ihr ein, dass er nicht da war. Tatsächlich hatten sie sich seit fast einem Monat nicht mehr gesehen: Er hatte sich mit einer frankokanadischen Produktionsfirma zusammengetan und jede Menge Termine in Paris und Quebec. Wenn man bedachte, dass Nora in den letzten vier Wochen nach London gereist war, um an einer Podiumsdiskussion teilzunehmen, nach Amsterdam, um bei einem Zyklus junger Cineasten Regie zu führen, nach Madrid, um sich mit einer Produktionsfirma zu treffen, die ihr den Dreh einer Fernsehserie vorschlagen wollte, und nach Stockholm, um einen Vortrag in der Filmakademie, in der sie studiert hatte, zu halten, dann war es fast mehr als wahrscheinlich, dass das Paar sich in Paris traf und nicht in seinem eigenen Haus.

Obwohl sie in letzter Zeit nicht oft in Barcelona war, sie schreckliche Angst vor dem Fliegen hatte und es sie nervte, den Journalisten ein ums andere Mal das Gleiche zu erzählen, konnte Nora sich aus zwei Gründen, die auf der Hand lagen, nicht beschweren.

Erstens wurden sie und ihr Film, wo auch immer sie auftauchten, vom Publikum und von der Kritik herzlich empfangen. Es war verrückt, wie viele Menschen auf sie zukamen, um ihr zu erzählen, wie der Film ihr Leben verändert hatte: Ein Mädchen beschloss, mit dem Versteckspiel aufzuhören und sich zu outen, eine Frau hatte viel über ihre eigenen Kinder gelernt und ihr Verhalten ihnen gegenüber geändert, eine Menge junger Filmstudenten träumte davon, in ihre Fußstapfen zu treten.

Zweitens fand Nora – wie jede andere Person, die neugierig auf andere Ideen war – Gefallen am Reisen und Kennenlernen neuer Städte. Außerdem ermöglichte die Reise nach Stockholm ihr ein Wiedersehen mit ihrer Mutter und Nikolas. Und sie hatte die Chance, ihren ehemaligen Kommilitonen mal richtig den Stinkefinger zu zeigen.

Als ihr Pressesprecher ihr mitteilte, dass die Filmakademie in Stockholm sie um einen Vortrag gebeten hatte, musste sie sich zusammenreißen, um nicht vor Freude in die Luft zu springen.

Wie man ihr erzählt hatte, wartete einer ihrer größten Feinde seit fünf Jahren darauf, eine Festanstellung als Professor zu bekommen, und nun würde sie als ehemalige Schülerin und prämierte Regisseurin dort empfangen werden.

»Daran wird er ganz schön zu kauen haben!«, sagte sie jubelnd zu Xavier, während sie zu Abend aßen. Xavier beglückwünschte sie und erinnerte sie daran, dass die Welt denen gehörte, die etwas wagten.

»Nur zu, gib's ihm!«, ermunterte er sie vor der Abreise.

Als sie in ihrer Heimatstadt ankam, hatte sich ihr Unmut gelegt, und sie war bereit zu verzeihen und zu vergessen. Zumindest bis zu dem Moment, an dem sie ihn traf und feststellen musste, dass er sich noch immer nicht beruhigt hatte und nach wie vor glaubte, sie mit Herablassung behandeln zu können.

Trotz dieses Vollidioten namens Mats Svensson und seiner hasserfüllten Fragen an sie war ihr Vortrag ein Erfolg. Einige Teilnehmer entpuppten sich sogar als Freunde – und ein paar von ihnen versuchten, mehr als das zu sein, was sie aber höflich ablehnte. Alle zeigten sich begeistert davon, dass eine ehemalige Kommilitonin es geschafft hatte, ihren gemeinsamen Traum zu verwirklichen: einen eigenen Film zu drehen.

Nora nutzte die vier Tage in Stockholm, um mit ihrer Mutter und deren neuem Freund essen zu gehen und sich mit ihrem Bruder Nikolas zu treffen, der mittlerweile dreißig Jahre alt war und vor einem halben Jahr mit seiner »Lebensgefährtin«, wie er sie nannte, am Stadtrand ein Haus bezogen hatte. Ein entzückendes Mädchen mit einem aufrichtigen Lachen und blauen Augen, militante Ökologin und glühende Verfechterin des »natürlichen Lebens«. Sie hatte es geschafft – gerade weil sie es nicht darauf angelegt hatte –, die einzige Frau seines Lebens zu werden. Er hatte die Möbeltischlerei für sich entdeckt und dadurch ein mehr als bescheidenes Auskommen. Diese Arbeit machte ihn glücklich, und er fühlte sich »vollkommen«, wenn er das Holz mit seinen eigenen Händen bearbeiten konnte.

Als sie schon glaubte, alles an Überraschungen von ihrem Bruder erfahren zu haben, ließ er einen Satz fallen, der dafür sorgte, dass sie sich fast an der hausgemachten Zimtschnecke verschluckte, die ihre Schwägerin zubereitet hatte.

»Nächstes Jahr wollen wir ein Kind.«

Nora wartete ein paar Sekunden, um zu sehen, ob die Erde sich öffnete und sie verschluckte oder Nikolas zugab, dass er sie auf den Arm nahm. Als weder das eine noch das andere passierte, umarmte sie die beiden und wünschte ihnen alles Gute.

Die Rückkehr nach Barcelona war traurig, aber auch eine Befreiung. Nora war nicht unbedingt ein Familienmensch, und das Schweigen, das sich zwischen ihrer Mutter und ihr aufgetan hatte, als sie bei ihr wohnte, war fast schmerzhaft gewesen. Sicher, es gab auch einen Moment der Rührung: Als Nora ihr die Preise, die sie in Venedig (den Luigi de Laurentiis für das beste Debüt und den Spezialpreis der Jury) erhalten hatte, mit der Widmung »Ohne deine Hilfe wäre all das nicht möglich gewesen« übergab, weinte Inga zum ersten Mal in ihrem Leben vor Ergriffenheit.

Nora konnte es immer noch nicht fassen, wie gut die Jury und die Kritik es mit ihr gemeint hatten. Einige sattsam bekannte Ausnahmen, die päpstlicher als der Papst waren, konnten den überwältigenden Erfolg des Films nicht schmälern. Und obwohl Beifallsstürme der intelligentesten Kritiker aus einem Film noch keinen Kassenschlager machten, war es in diesem Fall anders, und die Produktionsfirma war begeistert. Aber Nora befand sich noch in den »Nachwehen«, wie sie es mehr ernst- als scherzhaft nannte, und fühlte sich noch nicht in der Lage, sofort weiterzumachen. Vielleicht hatte sie auch Angst davor, dass ihr nächster Film – das Drehbuch hatte sie schon skizziert – nicht den gleichen Erfolg haben würde.

Nora ging es wie vielen Frauen. Manchmal hatte sie das Gefühl, als ob der Erfolg nicht allein ihr Verdienst war, sondern allen gehörte, die an dem Film gearbeitet hatten. Im Unterschied zu den Männern, die kein Problem damit hatten, den Ruhm für sich zu beanspruchen und ihre Genialität anzuerkennen, schwankte Nora zwischen einem starken Selbstvertrauen an einigen Tagen und einem Minderwertigkeitskomplex an anderen.

Das Handy vibrierte auf dem Nachttisch.

Ein Anruf von *Susana*.

Nora wurde nervös, räusperte sich, um nicht allzu verschlafen zu klingen, und antwortete betont unbekümmert: »Hallo! Wie geht es dir? Ich bin gestern Nacht zurückgekommen und wollte dich heute Nachmittag anrufen.«

Eine männliche Stimme, die schwerlich mit dem Namen Susana in Verbindung zu bringen war, murmelte am anderen Ende der Leitung.

»Ich komme gerade von einer Sitzung und habe zufällig erfahren, dass Dalmau auf Reisen ist. Virginie wird den ganzen Tag im Instituto Cervantes sein, und ich habe gedacht, wir vertreiben uns ein wenig die Zeit. Du weißt schon, wo. Ich habe Lust auf dich, Nora.«

Ich habe immer Lust auf dich, Matías, dachte Nora, hütete sich aber, es auszusprechen, denn diese Art von Vertraulichkeiten zwischen ihnen endete nie gut. Ihre Antwort klang gewollt kühl.

»Gut, dann sehen wir uns da. Gib mir ein paar Stunden Zeit, ich muss vorher noch was erledigen. Bis dann!« Sie beendete das Gespräch, um etwaigen Sentimentalitäten aus dem Weg zu gehen.

Matías und sie hatten sich während des letzten Jahres sporadisch getroffen, um miteinander ins Bett zu gehen. Sporadisch hieß wenigstens zwei, wenn nicht vier- oder fünfmal im Monat. Anlass genug für Nora, um in ihrem Telefon den Namen Matías durch den einer gewissen Susana zu ersetzen, die es gar nicht gab, damit Xavier keinen Verdacht schöpfte, falls er ihre Anrufe durchging, was aber eher unwahrscheinlich war.

Ihr Treffen war kurz, aber intensiv. Normalerweise trafen sie sich in einem Stundenhotel in der Nähe des Paralelo, wo sie stets getrennt eintrafen. Manchmal kamen sie an, vögelten, ohne sich auszuziehen, in aller Eile und mit einer gewissen Brutalität, um nach weniger als vierzig Minuten, kaum dass sie befriedigt waren, wieder zu verschwinden. Andere Male verbrachten sie zwei oder drei Stunden zusammen, schliefen miteinander und sahen fern, ohne sich zu unterhalten.

Worte waren in ihrer Beziehung nie ein wesentlicher Bestandteil gewesen.

Bis sie entdeckten, wofür sie doch gut waren: Wenn Nora auf Reisen war, rief er sie manchmal an, »um zu hören, wie es ihr ging«, und dann geilten sie sich während der Unterhaltung so auf, dass Nora sich dabei selbst befriedigte. Wenn Virginie in der Nähe war, täuschte Matías ein Arbeitsgespräch vor, und das Gespräch wurde beendet.

Es war einfach erregend, und dass es heimlich geschah, machte die Sache noch viel aufregender. In der Öffentlichkeit waren die beiden sich nie wieder begegnet, auch nicht in Begleitung ihrer jeweiligen Partner. Nach dem hasserfüllten Blick von Virginie am Abend der Premiere – und der späteren Bestätigung von Matías, dass sie tatsächlich ernsthafte Zweifel an seiner Treue hegte – hatte Nora es unter allen Umständen vermieden, ihnen irgendwo über den Weg zu laufen. Ihr gemeinsames soziales Leben – bis auf die Zeit, bevor sie Geliebte wurden – war nicht gerade prickelnd gewesen. Matías gehörte zu den Männern, die sich in der Öffentlichkeit unwohl fühlen, und so hatte sie es immer vorgezogen, mit ihm allein zu sein.

Nora zog die Kleidung an, die sie gerade fand, und schnappte sich die Sporttasche.

In der Tür kehrte sie noch einmal um, ging in ihr Zimmer und steckte einen kleinen – aber leistungsfähigen – Vibrator in ihre Tasche. *Falls er zu spät kommt,* sagte sie verschmitzt zu sich selbst.

Bevor sie zu ihrer Verabredung ging, schaute sie noch im Fitnesscenter vorbei, wo sie jeden Monat ihren Beitrag zahlte, aber so gut wie nie hinging. So kostete sie eine Aerobic-Stunde die Kleinigkeit von einhundertfünfzig Euro – wie sie errechnet hatte.

Vom Fitnesscenter aus nahm sie ein Taxi – dass man immer ein Taxi bekam, war noch das Beste daran, wenn man in einen Yuppie-Laden schwitzen ging – und gab dem Fahrer die Adresse des Hotels, in dem sie sich mit Matías treffen wollte. Der Fahrer zog eine Augenbraue hoch (alle in der Branche kannten diese Adresse genau) und versuchte sofort, mit Nora ein Gespräch anzuknüpfen. Es dauerte mehr als fünf Minuten, bevor er merkte, dass sie nicht an seinem Leben, seinen Zwillingen und auch nicht an der Geschichte, wie er Ricky Martin zum Flughafen gebracht hatte, interessiert war.

Als sie ankamen, verabschiedete sie sich von dem Taxifahrer mit einem trockenen »Adiós« und rächte sich für sein Geschwätz, indem sie ihm keinen Cent Trinkgeld gab. Sie folgte dem Pagen – den sie mittlerweile kannte, aber dem gegenüber sie wegen des strikten Protokolls im Haus keinen herzlichen Ton anschlagen konnte – durch das labyrinthartige System von Gängen, dem der Ort seinen wohlverdienten Ruf verdankte, das diskreteste Hotel der Stadt zu sein.

Matías war noch nicht da, und sie freute sich, die Erste zu sein. So konnte sie sich Zeit lassen und sich ein wenig einrichten. Sie hatten sich längere Zeit nicht gesehen, und da Virginie und Xavier beschäftigt waren, vermutete Nora, dass sie heute Zeit genug hätten.

Sie bestellte eine Coca-Cola light und Salzgebäck an der Bar, legte sich aufs Bett und zappte die Pornokanäle durch. Der Porno interessierte sie von Mal zu Mal mehr als Filmgenre, und es fielen ihr ziemlich einfache Mittel ein, um ihn für ein Publikum, das über seine Schwanzspitze hinaus Sensibilität entwickelte, visuell ansprechend zu machen.

Gerade als sie das Gerät ausschaltete – angeekelt von einer für ihren Geschmack viel zu gewalttätigen Szene –, klopfte es an der Tür.

Tok, tok, tok! Tok, tok, tok! Tok, tok, tok!

Dreimal drei schnelle Schläge, das verabredete Zeichen, dass Matías vor der Tür stand. Als sie ihm öffnete, sah sie, dass er ihre Coca-Cola und die Snacks in der Hand hielt (und dass der Kellner folglich nicht mehr aufkreuzen würde). Also schob sie ihn direkt in Richtung Bett.

Der Sex war spitze, wie zu erwarten nach Wochen des gegenseitigen Begehrens und ohne die Möglichkeit, sich zu sehen. Auch jetzt, wo sie sozusagen offiziell Geliebte waren, verfielen sie keiner Art pseudoehelicher Routine, in der das Vögeln darin bestand, das zu tun, von dem man weiß, dass es dem anderen gefällt: Man drückt eine Anzahl von Knöpfen, die bewirken, dass die Maschine funktioniert, ohne allzu viel Fantasie zu entwickeln. Aber mit Matías war es nie so. Ohne das Konfliktpotenzial einer möglichen Liebesbeziehung – denn sie lebten ja beide mit jemandem zusammen – verstanden sie sich im Bett nach wie vor blendend.

Zuerst tauschten sie Neuigkeiten aus ihrem alltäglichen Leben aus und berichteten über ihre Pläne für die unmittelbare Zukunft. Matías erzählte ihr von »ein paar Projekten, die er am Wickel hatte«, aber ohne ins Detail zu gehen. Nora schien es manchmal, als ob das Ego ihres Geliebten es nicht richtig verknusen konnte, dass die Regie und das Drehbuch ihres Films bei der Kritik und auf den Festivals in den höchsten Tönen gelobt worden waren, seine Kameraführung hingegen kaum Beachtung fand.

Matías bekam einen Anruf und ging auf die Toilette, um in Ruhe sprechen zu können. Als er wieder auftauchte, sagte er ihr, dass er eine wichtige Besprechung hätte. Wenn er solche Dinge sagte, dachte Nora immer, dass es eine Lüge war und er sie betrog, um sich mit Virginie zu amüsieren: ein absurder Gedanke, der die Welt auf den Kopf stellte. Er gab ihr einen Kuss auf die Wange und verschwand.

Nora verließ das Love Hotel ebenfalls, nachdem sie in letzter Sekunde einem Termin in der Produktionsfirma zugestimmt hatte. Die Sekretärin – eine Neueinstellung, jünger und noch mehr Topmodel als ihre Vorgängerin – führte sie in das total durchgestylte Büro von Jason Cullen, den Nora mittlerweile nur noch J. C. nannte. Sie hatte ihm vor drei Wochen das Drehbuch zu ihrem neuen Film geschickt, und vielleicht würde er ihr heute seine Eindrücke schildern.

»Nora, Nora ... *Good to see you*, wo steckst du nur?«

»Ich kann mir nicht vorstellen, dass du darüber nicht Bescheid weißt: Es ist deine Presse- und Promotion-Abteilung, die mich zu den Screenings, den Interviews und sonst wo hinschickt«, antwortete Nora ganz ungezwungen. »Ich glaube, seitdem ich bei euch unterschrieben habe, ist das Badezimmer der einzige Ort auf der Welt, den ich aus eigenem Antrieb aufsuche.«

Jason lachte.

»Ich glaube, du versteckst dich vor mir, um nicht über das Drehbuch reden zu müssen, aber genau deshalb habe ich dich angerufen, und das weißt du.«

»Wie findest du es? Los, sag schon!«

Jason verbrachte mehr als vierzig Minuten damit, Nora zu erklären, dass ihr Projekt ein »sehr interessantes« Drama wäre – dieses Adjektiv ließ Nora den Abgrund schon erahnen –, aber dass er glaubte, sie müsse in Form und Inhalt ihres Debüts weitermachen, es sei noch zu früh für einen Genrewechsel und zu riskant, einen so ernsten Film zu drehen, wie sie ihn vorschlug. Nora hatte das Gefühl, dass ihr die Luft wegblieb, in eine Schublade gesteckt von ihrem Produzenten und von der Welt missverstanden.

Nachdem Jason ihr seine Ablehnung erläutert hatte, übergab er ihr das Drehbuch zu einer städtischen Komödie. Der Erfolg ihres ersten Films würde dafür sorgen, dass die Arbeit an dem neuen Projekt – einschließlich der internationalen Umsätze – ein Kinderspiel wäre. Dann lieferte er ihr eine Zusammenfassung, die Nora schon gar nicht mehr wahrnahm.

»Vielen Dank, Jason, aber ich will nicht das Drehbuch eines anderen verfilmen, sondern meine eigenen Vorstellungen umsetzen, experimentieren und als Regisseurin meine Erfahrungen machen«, erklärte Nora ihm.

Nachdem sie noch eine Weile diskutiert hatten, verblieben sie so, dass Nora sich das Drehbuch zumindest ansah. Aber als sie ihre Tasche nahm und J. C. zum Abschied auf die Wangen küsste, sorgte ihr Unterbewusstsein dafür, dass sie das Manuskript auf dem Schreibtisch des Produzenten vergaß.

Das Treffen war nicht im Entferntesten so verlaufen, wie Nora es sich vorgestellt hatte. J. C. hatte ihr Projekt ohne mit der Wimper zu zucken abgelehnt, es war klar, dass es ihm nicht gefiel. *Dann wird es eben ein anderer Produzent machen,* tröstete sich Nora, während sie den Paseo de Gràcia entlangging, *und wenn nicht, produziere ich ihn selbst.*

Um sich zu beruhigen, verzehrte sie zwei Portionen Schokoladeneis und kaufte sich ein wunderschönes Paar Schuhe, das sie nicht brauchte. Als sie bemerkte, dass es Nacht wurde und sie schon fast bis zum Hafen spaziert war, nahm sie ein Taxi und fuhr nach Hause. Xavier würde erst sehr spät zurück sein, und vorher wollte Nora mit jemandem sprechen, der unvoreingenommen war.

Zu Hause angekommen, rief sie Henrik in New York an. Er lebte seit fast einem Jahr dort, und trotz all seiner Bedenken hatte er sich vom ersten Tag an wie zu Hause gefühlt. So sehr, dass er den sofortigen Umzug beantragt hatte. Die Firma hätte es mit ihm nicht besser treffen können, das Geschäft in Europa lief wie geschmiert, und dass es Henrik in New York gefiel, garantierte rosige Aussichten auch in den Vereinigten Staaten. Henrik kehrte nicht einmal zum Kofferpacken nach Berlin zurück. Er bat seine Firma, ihm eine Wohnung in Williamsburg zu suchen und ihm seine Siebensachen dorthin zu schicken.

Natürlich ließ sich die Firma nicht lange bitten.

Nach dem zweiten Freizeichen hörte sie seine Stimme, vertraut und angenehm, am anderen Ende der Leitung. Das Drama, das sie durchlebte, wurde augenblicklich erträglicher. Sie vereinbarten eine Videokonferenz per Messenger, um eine ihrer langen Unterhaltungen zu führen.

Nora machte es sich bequem, schenkte sich ein Glas Wein ein und schaltete den Computer an. Henrik zu sehen, obwohl er sich auf der anderen Seite des Atlantiks befand, verschaffte ihr sofort gute Laune. Er war noch ein wenig schlanker geworden und trug einen neuen Haarschnitt, der ihm sehr gut stand. Nora meinte, an seinen Schläfen die ersten grauen Haare entdeckt zu haben.

Sie sprachen eineinhalb Stunden miteinander.

Eigentlich redete Henrik viel mehr als Nora, die sich praktisch darauf beschränkte, mit dem Kopf zu nicken und hin und wieder ein »Aha« von sich zu geben. Henriks neues Leben im Big Apple war über alle Maßen aufregend, voller unendlicher Nächte mit berühmten Leuten, Konzerten und VIP-Lounges.

Ihr Freund war für gewöhnlich sehr diskret, aber an diesem Abend amüsierte er sich köstlich, als er ihr bis in alle Einzelheiten aus dem Leben der anderen erzählte. Sein Getratsche hätte die Hälfte der New Yorker Szene in Schwierigkeiten bringen und ihm Material für den Film seines Lebens bieten können. Nora wunderte es überhaupt nicht, dass Henrik sich zum neuen It-Boy der Stadt entwickelt hatte. Sein Aussehen, sein natürlicher Charme und sein Talent für Public Relations waren dafür wie geschaffen.

Nachdem sie sich eine ganze Weile in das Leben ihres Freundes versetzt hatte, so wie sie es auch mit einem guten Buch oder einem Film gemacht hätte, kam der Moment, in dem sie erzählen musste, was sie in den letzten Monaten so gemacht hatte. Sie fand, dass es nichts Wichtiges zu berichten gab.

»Geht's dir gut, Nora?«

Henrik kannte sie zu gut, als dass sie ihm etwas vormachen konnte.

»Ehrlich gesagt, ich weiß es nicht. Ich glaube nicht. Also, manchmal glaube ich schon, dass es mir gut geht. Keine Ahnung. Ich habe langsam das Gefühl, dass ich mein Leben nicht mehr im Griff habe. Es fließt dahin, ohne dass ich etwas daran ändern könnte. Ich entscheide nichts, ich lebe so dahin, immer der gleiche Trott.«

»Genauso habe ich mich gefühlt, bevor ich nach Berlin gezogen bin«, unterbrach Henrik sie. »Das ist ein sicheres Anzeichen dafür, dass du Luftveränderung brauchst. Auf zu neuen Ufern! Es ist ein unvergleichliches Gefühl, in einer neuen Stadt aufzuwachen.«

Nora wurde nachdenklich, das fast leere Glas immer noch in der Hand.

»Vermutlich hast du recht. Mag sein, dass ich einen Tapetenwechsel brauche. Keine Ahnung, ob es das Alter ist oder was auch immer. Aber ich habe das Gefühl, dass ich hier Wurzeln geschlagen habe. Hier spielt sich mein Leben ab, hier habe ich mein Haus ...«

Fast hätte sie hinzugefügt »meine Arbeit«, aber sie erinnerte sich an die Szene im Büro der Filmgesellschaft von heute Nachmittag und hegte ernsthafte Zweifel, ob das immer noch ihre Arbeit war.

»Hör doch auf, Nora. Dein Leben ist hier und dort, wo du gerade bist. Erzähl mir nichts vom Pferd. Dein Haus ist nicht dein Haus, es ist Xaviers Haus. Und Xavier ... du weißt schon, was ich von deiner Beziehung zu Xavier halte.«

Henrik hatte in dieser Hinsicht nie ein Blatt vor den Mund genommen. Er hatte Nora immer schon gesagt, dass Dalmau ein netter Kerl wäre, aber nichts für sie. Was sich zwischen ihr und Xavier abspielte, hatte mit einem jungen und verliebten Paar nichts zu tun. Es war viel eher eine ungleiche Beziehung, die sich auf Noras Bequemlichkeit und Xaviers bedingungslose Leidenschaft gründete.

Ihr Freund zündete sich eine Zigarette an – *Er hat wieder angefangen zu rauchen,* dachte Nora – und fuhr fort.

»Was auch immer ihr beiden miteinander habt, es dauert schon viel zu lange und wird kein gutes Ende nehmen. Du wirst ihm wehtun und dir selbst letzten Endes auch. Wenn du nichts unternimmst, werdet ihr euch eines schönen Tages mit Kindern und mehreren Häusern trennen müssen. Und außerdem wirst du inzwischen eine Abneigung gegen ihn entwickeln, oder schon entwickelt haben ... Triffst du dich sonst noch mit jemandem?«

Nora wusste, dass sie allein im Haus war und dass diese Unterhaltung nicht aufgezeichnet wurde, aber trotzdem war es ihr peinlich, bestimmte Dinge aus ihrer Privatsphäre – auf die sie nicht stolz war – vor einem Computerbildschirm darzulegen.

»Das ist nicht wichtig.«

Henrik lachte.

»Damit hast du mir schon alles gesagt.«

Nora deutete ein schuldbewusstes Lächeln an, das ihren Freund sofort auf die Spur des dritten Beteiligten brachte.

»Ah, dieses Gesicht verrät mir alles. Ist die Sache immer noch am Laufen? Unglaublich, wie schlau du in manchen Dingen bist und wie dumm in anderen.«

Sie war es gewohnt, dass Henrik Klartext mit ihr redete, aber das hieß nicht, dass seine brutale Offenheit sie nicht ärgerte.

»Ich wäre dir sehr dankbar, wenn du dich eines Urteils enthalten würdest«, bat sie ihn und blickte auf ihre Fingernägel, um ihm nicht in die Augen zu sehen.

»Ich schlage dir etwas vor, und das meine ich wirklich ernst: Komm mich in New York besuchen und bleib ein paar Wochen bei mir. Es wird unglaublich, du wirst sehen! Es ist genau das, was du brauchst. Lass die Finger von den Beziehungskisten und komm her! Ich muss jetzt zu einem Arbeitsessen mit einem Hoteldirektor, dessen Leibwächter übrigens vorher für Britney Spears gearbeitet hat und klasse aussieht. Hier hat jeder einen oder mehrere Leibwächter, es ist fantastisch.«

Ihr Freund plauderte noch etliche Minuten weiter, aber Noras Gehirn hatte längst abgeschaltet. Die Idee mit New York gefiel ihr. Sie verabschiedete sich von Henrik und ließ sich ein Schaumbad einlaufen.

Die Badewanne ist der beste Platz, um nachzudenken und Entscheidungen zu treffen, dachte Nora, während sie die Wassertemperatur mit dem Fuß prüfte. Sie legte sich in die Wanne, den Kopf halb unter Wasser, schloss die Augen, lauschte in die Stille hinein und klinkte sich für eine Weile aus dem Lauf der Dinge aus.

Bis sie ein seltsames Gefühl beschlich. Ein Unbehagen, wie der natürliche Instinkt, der die Tiere und Vögel vor einer Katastrophe warnt. Irgendetwas passierte oder würde gleich passieren.

Sie öffnete die Augen und stieß einen Schrei aus, als sie eine gute Handbreit vor ihrem Gesicht ein anderes erblickte.

»Verdammt noch mal, Xavier! Ich bin vor Schreck fast gestorben! Ich hätte ohnmächtig werden können und wäre ertrunken! Findest du es normal, hier wortlos reinzuschleichen und mich wie ein Psychopath zu begaffen? Du hättest mich fast umgebracht!«

Nora war sichtlich erzürnt, und Xavier lächelte.

»Ich habe dich auch vermisst, *honey*. Dabei habe ich zweimal Hallo gerufen, aber vermutlich hast du nichts gehört, weil du die Ohren unter Wasser hattest. Und wenn du ohnmächtig geworden wärest, hätte ich dich aus dem Wasser gezogen und dir mit dem größten Vergnügen eine Mund-zu-Mund-Beatmung verpasst, meine Süße.«

Während er redete, zog Xavier sich Sakko und Hemd, Schuhe und Hosen aus, entschlossen, sich zu ihr in die Wanne zu legen. Obwohl sie groß genug für zwei war – sogar für drei –, gefiel Nora die Idee überhaupt nicht. Ein Bad zu nehmen war für Nora etwas ganz Intimes, das sie mit niemandem teilen mochte, nicht einmal mit ihm.

Sie schmollte ein wenig, ließ ihn aber in die Wanne steigen. *Was soll's,* dachte sie. Sie hatte ihn seit mehr als vier Wochen nicht gesehen, aber in diesem Moment hatte sie nicht das Gefühl, ihn vermisst zu haben.

Er hingegen schien sich nach ihr gesehnt zu haben, und das nicht zu knapp.

Er begann ihr zärtlich das Gesicht, die Schultern und die Lippen zu streicheln. Er strich ihr die nassen Haare aus der Stirn und suchte ihren Blick, aber Nora hatte keine Lust auf diese Spielchen. Sie empfand die Situation als unangenehm und fühlte sich zugleich schuldig, weil sie es so empfand. Schuldig, schuldig, schuldig – ein Gefühl, das sie allzu gut kannte.

Sie beschloss, die Zügel in die Hand zu nehmen und das, was passieren musste, hinter sich zu bringen. Zehn Minuten später war Xavier zufrieden und sie auch, wenn auch aus anderen Gründen.

Danach die Szene, die sich ständig in ihrem Leben wiederholte: Ihr reichte das Bad, ihm nicht, Wortwechsel, gereizte Stimmung. Er nutzte die Verärgerung, um ihr zu sagen, dass er wusste, wie das Treffen am Nachmittag in der Produktionsfirma verlaufen war, und dass er ihr Auftreten für völlig unklug hielt.

»Was hast du dir nur dabei gedacht, nicht einmal das Drehbuch mitzunehmen, das der Produzent dir gegeben hat? Bist du verrückt geworden, hältst du dich jetzt für eine Diva?«, schrie Xavier sie an.

»Fällt dir eigentlich auf, dass du mir die ganze Zeit das Gleiche erzählst? Du bist wie meine Mutter. Dauernd streitest du mit mir. Das kann doch wohl nicht wahr sein!«

Ihre Wut war, was den Anlass betraf, völlig übertrieben, und sie erinnerte sich an das, was Henrik ihr gesagt hatte: »Du wirst eine Abneigung gegen ihn entwickeln.«

Xavier machte ein ungläubiges Gesicht und schaute drein wie ein verlassener Hund. Nora (mit noch mehr Schuldgefühlen) hatte Lust, ihn zu ohrfeigen.

Aber stattdessen zog sie ein Paar Turnschuhe an, schnappte sich Tasche und Mantel, schlug die Tür hinter sich zu und verschwand.

Das darf nicht wahr sein. So geht es nicht weiter. Ich werde noch verrückt, ich explodiere gleich, und dagegen ist der Big Bang nur ein Knallfrosch.

Während sie mühsam die Tränen zurückhielt, lief sie ziellos durch die Straßen. Sie zog ihr Handy aus der Tasche und wählte die Nummer von Susana.

»Ich muss dich jetzt sofort sehen. Es ist wichtig. Sehr wichtig. Ich muss mit dir sprechen. Lass dir etwas einfallen, irgendwas, ist mir egal.«

Nora wartete in der Bar des Hotel Pulitzer, in der Nähe der Plaça de Catalunya, eine Stunde lang, bis Matías endlich kam.

Er war ziemlich besorgt und auch ein wenig eingeschnappt.

»Was ist los? Warum treffen wir uns hier? Bist du wahnsinnig? Ist etwas passiert?«

»Ich gehe.«

Ihr Liebhaber runzelte die Stirn, er verstand kein Wort.

»Du gehst jetzt sofort? Ich bin gerade erst gekommen, du hast mich hergebeten, ich habe mir eine Ausrede einfallen lassen, die Virginie mir nie und nimmer abgekauft hat. Und du gehst?«

»Nicht jetzt, meine ich. Nein ...«

Wenn sie nicht wollte, dass die Unterhaltung mit Matías schon beendet war, bevor sie überhaupt angefangen hatte, musste sie schon ein wenig konkreter werden. Sie atmete tief durch, nahm all ihren Mut zusammen und legte los, ohne dass sie ihn anzuschauen wagte.

»Matías, ich will weg. Woandershin. Ich glaube, hier habe ich nichts mehr verloren. Ich werde für eine Zeit nach New York gehen. Und ich möchte dich fragen ... also, ich meine, es würde mich freuen, wenn du mitkämest. Vielleicht ist es die Gelegenheit, die wir nie gehabt und doch verdient haben. Wir sollten es versuchen ... Matías, hörst du mir überhaupt zu?«, schimpfte sie mit ihm, als sie sah, dass er das Handy in der Hand hielt und eine SMS las oder verschickte.

»Entschuldige bitte ... Ich verstehe nicht ganz. Wieso New York?«

Nora war überrascht. Sie lachte, zunächst verbittert, dann aus vollem Hals. Schließlich fing sie an zu weinen, ohne mit dem Lachen aufzuhören.

Matías, immer noch mit dem Handy in der Hand, schaute sie ungläubig an und begann herumzudrucksen: Da wäre zum einen die Sprache, zum anderen kämen nächsten Monat Virginies Eltern zu Besuch, und außerdem wäre da noch der Film, den er in zwei Monaten machen wollte ...

Nora verstand, dass sie aneinander vorbeiredeten und offensichtlich schon immer aneinander vorbeigeredet hatten. Was sie miteinander verband, war nur der Sex. Die Möglichkeit, dass sie eines Tages eine andere Art von Beziehung haben könnten, bestand nur in ihrer Einbildung. Und plötzlich fühlte sie sich, als ob all die Last der Jahre mit Matías von ihr abfiele.

Nora bezahlte die Rechnung, Matías entschuldigte sich immer noch, sie gab ihm einen Kuss und verließ das Hotel. Er folgte ihr, aber sie fing an zu laufen und ließ ihn stehen.

Sie ging zu Fuß nach Hause, den iPod voll aufgedreht. Als sie ankam, war es schon frühmorgens, aber Xavier saß noch im Wohnzimmer, sah fern und trank Wein.

Sie war noch gar nicht ganz im Zimmer, da schleuderte sie ihm den Satz entgegen, der allen großen Beziehungsdramen vorausging.

»Wir müssen reden.«

Er setzte sich auf, deutete auf den Platz neben sich, um ihr zu signalisieren, sie möge Platz nehmen. Er sah völlig resigniert aus, als ob er schon wüsste, was jetzt kommen würde.

»Xavier, ich brauche eine Luftveränderung. Ich brauche Herausforderungen. Ich glaube, es ist Zeit, in einer anderen Stadt neu anzufangen, so wie ich hier vor fast sieben Jahren ankam. Ich muss diese Begeisterung wieder spüren, die Barcelona damals in mir geweckt hat, als ich jeden Tag Straßen, Ecken und neue Freunde entdeckte. Ich kann nicht mehr, das alles hier frisst mich innerlich auf. Wenn ich es nicht mache, werde ich für immer unglücklich sein und dir sehr wehtun, und das hast du nicht verdient.«

Xavier umarmte sie heftig, und zum ersten Mal fing er vor Nora an zu weinen. Nicht dass ihm die Tränen über die Wangen liefen, er weinte wie ein Kind, schluchzend und seufzend, dass es einem das Herz brach.

»Und ich habe schon gedacht, dass du mich verlassen willst. Weil du so komisch bist in letzter Zeit, habe ich gedacht, dass ich dir auf die Nerven gehe, dass dich alles nervt. Ich habe mir Sorgen gemacht. Und alles nur, weil es dir in Barcelona nicht mehr gefällt.«

Ich glaube es einfach nicht, dachte Nora. Einen Moment lang überlegte sie, ihm nicht zu sagen, dass er sich täuschte. Sie wollte ihn nicht verletzen, aber sie hatte die Dinge schon viel zu lange schleifen lassen. Jetzt musste das Übel an der Wurzel gepackt werden. Xavier nutzte ihr Schweigen, um weiterzureden.

»Ich habe einen Freund, der einen Apartmentblock im West Village besitzt, eine schöne Wohngegend, du wirst begeistert sein. Ich werde meinen neuen Geschäftspartnern vorschlagen, ein Büro in New York zu eröffnen. Wir könnten uns auf Indie-Filme oder so etwas spezialisieren. Es gibt viele interessante Regisseure, und die Produktionskosten für diese Filme sind gering. Ich spiele schon seit Längerem mit dem Gedanken. Es wird uns richtig gut gehen, du wirst schon sehen!«

Jetzt fing Nora an zu weinen.

»Xavier, ich gehe allein. Es tut mir leid. Es tut mir wirklich leid. Ich will dir nicht wehtun, aber wir wissen doch beide, dass diese Beziehung zu nichts führt. Einerseits liebe ich dich, andererseits will ich mehr als nur Liebe. Ich will Leidenschaft, Besessenheit, Verrücktheit. Vom ersten Moment an haben wir, glaube ich, etwas Verschiedenes gewollt. Das Schicksal, der Zufall oder die Gewohnheit oder was weiß ich haben uns zusammengeführt. Aber wir sollten endlich begreifen, dass es nicht die Beziehung unseres Lebens ist. Du hast es verdient, dass man dich besser behandelt, und ich ... ich weiß nicht, was ich verdient habe. Ich weiß im Moment nicht mal, was ich will, aber so kann es nicht weitergehen. Ich werde dir immer dankbar sein für das, was du für mich getan hast, und ...«

Xavier, der nun nicht mehr weinte, schnitt ihr das Wort ab.

»Mit wem gehst du weg? Mit einem anderen Mann? Mit Matías, nicht wahr? Ich glaube, du hast ihn immer geliebt. Wenn du ihn anschaust, leuchten deine Augen, als ob ... Mich hast du nie so angeschaut. Ich habe gedacht, das würde vorbeigehen, aber ich habe mich getäuscht. Du hast mich betrogen.«

»Nein, ich gehe mit niemandem weg, ich gehe allein.«

Sie zögerte einen Moment, dann rückte sie mit der ganzen Wahrheit heraus. Vielleicht würde Xavier sie so noch mehr hassen, aber das könnte ihm helfen, sie gehen zu lassen.

»Ich habe Matías gebeten mitzukommen, aber er wollte nicht. Ich glaube, er hat mich nie geliebt. Xavier, ich habe versucht, dass es mit uns beiden funktioniert, denn du bist ein guter Mensch, und ich bewundere dich. Es gibt tausend Gründe, aus denen eine Frau mit dir ihr restliches Leben verbringen wollte, ihr würdet Kinder bekommen, sie würde sich um dich kümmern und sich von dir verwöhnen lassen. Aber leider bin ich nicht diese Frau. Und wir haben es schon lange gewusst, alle beide.«

Grabesstille.

»Bitte, Xavier. Sag etwas. Ich möchte nicht, dass du mich hasst. Es wäre schön, wenn wir Freunde bleiben könnten.«

Immer noch Schweigen. Dann zwei Worte.

»Geh. Sofort.«

Nora dachte daran, ihn zu umarmen. Nicht so sehr, um ihn zu trösten, als sich selbst zu trösten, aber sie hatte Angst. Seitdem er den Namen Matías erwähnt hatte, glühten seine Augen vor Wut.

»Geh, geh endlich. Ich will dich keine Minute länger hier sehen. Bitte, Nora, geh jetzt.«

Er vergrub sein Gesicht zwischen den Fäusten. Würde er wieder anfangen zu weinen? Oder mit den Fäusten gegen die Wand schlagen? Oder Sachen auf den Boden werfen? Was auch immer – Nora hielt es nicht länger aus, nahm ihre Tasche und die Jacke und ging zur Tür. Kojak schaute sie auf dem Flur erstaunt an, Nora bückte sich, um ihn zu streicheln, und versprach ihm, dass sie »bald, sehr bald« vorbeikommen würde, um ihn zu holen.

Sie rief Lola an, die einzige Person in der Stadt, an die sie sich um diese Zeit wenden konnte. Sie hatte daran gedacht, Joanna anzurufen, aber ihre Beziehung hatte sich abgekühlt, seitdem sie aus dem Loft ausgezogen war, und erst recht, seit Joanna ihren verheirateten Liebhaber gegen einen sechzehn Jahre jüngeren Toy Boy eingetauscht hatte und kaum noch außerhalb des Betts anzutreffen war.

Lola nahm sie mit offenen Armen in ihrem Haus auf. Sie verbrachten zwei ganze Tage zusammen, ohne das Haus zu verlassen, sahen sich Filme an, aßen Popcorn und Schokolade, machten Pläne und redeten über alles mögliche, damit Nora auf andere Gedanken kam.

Nach achtundvierzig Stunden Trauerarbeit hieß es, Nägel mit Köpfen zu machen. Nora machte sich ans Werk. Zehn Tage, nachdem sie die Entscheidung getroffen hatte, nahm sie einen Direktflug von El Prat, dem Flughafen Barcelonas, zum JFK-Airport in New York.

Joanna und ihr Lover, der sie keine Sekunde allein ließ, Lola und Bea, die sich ihre Trennung noch einmal zu überlegen schienen, kamen zum Flughafen, um sich von ihr zu verabschieden. Es wurde gelacht, es flossen Tränen, man küsste sich und versprach, sich wiederzusehen. Ein schöner Abschied.

An Bord des Flugzeugs stellte Nora erleichtert fest, dass ihre beiden Sitznachbarn nicht allzu gesprächig waren. Sie beschloss, das Gratisangebot an Alkoholika auf Transatlantikflügen weidlich auszunutzen und ihre Schlaftabletten mit ein paar Piccoloflaschen Sekt runterzuspülen. So wäre sie benebelt genug, um nicht an die fürchterlichen Konsequenzen für ihre Gesundheit zu denken, die ein Flugzeugabsturz nach sich zöge.

Sie waren noch nicht einmal über dem Atlantik, da war Nora schon eingeschlafen und schnarchte leise vor sich hin. Bis der Lärm eines Jazz-Orchesters sie weckte.

Da sind wir wieder …

Um sie herum fand das wildeste Fest statt, an dem sie je teilgenommen hatte. Auf der Bühne spielte eine Band einen frenetischen Dixieland, der mindestens doppelt so schnell wie gewöhnlich war. Auf der Tanzfläche tanzten ein Dutzend Paare einen akrobatischen Swing und drehten die unglaublichsten Pirouetten. An der Bar servierten Oben-ohne-Kellnerinnen mit hochgesteckten Haaren ein grünes Getränk, das verdächtig nach Absinth aussah. Sowohl die Frauen als auch die Männer trugen Kleidung aus verschiedenen Epochen, aber es schien kein Maskenball zu sein. Dafür machte alles einen viel zu realistischen Eindruck.

Eine europäisch aussehende Frau, die wie eine Geisha gekleidet und geschminkt war, bot ihr ein Getränk in einem Reagenzglas an. Nora nahm es nur widerwillig, aber es schmeckte erfrischend und nach etwas völlig Neuem, anders als alles, was sie bisher getrunken hatte. Beim zweiten Schluck hatte der Geschmack sich komplett verändert. Jetzt war das Getränk süß und klebrig. Sie wollte den Cocktail auf einem Tisch abstellen, um sich ein wenig umzusehen, aber Tische, welcher Art auch immer, gab es nicht. Also nahm sie das Getränk mit.

Sie begegnete einem als Cancan-Tänzerin gekleideten Mädchen, das sie an Carlota erinnerte, und zwei jungen Männern, die ihr an den Hintern fassen wollten. Nora hatte nichts dagegen, aber als sie sich umdrehte, hatten sie sich in Eichhörnchen verwandelt und sprangen davon.

Ich sollte mich mal analysieren lassen, denn meine Träume sind schon seltsam, dachte sie, während sie das Gebäude weiter erkundete. Sie betrat ein Zimmer, in dem ein Mann in einer Konditorjacke den Körper einer nackten Frau mit Schlagsahne, Schokolade, Karamellbonbons und Zuckerguss verzierte, sodass sie sich nach und nach in eine menschliche Torte verwandelte.

Die Geisha reichte ihr noch eines ihrer Getränke. Diesmal blieb Nora vor ihr stehen, bis sie ausgetrunken hatte, und gab ihr das leere Glas zurück. Die Geisha zog eine ihrer Brüste hervor, drückte sie ein paarmal, als ob sie sich melkte, und füllte das Glas erneut. Als das Mädchen sich umdrehte, sah Nora, dass es Flügel hatte, Auswüchse ohne Federn, die aus den Schlüsselbeinen hervorragten und sich leicht zuckend bewegten. Ein Mann, der ebenfalls Flügel trug, hob sie in die Höhe und drang mit einem riesigen blauen Schwanz, der aus einem Ärmel zu kommen schien, in sie ein. Sie schwebten eine Weile in der Luft und vögelten vor aller Augen, bis das Mädchen explodierte und sich in Feuerwerk und Konfettiregen verwandelte.

In diesem Moment bemerkte sie, dass Matías und Xavier neben ihr standen und jeweils einen ihrer Arme hielten. Sie erschrak und dachte, dass Xavier Matías schlagen wollte, aber stattdessen küsste er ihn auf den Mund. Matías schien es zu gefallen. Sie küssten sich innig und fuhren mit den Händen in das Hemd des jeweils anderen und seufzten, als ob sie darauf schon lange gewartet hätten.

Nora wunderte sich immer weniger und erregte sich zusehends. Wenn dies das Resultat war, so dachte sie, würde sie häufiger Schlaftabletten mit Alkohol einnehmen.

Die beiden Männer vergaßen zusehends die Welt um sich herum, nahmen sich an den Händen und suchten anscheinend ein lauschiges Plätzchen, um sich einander hinzugeben. Sie ging ihnen nach, um auf keinen Fall zu verpassen, wie die Sache ausging. Die drei landeten in einem Zimmer mit Teppichboden, Schrank und Waschbecken, wie in einem Motel an einer amerikanischen Landstraße. Matías stieß Xavier aufs Bett und knöpfte ihm das Hemd auf. In diesem Moment flogen die Schranktüren mit einem Knall auf, der Nora fast geweckt hätte. Carlota und Virginie kamen zum Vorschein, warfen sich sofort auf die Männer und fingen an, ihnen die Kleidung vom Leib zu reißen.

Kommt überhaupt nicht infrage, Mädels, das ist mein Traum, sagte Nora.

Sie kniff die Augen zu, und als sie sie wieder öffnete, waren die beiden Frauen verschwunden. Ein paar Rauchspiralen waren alles, was von ihnen übrig blieb. Die Männer waren völlig nackt, sie streckten die Hände nach ihr aus, und sie ließ sich nicht lange bitten.

Es war erregend und zugleich ein wenig krank, aber sie konnte den Dreier mit den zwei Männern, die ihren Aufenthalt in Barcelona geprägt hatten, kaum erwarten. Während Matías sie auf den Mund küsste, umarmte Xavier sie von hinten, griff ihr mit der einen Hand an die Brust und mit der anderen fuhr er ihr zwischen die Beine.

Sie spürte seine Erektion an ihrem Rücken. Auch Matías begann sein Glied an ihr zu reiben. Aber Nora wollte mehr. Das Schöne am Träumen ist ja, dass Wünsche sofort in Erfüllung gehen können. Im gleichen Moment, als Nora die Hände der beiden Männer überall auf und in sich haben wollte, geschah es.

Xavier schob seine Hand von hinten über ihre rechte Leiste, öffnete ihre schon feuchten Schamlippen und streichelte ihre Klitoris. Matías leckte ihr die Brustwarzen und führte zwei Finger in ihre Scheide, um den G-Punkt zu stimulieren.

Nora stöhnte und bewegte rhythmisch ihr Becken. Sie war glücklich, als sie sah, wie die beiden Männer sich ihrer Lust hingaben.

Matías widmete sich weiter ihren Brustwarzen, die hart geworden waren und gerötet von der Reibung seines Bartes. Xavier streichelte ihr das Haar und die Wangen und steckte ihr dann die Finger in den Mund.

Nora schnurrte immer lauter, und kurz bevor es ihr kam, sah sie den einvernehmlichen Blick der beiden, was sie noch geiler machte. Die Männer verschafften ihr mit den Händen den unglaublichsten Orgasmus ihres Lebens. Die Zuckungen schienen Nora eine Ewigkeit zu dauern, und als es vorbei war, zitterten ihr die Beine.

Xavier löste sich von ihr und half ihr, sich aufs Bett zu legen. In ihrem Kopf drehte sich alles. Xavier und Matías schauten sie an, lächelten und warteten auf neue Instruktionen, um jeden ihrer Wünsche zu erfüllen.

Ließ ihre Erinnerung sie im Stich, oder waren die Schwänze der beiden im Traum tatsächlich größer als in Wirklichkeit? Matías streichelte, als ob er ihre Gedanken gelesen hätte, sanft seinen Schwanz und schaute ihr tief in die Augen. Plötzlich verspürte Nora große Lust, ihn in den Mund zu nehmen. Sie richtete sich auf und leckte ihn ganz vorsichtig mit der Zungenspitze, dann stülpte sie die Lippen über die Eichel und ließ den Schwanz tief in ihren Mund gleiten. Das Glied kam ihr vor wie ein Tier mit klopfendem Herzen, dem sie Unterschlupf bot.

Währenddessen drang Xavier ganz sacht von hinten in sie ein. Der erste Stoß war sanft und langsam, fast wie ein Gruß. Aber als er merkte, dass Nora ganz heiß auf seinen Schwanz war, stieß er kräftiger zu und beschleunigte den Rhythmus. Nora fühlte sich ausgesprochen wohl, was sie wunderte, denn wenn sie diese

Stellung in einem Pornofilm sah, hielt sie sie für unbequem und wenig erfreulich.

Schnell fanden die drei einen gemeinsamen Rhythmus. Verschmolzen zu einem einzigen Körper empfingen und gaben sie Lust zu gleichen Teilen. Der Grad der Erregung stieg in ungeahnte Höhen. Nora musste schneller atmen, aber wollte nicht auf Matías' Schwanz verzichten. Xavier stieß immer heftiger und immer schneller zu. Alle drei begannen, zu hecheln und nach Luft zu schnappen.

Als Nora fast ihren Höhepunkt erreicht hatte und die Welle aufsteigender Hitze spürte, die dem Orgasmus vorangeht, hörte sie eine Stimme, die nicht zu der Szene passte.

»Señorita? Señorita!«

Eine ungefähr fünfzigjährige Stewardess mit zu viel Schminke in ihrem übermüdeten und mürrischen Gesicht rüttelte Nora, um sie zu wecken.

»Señorita, sie sprechen im Traum und sind sehr laut. Das stört die anderen Passagiere.«

Nora schaute zu ihren beiden Sitznachbarn, die sich weniger gestört als amüsiert zeigten.

Nora entschuldigte sich, holte ein Buch aus ihrer Tasche und vergrub sich darin. Während der noch verbleibenden drei Flugstunden ging sie nicht einmal aufs Klo, sie wollte unter allen Umständen den Blickkontakt zu jenen vermeiden, die sie bei ihrem virtuellen Dreier in aller Öffentlichkeit stöhnen gehört hatten. Auch der

Stewardess, die ihr die Einwanderungsformulare zum Ausfüllen reichte, schaute sie nicht in die Augen.

Als sie endlich landeten, versuchte sie, rot wie eine Tomate, möglichst als Letzte das Flugzeug zu verlassen. Trotzdem konnte sie nicht verhindern, dass einige Jugendliche, die zwei Reihen hinter ihr gesessen hatten, ihr anerkennend hinterherpfiffen.

Am Ende des Tunnels, nach Dutzenden von Sicherheitskontrollen und der nervtötenden Warterei auf die Koffer, empfing Henrik sie, lächelnd und hübscher denn je, mit einem Blumenstrauß in der einen Hand und einem Plakat mit der Aufschrift »Nora Bergmann, famous cinema director, welcome to New York!« in der anderen. An seiner Seite stand grinsend ein dunkelhäutiger junger Mann, groß und stämmig und mit hellen Augen, der ihm half, das Plakat zu halten.

»Das ist Joseph, er ist Komödiant und Schauspieler«, sagte Henrik auf Englisch mit perfektem amerikanischem Akzent. »Ich habe mir gedacht, es ist nicht verkehrt, wenn du gleich jemanden aus der Branche kennenlernst. Er tritt donnerstags im Comedy Cellar auf und ist das vielversprechendste Talent in New York.«

Als Nora Joseph die Hand gab, zwinkerte Henrik ihr zu, tat so, als ob er ihr eine Haarsträhne zurückstrich, und flüsterte ihr ins Ohr: »Er ist klasse, und er ist hetero.«

Sie stiegen in ein Taxi und redeten ununterbrochen weiter. Der Taxifahrer, ein reizender Pakistani, fragte Nora, was sie in der Stadt machte, und sie erzählte ihm, dass sie eine Zeit lang bleiben wollte.

»Für alle neuen New Yorker habe ich zur Begrüßung immer ein Lied dabei«, sagte er ihr und kramte in einer CD-Tasche, die im Handschuhfach lag. Als er fand, was er gesucht hatte, schob er die CD ein, wählte das Lied mit der Nummer sechs und drückte die Play-Taste.

Nora schaute durchs Fenster, während »New York, New York« mit Frank Sinatra erklang. Die drei saßen dicht aneinandergedrängt auf dem Rücksitz und tranken Champagner, den Henrik gerade eingeschenkt hatte. In der Ferne leuchteten die Lichter der Stadt. In diesem Moment fing es an zu schneien, und Nora fröstelte es. Sie wusste nicht, ob es der Schnee, die Müdigkeit, die Aufregung, ein neues Leben zu beginnen, oder Josephs Hand war, die auf ihrem Oberschenkel lag.